庫

ユタが愛した探偵

内 田 康 夫

徳 間 書 店

目次

沖縄本島

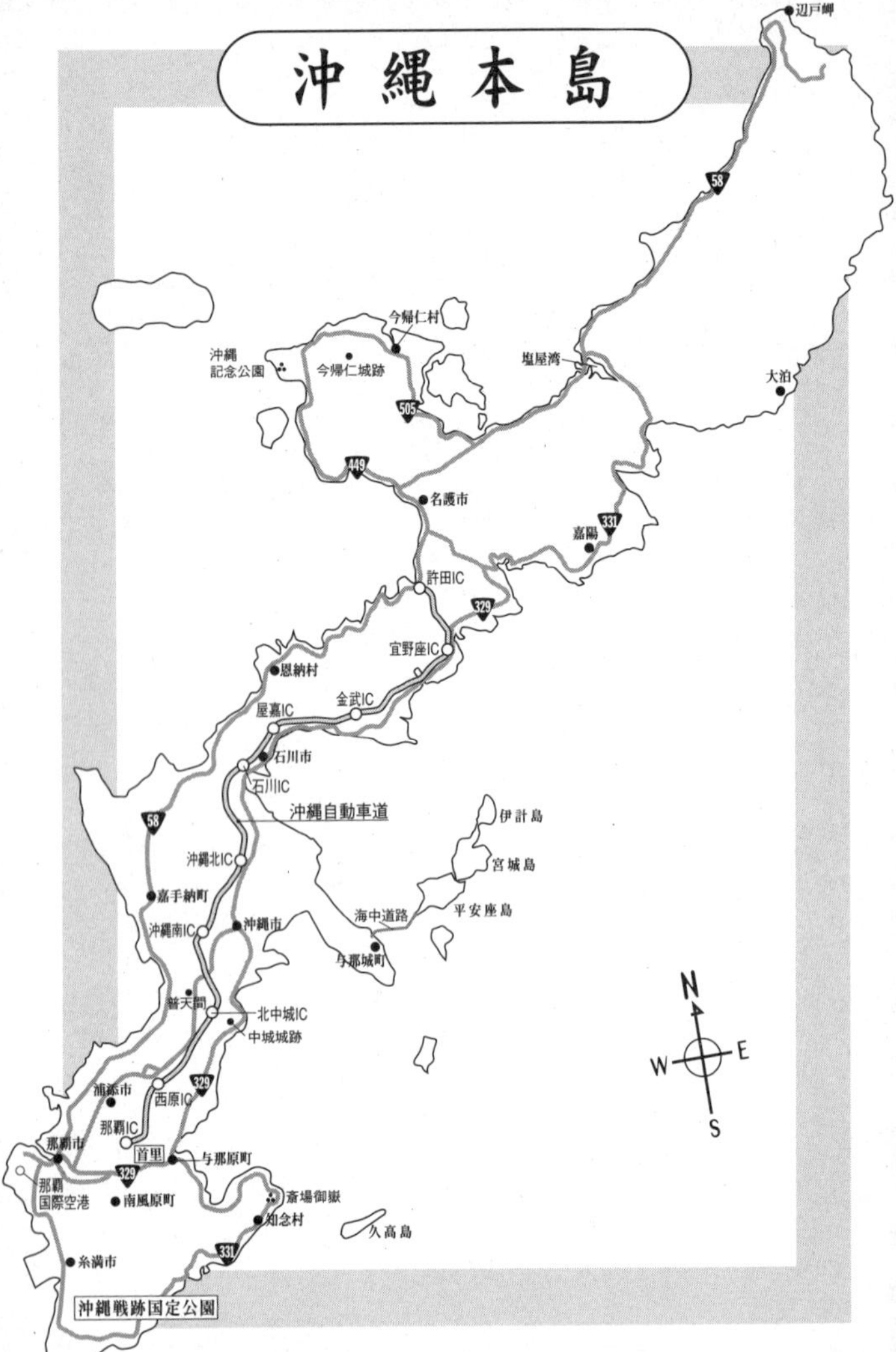

辺戸岬
58
今帰仁村
沖縄
記念公園
今帰仁城跡
塩屋湾
大泊
505
449
名護市
331
嘉陽
許田IC
329
宜野座IC
恩納村
金武IC
屋嘉IC
石川市
石川IC
沖縄自動車道
58
伊計島
宮城島
沖縄北IC
嘉手納町
平安座島
海中道路
沖縄南IC
沖縄市
与那城町
普天間
北中城IC
中城城跡
N
W
E
S
329
浦添市
西原IC
那覇IC
那覇市
首里
与那原町
329
那覇
国際空港
南風原町
斎場御嶽
知念村
久高島
331
糸満市
沖縄戦跡国定公園

プロローグ

1

十歳の頃の香桜里《かおり》は「うっとうしい」という単語を知らなかった。だから、何と表現していいのか分からず、頭の周囲にまとわりつくような感覚を、ただ煩わしいと思うことしかできなかった。

それはいつから始まったのか、はっきりした記憶がない。毎日、四六時中そうだというわけでもないが、朝起きて、食事をして、学校へ行く道すがらもずっと、その「まとわりつくもの」の感覚が抜けないこともある。そんな香桜里を母親は「なに、寝ぼけてるの」という見方で片付けた。

香桜里自身、そうかな、寝ぼけているのかな――と思った。窓ガラスや壁や、ときには空中に女の人の顔が見えるのも、夢のつづきのように思えば、それほど不思議でもなく、怖くもなかった。初めて学校で「それ」が見えたとき、ともだちにそのことを言うと、皆に「香桜里の寝ぼけ」と笑われ、それで自分以外の誰にも見えていないことが分かった。それ以来、香桜里は他人にその話をすることはやめた。

女の人が見えることは滅多にないが、得体の知れないモヤモヤはときどき現れた。教室で授業中、それに取りつかれると、黒板を見ていても何も見えず、先生の言葉を聞いていても何も聞こえていないのと同じ状態に陥った。先生に指されたのにも気づかずに、ぼんやりしていて教室中の笑い物になることもあった。もちろん、成績もガクンと落ちた。それまではいつもクラスのトップで、学級委員も務めた香桜里だけに、その凋落《ちょうらく》ぶりは周囲を驚かせた。

香桜里の日常生活に、成績低下を予想させるような大きな変化があったわけではない。健康状態もきわめて良好だった。両親は通知表を見て不安を抱き、学校側も心配して、たがいに事情を聞いたり、対策を講じたりしたが、原因がさっぱり分からないだけに、対策の樹《た》てようがなかった。

香桜里自身、自分の成績低下は悲しかったし、それなりに努力もしたつもりだ。しかし努力をしてどうにかなるというものではなかった。学校へも皆勤賞だけはもらえるほど、熱心に通ったから、少なくとも、見た目にはサボっているわけではないのだ。要するに、とつぜん頭の働きが鈍くなり、物覚えが悪くなったとしか言いようがない。

親は香桜里を、中学から先は那覇《なは》市にある尚進館というミッション・スクールに入れるつもりでいた。尚進館は尚《しょう》家（沖縄が琉球《りゅうきゅう》王国と呼ばれていた時代の王家）ゆかりの、いわゆる良家の子女を集めるような学校で、成績はもちろんだが、躾《しつ》けもよくできていないと合格は難しいとされている。本来の香桜里なら、そのいずれにも合格するだけの素質があると、誰もが認めていた。それに加えて、香桜里の母親が尚進館の出身だったから、その点もかなり有利な条件ではある。那覇市には母親の里があり、祖父母が孫の香桜里を溺愛《できあい》していて、その家に寄留して学校に通うという段取りまで決まっていた。

六年生の新学期が始まって間もなく、学校側は両親を招いて、いまの状態のままの学力では、尚進館への進学は難しいと伝えた。学年で上位五名程度の力量がないと、合格点は取れないだろうということだ。それが現在は下から数えたほうが早いというのでは、話にもならない。

父親はその時点であっさりと諦《あきら》めた。学校からの帰路、「無理に尚進館でなくてもいいのでは」と言った。それが母親は気に入らなかったらしい。「あなたがそんなふうに軟弱だから、香桜里はやる気が起きないのよ」と悔しそうにハンドルを叩《たた》いて怒った。

「私は石にかじりついてでも、香桜里を尚進館に入れるわ」

「そんなことを言ったたって、受験するのは香桜里なんだからな。いくらおまえが石にかじりついても、本人に能力がなければ、どうしようもないだろう。それより、ちゃんと前を向いて運転しろよ」

「またそういう、人を小馬鹿にしたようなことを言う。あなたはいつだってそんなふうに私を馬鹿にしているのよ」

「冗談じゃない。いつおれがおまえを馬鹿にした？」

「してるじゃない。ずっと前からそうだったわ。結婚する前からそうなのよ。女なんて、どうせ大したことはできないと馬鹿にしきっているのよ。たしかに私はあなたの妻にしかなれない駄目な女だったけど、せめて香桜里には立派な女性になってもらいたいわ。だから一生懸命、勉強だってさせてきたのに、それが無駄だなんて、考えたくもない」

「なんだい、そのあなたの妻にしかっていう言い方は。それこそおれを軽く見ているっていうことだろう。まあそれはいいとしてだ、つまりおまえは、自分が思い描いて果たせなかった願望を、香桜里に託そうとしているだけじゃないか。そういうエゴが子供に負担になって、結果的には香桜里を傷つけることになるんだ」

「エゴとは何よ。私がいつ自分のために香桜里を傷つけたりしたっていうの？　この子のためによかれと思うから、できるだけ自分のことは犠牲にしてやってきたのよ。あなたなんか、何かといえば仕事仕事と逃げてばかりいて、何一つ香桜里のためにしてやったことがないじゃないの」

「仕事が忙しいのは事実だろう。おれが頑張っているから、おまえにも香桜里にも楽をさせられるんだと思っているよ。おまえこそ、何の苦労もないのに、娘一人も満足に育てられないのか。犠牲だなんて、ちゃんちゃらおかしいよ」

「なんていうことを……ちゃんちゃらおかしいなんて、よくもそんなことを……」

母親は声が震えた。涙が鼻水と一緒になって流れるのが、後部シートにいる香桜里からも見えた。

「おい、脇見《わきみ》をするなって」

まったく、父親が怒鳴りたくなるのも無理がないほど、母親のハンドル捌《さば》きは不安定だった。

そのとき突然、フロントガラスに女の顔が叩きつけられた。いや、実際はほんの一瞬、フロントガラスに女の顔が大きく映ったのが見えたのであって、それを叩きつけられたと認識したのは、香桜里の錯覚だったかもしれない。そういうかたちで女の顔が現れれば、前方から飛んできて衝突したと思うのがふつうの感覚だ。

「停《と》めて！」と香桜里は叫んだ。

あまりの剣幕に、母親は反射的にブレーキペダルを踏んだ。いきなりの急ブレーキだったから、後続の車は驚いたにちがいない。けたたましくクラクションを鳴らし「馬鹿野郎！」と怒鳴りながら、脇をすり抜けて行った。

「どうしたの？」

まだ涙の残る目で振り向いて、母親はほとんど叱《しか》るように言った。父親はむしろ、妻と娘の睨《にら》みあいに驚いて、上体を引いた恰好《かっこう》をしている。

「女の人が……」

香桜里は怯《おび》えた声で言った。

「えっ？　女の人がどうしたの？」

「そこに、ガラスに、ぶつかった……」

香桜里はフロントガラスを指さした。

「えっ？……」

両親は同時に「その箇所」を見た。

「何を馬鹿なこと言ってるのよ。どこにぶつかったって？」

上げたままでいた香桜里の指の先が、自信なく下に折れ曲がった。かすれた声で
「そこに」と言うのが精一杯だった。

母親はもういちどフロントガラスを見て、その視線を夫に移した。（大丈夫かしら、
この子？――）と、目が訊《き》いている。

「そこに女の人の顔が見えたような気がしたんだね？」

父親は優しい口調で訊いた。

「気がしたんじゃなくて、見えた」

「ははは、見えるはずがないだろう。もしかすると、マミーの顔がガラスに映ったのかもしれないな」

「マミーじゃない女の人」

「やめてよ、気味の悪いこと言わないで」

母親が肩をすくめた。

「ほんとだもの。むこうのほうから飛んできて、ぶつかった」

香桜里はふたたび自信を取り戻して、フロントガラスのはるか前方を指し示した。

「やめなさいってば！」

母親は悲鳴を上げた。それから「あなた、運転代わって」と、夫の腕に縋《すが》るようにして、助手席のほうに体を移動させた。

父親はいったん車を下りて、グルッと回って運転席に乗った。しばらく走っているうちに、険悪な雰囲気は収まった。両親のあいだでは、最前の口論そのものも、どこかへ吹っ飛んだような具合になっていた。母親もたぶん、こんなおかしなことを言うようでは、この子はもう見込みがないかもしれない——と諦めたのだろう。

しかし、父親のほうはまだ少しこだわるものがあったらしい。「さっきのあれ、どんな女の人だった?」と訊いた。

「どんなって?」

「いくつぐらいだった?」

「やめなさいよ!」

母親は二人を叱った。父親も「そうだな」と、それ以上は妻の神経を逆撫《さかな》でする意思はなさそうだった。

「マミーぐらいの女の人」

香桜里はポツリと言った。母親はビクッと体を硬くした。

「いつもと同じ女の人」

「えっ、いつもって、前にも見たのか?」

父親がバックミラーの中の娘を確かめて、訊いた。

「うん、ときどき」

「どこで会ったんだ?」

会った――というのとは少し違うので、香桜里は答えなかった。

「香桜里、その女の人と、どこで会ったのか言ってみな」

「会わないけど、見たの」

「だから、どこで見たのか訊いている」

「学校の、教室の窓とか……」

「窓？……」

アクセルを踏む力が自然に弱まった。香桜里の教室は二階にある。二階の窓に女の顔が映る——という状況が、父親の脳裏に浮かんでいる。

背後からクラクションが鳴らされた。父親は慌てて車のスピードを上げた。

「そういう話、誰かにしたか？」

「ううん、してない、誰にも。話しても信じないと思うから」

「そうか、これからもしないほうがいいな。たぶんそれは香桜里の錯覚だろう」

「錯覚じゃなくて、幻覚かもしれない」

「ほうっ……難しい言葉を知っているな」

「図書館で調べたの。そしたら、そういうのは幻覚だって書いてあった。目に見えるのが幻覚で、耳に聞こえるのが幻聴《げんちょう》っていうんだって」

「そんなこと、どうして調べたんだ？」

「だって、怖かったんだもの。誰にも見えなくて、自分にだけ見えるって分かったから、とても怖かった。誰にも言えないし、先生にも、マミーにも、パパにも……」

喋《しゃべ》っているうちに、香桜里は涙がとめどなく溢《あふ》れてきた。いままで堪えてきたものが、いっぺんに堰《せき》を切って、体中から吹き出してゆく感覚だった。目は涙で曇ったけれど、モヤモヤと全身をくるんでいたうっとうしいものが晴れて、真冬の空のように遠くまで見通せる気分になった。

「そうか、それで悩んでいたんだな」

父親は納得したようだが、母親はかえって脅《おび》えた。娘が心の病にかかったと思ったにちがいない。もちろん、父親にしたって同じ思いだっただろう。しかし父親はそれで動揺することはなかった。成長期にはつきものの、不安定な心理状態かもしれないと、自分なりに割り切ろうとした。

母親のほうはそう簡単にはいかない。親子の――というより、女同士という共通項で自分と香桜里を結び付けたがった。香桜里の中に自分の血が流れているように、自分の中に香桜里と同じ血が流れていることを、実感できるだけに、深刻なのかもしれない。

何日か悩んだあげく、母親は那覇の「おばあちゃん」に電話した。香桜里が幻覚に女の顔を見るという話をすると、「おばあちゃん」はすぐに「それはおまえ『神ダーリー』と違うかねえ」と言った。

『神ダーリー』という言葉は母親も聞いたことがあった。

「でも、『神ダーリー』っていうのはあれじゃないの、わけの分からないことを口走ったり、いわゆる狐憑《きつねつ》きみたいなことをいうんじゃないの？　香桜里のはおとなしいし、それとは違うみたいよ」

「そうかねえ、それならいいけど。でも、いちど、お医者か、それともいっそ、ユタに見てもらったほうがいいかもしれないね」

「ユタに？……」

母親はいやな気がした。それほど熱心な信仰があったわけではないが、いちどミッション・スクールに学んだ者としては、ユタのような「迷信」と、まともに関わりあうのには抵抗を感じるのだ。

2

広辞苑で「ゆた」の項を引くと〔沖縄で、口寄《くちよ》せをする巫《かんなぎ》。男にも女にもいう。〕と解説されている。

いっぽう、「いたこ」については〔東北地方で、口寄せをする巫女《みこ》をいう。〕とある。「口寄せ」は〔巫女などが神がかりになって霊魂を呼び寄せ、その意思を伝え告げること。神霊を寄せるのを神口《かみくち》、生霊を寄せるのを生口《いきくち》、死霊を寄せるのを死口《しにくち》という。〕とある。

「ユタ」の場合には男性の巫もいるのに対して、「イタコ」は女性の職業とされ、その点だけが両者の相違のように受け取れる。

沖縄のことをよく知らない本土の人間としても、ユタ＝イタコと考えると、何となく理解できるような気がするのだが、その置かれている状況ということになると、じつは両者のあいだには相当な開きがある。イタコがごく限られた人々の中で信じられているか、ほとんど伝説上の遺物のように「珍奇なもの」として扱われているのに対して、ユタは現在もなお、沖縄の民俗に深く根づいた風習であって、多くの沖縄県民にとっては、それほど特異な存在ではないのだ。

沖縄のユタは千五百人とも三千人ともいわれる。沖縄県の人口が百万そこそこだから、千人に二人近くの割合でユタがいることになる。イタコの本場(?)恐山《おそれざん》のある青森県の人口は百五十万人だが、それにしたって、青森県に千人も二千人ものイタコはいない。夏の恐山大祭には全国から信者が集まるが、それでもイタコの数は百人かそこいらである。これをもってしても、沖縄のユタの対人口比がいかに密度が高いかを示している。それはユタのなり手が多いのもさることながら、少なくともそれと同等以上に、ユタの需要の多いことを物語る。

地域にもよるだろうけれど、沖縄県民の中でユタを信じている人の割合は、およそ七十パーセントは下らないと考えられる。何らかの形で——というように範囲を広げれば、ほとんど百パーセント近くの人が、たとえ消極的であっても、ユタの存在を意識しているにちがいない。

ある調査によると、日本人の七十三パーセントは、「占い」に興味を持ち、ある程度は参考にしたりもするそうだ。しかしそれとユタとを同レベルで論じることはできない。ユタに対する一種の「信仰」は、興味や面白半分ではなく、かなり真剣であり深刻なものなのである。

沖縄のある大病院の権威ある医師が、

「ユタを邪教であると否定してかかったのでは、悩める患者を救うことはできない。地域の実態に即した『医者半分』『ユタ半分』の治療が必要だ」

と語ったのも、沖縄の実情をよく知った上でのことだろう。

ユタによる「口寄せ」には、神霊、生霊、死霊とさまざまな霊が現れるが、もっとも多いのは死霊――とくに先祖霊であるといっていい。沖縄県民の先祖崇拝は、本土の人間――とくに東京など大都市に暮らす者には理解できないほど強い。先祖を敬うのと同時に、自分や家族の運命が、先祖の霊の影響下にあると信じることに、ほとんど抵抗がないのである。

先祖霊は直接の先祖であったり、一族の遠い祖先だったりすることもある。場合によっては、一族の祖先のさらに遠い祖先の、ほとんど神格化されているような霊が現れたりする。そのほか、奇禍や戦争で死んだ人の霊、裏切った女の生霊、土地や神木の霊など、じつにいろいろである。もちろん水子の霊も少なくない。

これらを信じるか信じないかは、ここでは問わない。ただ、はっきりしているのは、沖縄ではユタの存在はほとんどの人々に抵抗なく受け入れられているということだ。しかも一般の宗教・寺院などがユタと共存しているケースが珍しくない。ユタに限らず、沖縄の市民生活の中には、じつにさまざまな宗教的行事や宗教色の強い習慣、道具があって、沖縄の社会そのものが、そういった宗教的な雰囲気の中にドップリと漬《つ》かっているようにさえ思えるのだ。沖縄という地域とそこに住む人々を理解するためには、そのことを知ってかからなければならない。

とはいえ、沖縄県民のすべてがユタを信じているわけではない。ユタの存在は意識し、あるいは認めるにしても、ユタの「口寄せ」を丸々信じることに抵抗を感じる人がいることも事実だ。「口寄せ」には理論的な裏付けや哲学はあまり関係ない。とくに物理学的には荒唐無稽《こうとうむけい》としか説明できないだろう。

キリスト教では予言を行うことは本来タブーとされている。降霊術なども、ほとんど悪魔的な異端である。香桜里の母親がユタとの接触を躊躇《ためら》ったのはそのためだが、しかし母親は結局、ユタに縋ることにした。彼女もまた、キリスト教徒である以前に沖縄人だったということだ。

母親は那覇市内でもとくに評判がいいと噂《うわさ》されているユタの家を訪ねた。ユタを生業としている女性の中には、かなりいいかげんなのもあると聞いたことがある。それでなくても、生かじりとはいえ、キリスト教の教義に触れ、洗礼もうけている母親としては、それなりに下調べは入念に行った。

ユタの家は高台の住宅街の、なんの変哲もないような平屋だった。表通りから細い路地を入ったところに庭があり、その向こうに玄関がある。庭には仏桑花《ぶっそうげ》（ハイビスカス）が沢山植えられていた。

新興宗教の建物のように、こけ威《おど》しの豪華さはなく、むしろ粗末なほど質素な建物だが、評判どおり、よく繁盛しているらしい。彼女が訪ね当てたのは午前十一時頃だったが、待合室にはすでに十人以上の客が詰めかけていた。圧倒的に女性が多く、男性は隅のほうで小さくなっている中年男が一人いるだけだった。

母親はそこで、面接の順番を示す数字の書かれた札をもらった。数字は「32」だったから、それまでに二十人ほどが消化されているらしい。

その後も次々に客が訪れ、そのうちに待合室に入りきれないで庭に溢れる客も出た。縁先や軒下の日陰に四、五人で固まって世間話に花を咲かせるような、物慣れた客もいる。待合室には大きな薬罐《やかん》と茶碗《ちゃわん》が置いてある。薬罐には麦茶が入っていて、そこから勝手に飲んでいいことになっている。常連らしい年配の女性が、慣れた手つきで麦茶を注いで回っていた。

「いつもこんなに混んでいるんですか？」

母親はその女性に訊いてみた。

「ええ、だいたいこんなもんですよ。一日に五、六十人くらいかしらねえ」

こともなげな答えが返ってきた。

客たちは世間話を交わしながら、それぞれの悩みごとや、このユタのところに来てよかったといったようなことを、ぽつりぽつり話したりしている。新顔の母親に対しても、どういう相談事があるのか、質問する者がいた。母親としては、あまり自慢になることではないので、娘の進学について悩んでいるという以外は、なるべくあいまいな答えをするに止《とど》めた。

どういう設計になっているのか、奥の部屋からの話し声はまったく聞こえてこない。一組がほぼ十分から十五分の割合で「口寄せ」をすませて退出してくる。大抵は晴々とした顔だが、中には、入ってゆくときよりいっそう悄気返《しょげかえ》って、見るのも気の毒なほどの様子の人もあった。

正午近くになると、弁当屋が来たのには驚かされた。客たちとすっかり顔なじみらしく、要領よく注文を聞いては、通りの軽ワゴン車と往復して、幕の内弁当を運んでくる。客の中には弁当持参の者も少なくなかった。そういう雰囲気に染まったように、母親も弁当を買うことになった。

午後の部が始まって間もなく、母親の順番がきた。待合室からドアを二つ入ったところが「判示」の部屋であった。判示は「霊示」ともいい、相談者への回答の意味だ。ユタは自らの拠《よ》り所とする「チジファ（指導してくれる神）」に祈って判示を受ける。

待合室は開けっ広げに風を通していたが、この部屋には冷房が入っているらしい。ひんやりする空気が母親を迎えた。窓には暗幕ほどの厚手のカーテンが垂らされ、部屋は薄暗く、正面の祭壇にある二本の大きなローソクが光源のすべてといってよかった。祭壇には不動明王や毘沙門《びしゃもん》、布袋《ほてい》、海の神といった、いろいろな像が飾られ、その前には無数の供花や供物が並べられている。祭壇の傍らには麻のロープの束や、ソロバンなど用途不明の物も置かれている。

祭壇を背にして、逆光なのではっきりは分からないが、いくぶん丸顔で太りぎみの、たぶん五十代なかばぐらいと思われる女性が坐っている。服装は白い衣の上に紫の打ち掛けのようなものを羽織って、首には大きな水晶珠《だま》の、ネックレスというより数珠《じゅず》のようなものをかけていた。

「そこにどうぞ」

思いがけないほど優しい口調で言われ、母親は目の前の粗末な座布団の上に坐った。前の客の温もりがまだ残っていて、少し気持ちが悪かった。

「お願いします」

頭を下げて顔を上げると、女性はじっとこっちを見つめている。暗くて表情は見えないのだが、目の輝きだけは識別できた。

「悩みごとは何ですか?」

促されて、母親は香桜里の「異変」について話した。四年生になって間もなく、ぼんやりすることが多く、成績も下がり、どうしたのかと思っていたら、とうとう「女の人の顔が見える」などと口走るようになった。このままでは尚進館への進学もおぼつかない。どうすればいいのか悩んでいる——といったことを話した。

女性は黙って聞いていたが、話し終えたあともしばらくは何も反応がない。母親は困って、「あの、これで終わりですけど」と言った。

「分かっております」

女性は少しうるさそうに頷《うなず》いた。それからまた、かなり長い沈黙が続いたが、母親は仕方なく黙って控えていた。

「娘さんは『サーダカウマリ』です」

とつぜん、女性はそう言った。

「サーダカ……何のことでしょうか？」

「知らないのですか？」

「すみません」

叱られたと思って、母親は謝ったが、そういうわけではなかったようだ。

「サーダカウマリですよ。高い霊力に恵まれて生まれた子です」

女性は紙に「性高生まれ」と書いて、母親に示した。

「あの、これはつまり、どのようなことなのでしょうか？」

母親は恐る恐る訊いた。

「書いたとおりです。娘さんには生まれながらに高い霊力が備わっています。そのことをいまは本人も分かっていない。それで悩んでいるのです。お母さんがまずそのことを弁《わきま》えなければなりません。娘さんは神の子だと思うことです」

「えーっ……」

母親は思わず驚きの声を上げた。

もともと、ユタのことを丸々信じてきたわけではない。ワラにも縋る思いはあったにせよ、それはつまり、ワラか、せいぜい木片程度の認識しかなかったことになる。一種の気休めといってもいいかもしれない。どうせ、先祖の霊が祟《たた》っているとか、家の向きが悪いとかいった「ご託宣」があるのだろうと思っていた。

それがいきなり「神の子」ときた。驚くと同時に、(冗談でしょう——)と思った。香桜里は私の子であって、神の子なんかであるはずがない。

「信じていませんね。でも信じなければいけません」

女性はこっちの心の動きを見透かしたように言った。まさに図星だったから、母親は慌てた。

「えっ、いえ、そんなことは……」

「信じなければなりませぬ。信じて、娘さんにそのことを伝えなさい。そうしなければ、娘さんは苦しんで苦しんで、マブイウトゥシするか、フリムンになるでしょう」

「マブイウトゥシ」は魂が抜けること。「フリムン」は精神がおかしくなることを意味する。これは説得力があった。いまでも、すでに香桜里には魂が抜けそうな兆候が見られるのだ。それに、精神状態が尋常でないことも間違いなかった。

「帰りなさい」

女性は最後にそう言うと、背を向けて祭壇にひれ伏した。まだいろいろ訊きたいことはあったが、取りつく島もなかった。

第一章　ブクブク茶会

1

　昼過ぎ、社に戻ると、部長の越坂雅彦《こしさかまさひこ》が顔を合わせるなり、「明後日の日曜、彦根《ひこね》の清涼寺《せいりょう》でブクブク茶会があるいうよって、取材してこいや」と言った。

「さっき、南沖縄《みなみおきなわ》観光協会の比嘉《ひが》いう人と会《お》うて、取材の段取りを打ち合わせた。あとは行けば分かるようになっとる。先方は好きなように取材してくれて構わん言うとるし、まあ、沖縄の郷土衣装や風習とか、ブクブク茶のおもろいところをクローズアップしてくれればええやろ」

　一方的にまくし立てた。

「何ですか、そのブクブク茶って？」

湯本聡子《ゆもとそうこ》はキョトンとして訊《き》いた。

「なんや、知らんのか、あほやな。ブクブク茶いうたら沖縄の茶やろ」

越坂は二言めには「あほ」と言う。若い者の物知らずを軽蔑《けいべつ》しきっているのが気に入らないが、確かに知らないことが多いのは事実なのだから文句も言えない。

「どんなものなんですか？」

「ブクブク泡が立っとるよって、ブクブク茶いうのんやろな。単純なこっちゃ」

その「ブクブク茶会」があるのは清涼寺という、井伊《いい》家の菩提寺《ぼだいじ》なのだそうだ。

滋賀《しが》県彦根市は井伊家三十五万石の城下町である。ちなみに、井伊家というのは徳川家康の家臣として関ヶ原の合戦で活躍した徳川四天王の一人、井伊直政《なおまさ》以来の譜代大名だ。直政はその勲功に対する報奨として、負けた西軍側の総大将石田三成《みつなり》の居城だった佐和山《さわやま》城を与えられた。

佐和山城は犬上《いぬがみ》郡（現彦根市北部）にあったが、その後、直政の長男直継のとき、家康の命により彦根築城に着手し、病弱の直継から家督を受け継いだ次男の直孝が彦根城を完成させ、居城を移している。

井伊家の禄高《ろくだか》は当初、十八万石だったが、大坂夏の陣における直孝の勲功によって、三十五万石に加増され、東近江《おうみ》地方のほとんどを治めることになった。それ以来、明治維新に至るまでの二百数十年間、彦根城は井伊家の居城となる。井伊家は譜代大名としては異例の大封《たいほう》として代々、幕府の重職を務めた。中でも安政の大獄を演出し、自らも「桜田門外の変」で勤皇の志士に殺された大老・井伊直弼《なおすけ》はあまりにも有名だ。

ここまでは資料を調べればすぐに分かることだが、それにしても、なぜその彦根で「ブクブク茶」なのか、なぜそんなものを取材しなければならないのか、聡子にはさっぱり飲み込めない。あほ呼ばわりをした割りには、越坂も本当のところは知らないのか、「自分で調べろ」とそっけない。

聡子の勤める琵琶湖《びわこ》テレビは滋賀県唯一の民間テレビ局である。本社社屋のほか、琵琶湖を囲む山々にアンテナを二十七本建て、電波は滋賀県全域と、隣接する京都府と岐阜県の一部をカバーしている。民間放送といっても、資本金のかなりの部分は滋賀県が出しているから、公営放送的な性格が強く、「県政のお知らせ」などというのが定時放送で流される。

とはいえ、民間放送である以上、スポンサーもつくし、ある程度の視聴率と、広告料収入を稼がなければならない。

滋賀県は近畿《きんき》圏内に属し、東京―大阪のキー局の電波は民放だけでも五社が入ってくる。その激しい鬩《せめ》ぎ合いの中で、弱小というのも気がひけるような地元UHF局が生きてゆくのは、なかなか難しい。純粋に民間資本だけの営利事業だったら、とっくの昔に消え去っているだろう。

まず何よりも番組編成で苦労する。ろくな制作費も出ないのだから、自社制作の番組などといっても、ドラマもバラエティも関係がない。せいぜいできるのはスタジオでのトーク番組か、地元の事件やイベントを取材して流す程度のことだ。視聴率だけに限っていえば、高校野球の県予選の中継が最大のイベント、視聴率の面でも辛《かろ》うじて他局に太刀打ちできる、琵琶湖テレビのドル箱である。

報道の取材陣は現有の人員でも最大四、五班のクルーを組むことができる。もっとも、通常はカメラと照明と取材記者、それに社外契約のインタビュアの、せいぜい四、五人が一クルーで、ひどいときには記者一人、カメラマン一人で取材に行ったり、街頭インタビューをするようなケースもある。湯本聡子はその記者の一人だ。入社して間もなく報道部に配属され、二年間の見習い期間を経て、それ以来、放送記者の道を歩んできた。

報道部には五人の「記者」がいる。聡子はその真ん中に位置するから、いわば中堅ということになる。先輩からはこき使われるし、下からは追い上げられる辛《つら》い立場だ。聡子より三年後に入社した河井慶子《かわいけいこ》というのが、ルックスもいいし喋《しゃべ》りもけっこういける。琵琶湖テレビには専属のアナウンサーというのがいない。外部のアナウンサーと契約しているのだが、河井慶子は将来、アナウンサーもこなせるだろうと、局内ばかりでなく、スポンサー筋にも評判だ。悔しいけれど、彼女には勝てない——と聡子は思う。

湯本聡子はことし二十九歳。来年五月にはついに大台に乗る。見た目には二十四、五歳の若々しさはある——と自他ともに許しているのだが、実年齢が積み重なるのにつれて、自分を取り巻く環境や情勢が、着実に変化してゆくような気がしてくる。たとえば結婚問題などもそれだ。いくつになろうと、結婚するかしないかは当人の意思次第だと思うのに、周囲は放っておけないものらしい。聡子は長野県飯山市が実家で、大学のときから大津に住んでいるが、帰省するたびに結婚はどうなっているのかと訊かれるのがうるさくてたまらない。

いまのところ結婚の意思はほとんどない。といって、将来も結婚しないと言い切れるほどの信念があるわけでもない。とりあえずいまは、何よりも仕事が面白いし、仕事を通じて、新しい人間関係が生まれるのも、日々、楽しく思えるのだ。

ただし、現状のままでいいとも思わない。「放送記者」といういまの仕事に不満があるわけではないが、それだって、大台に乗る前に何とかしないと、ただの遣《や》り手キャリアウーマンになってしまう――などと焦る。若さが頼りの、便利だけで使われるのではなく、自分なりの何かをやってみたいのだ。それやこれやで、このところ少し、精神的に不安定な日々がつづいていた。

それはともかく、あちこちに問い合わせた結果、「ブクブク茶会」なるものの真相が判明した。

まず、ブクブク茶というのは沖縄に古くから伝わる飲み物で、富山の「バタバタ茶」、松江の「ボテボテ茶」などと同様、沖縄地方特有の嗜好《しこう》品であるらしい。ものの本によると、大振りの鉢に炒《い》り米湯を入れ、中国茶と山原《やんばる》茶を炒り米湯で出した「ブレンド茶」を注いで、大振りな茶筅《ちゃせん》で一気に泡立てる――のだという。そうすると、白い泡がブクブクと立ち上がりなかなかの壮観――と書いてある。

つぎになぜ沖縄なのかというと、井伊家の先代の未亡人が沖縄出身で、それも琉《りゅう》球《きゅう》王・尚《しょう》家の出——琉球王家最後の姫君なのであった。それにちなんで、年に一度、沖縄からも賓客を招き、現在は八十歳を少し過ぎている「姫君」を囲んで、「ブクブク茶」で優雅な茶会を催すというわけだ。そのブクブク茶にも「ブクブク茶道」なるものがあって、何年か前、そのお披露目の意味と、郷里沖縄との連帯の願いを込めて、井伊家未亡人が主催したのが、そもそもの彦根の「ブクブク茶会」なのだそうだ。それがいつか、彦根の名物行事として定着した。

基礎的な知識は仕入れたが、ブクブク茶なるものがどういうものかは、この目で見ないかぎり分からないし、もちろん味がどんなものかも想像がつかない。それに、聡子はブクブク茶よりもむしろ「琉球王国のお姫様」に興味を惹《ひ》かれた。遡《さかのぼ》って、琉球王国って何?——という疑問も生じた。そんなことを越坂に訊いたら、また「あほ」と言われるに決まっているから、資料室に行って自分で調べることにした。

琉球王国というのは、一四三〇年頃に誕生した琉球の統一政権である。それまで琉球には、「北山《ほくざん》」「中山《ちゅうざん》」「南山《なんざん》」という三大政治勢力があったのだが、中山の尚氏が北山と南山を滅ぼして政権を確立した。現在、沖縄の観光名所であり、最近、ユネスコの世界遺産に推薦されることになった首里城《しゅり》ができたのは、それから間もなくのことだ。

その後、一六〇〇年代に入って、琉球王国は薩摩《さつま》の島津氏に侵攻され、徳川幕府に従属する形で、辛うじて命を取り留めることになる。しかし「王国」とは名ばかりで、事実上は島津藩の管理下にある植民地のような立場だった。島津藩は過酷なまでの搾《さく》取《しゅ》を行う一方、琉球を通じて中国大陸との交易を盛んにした。鎖国時代の日本の中にあって、暴利を貪《むさぼ》ったと考えられる。

この「歴史的事実」を知って、聡子は「へえーっ」と目を開かれる思いがした。こういうことなら、沖縄は本来、外国なのではないか。つまり、島津藩＝日本がやったことは、朝鮮にしたのと同じような、明らかな侵略行為だ。

その発見を越坂に話すと、「あほ、そんなことは誰かて知っとるやろ」と言われた。

「沖縄ばかりやのうて、蝦夷《えぞ》といわれた北海道かて、かつてはアイヌの国やったし、島津の薩摩かて、隼人《はやと》族が支配しとったのを大和朝廷の勢力が侵略しとるんや。それを言いだしたらきりがないことになる」

そうか、そういうことか――と納得したけれど、琉球に対する侵略は、アイヌに対するのと少し違うような気がした。琉球にはすでに「王国」が成立しており、外国との通商も盛んに行われていた。単一国家としての体裁が整っていたのだ。それを武力で制圧して、琉球が保有していた交易を横取りし、収奪をほしいままにしたのだから、どう考えても相当に悪い。

明治維新後は琉球藩を置き、やがて沖縄県となるのだが、それで本当に日本本土の各県と同等の地位に引き上げられたのかどうかも疑問だ。太平洋戦争末期には、本土防衛の防波堤のように、沖縄全土が戦乱に巻き込まれた。十数万人とも三十数万人ともいわれ、実数が把握できないほどの犠牲者を出した。あげくの果て、戦後の長い時期をアメリカ軍の占領下に置かれて、いまもなお島の重要な部分に多くの米軍基地が展開したままになっている。

そんなふうに考えると、沖縄県民の日本本土に対する気持ちが、決していいはずがないと思えてくる。こんなことは、いままでは漠然としか考えたことがなかった。調べれば調べるほど、知れば知るほど、日本人として深刻に考えなければならない問題であることが分かってきた。

ブクブク茶どころではないわ——と聡子は考え込んでしまった。

しかし、それはそれとしてブクブク茶の取材には出かけた。

ブクブク茶会が催される彦根の清涼寺は、さすが、井伊家の菩提寺だけのことはある立派な寺院だった。境内には本堂をはじめいくつもの建物がある。その中でももっとも広壮といっていい客殿の大広間がブクブク茶会の会場にあてられている。

百畳ほどの広い座敷の中央に、赤い毛氈《もうせん》を敷いた茶席が設けられ、「亭主」役を務める女性がお茶を立てる。年齢は四十代なかばと思われるが、色白で目が大きく切れ長で、同性の湯本聡子の目から見ても、惚《ほ》れ惚《ぼ》れするほどの美貌《びぼう》だった。

お茶の道具はいずれも大振りで、とりわけ茶筅の大きさは並のものの十倍はある。女性がその茶筅を鷲摑《わしづか》みにして、大きな茶碗の中で白い液体をダイナミックに、かつ上品に攪拌《かくはん》する。ふつうのお茶の場合と同じ動作なのだが、とにかく万事が大きくおおらかなのに目をみはる。

大茶碗の中は、越坂が言っていたように、ブクブクと白い泡が立った。茶碗の上に盛り上がるように泡立ったところで攪拌をやめ、客に供することになる。

お客は部屋の三辺に、亭主からはかなり離れた位置にコの字型に居並ぶ。亭主からブクブク茶を受け取り、客に運ぶ役割は三人の若い女性が務めている。彼女たちは沖縄の郷土衣装である「紅型《びんがた》」の打ち掛けのようなものを着て、髪の毛も琉球ふうに結い上げて、なかなかに優雅だ。

茶会の風景をたっぷり取材したあと、聡子は彼女たちへのインタビューを申し入れた。

沖縄から来た茶会の「出演者」はほとんどが女性だが、一人だけ、亭主や「お運び」の女性たちの介添役を務めるように、茶席の脇《わき》にひっそりと控えていた男が、越坂の言っていた比嘉という人物で、ブクブク茶会全体の世話役でもあり、プロデューサーでもあるらしかった。名刺を貰《もら》うと「南沖縄観光協会事務長」の肩書があった。いかにも沖縄人らしい顎《あご》の張った顔つきと太い眉毛《まゆげ》の持ち主で、いつも白い歯を見せてニコニコと話す。

インタビューは琵琶湖テレビ側からの急な申し入れであったにもかかわらず、比嘉は好意的に対応してくれた。沖縄からは新聞社もテレビ局の取材班も同行しているのだが、琵琶湖テレビのために単独インタビューの便宜を図って、お寺の一室を取材のためにセッティングしてくれた。

「越坂さんから、頼まれておりますので、何でも言ってください」

比嘉はそう言った。文句ばかりでうるさいと思っていた越坂だが、表には立たず、舞台裏でやることはやっているのだな――と、聡子は少し上司を見直す気になった。

「テレビで取材をするのなら、美人がいいでしょう」

聡子に耳打ちするように言って、いちばん若そうな女性を連れてきた。

「式香桜里《しきかおり》といいます」

比嘉はそう紹介すると、自分は所用があるからと部屋を出て行った。

「よろしくお願いします」

聡子が挨拶《あいさつ》すると、式香桜里は黙って頭を下げた。その仕種《しぐさ》で起きた小さな空気の流れが、馥郁《ふくいく》とした香りを運んできた。沖縄の郷土衣装の襟元《えりもと》か袖口《そでぐち》に、何かの香でも焚《た》き込んでいるのかもしれない。

あらためて眺めると、比嘉が「美人」と言っていたのは嘘《うそ》でないことが分かった。式香桜里は人形のような端整な顔だちである。ただし、まったくの無表情だ。舞台用に白く塗っているせいもあって、まるで人形のような無機質な感じさえする。

カメラは一台だけで小西敦《こにしあつし》が操作する。照明のほうは田中敏男《たなかとしお》が担当して、白壁に反射させた柔らかい明かりを作った。

カメラは最初に聡子の「きっかけ」を正面から撮って、切り返して、以降はほとんど式香桜里のアップを撮りつづけた。

聡子の質問は音声だけ収録しておいて、後で切り返したカメラで、同じ趣旨のことを言ったり、相槌《あいづち》を打ったりしているのを、数カット撮る。それをうまく編集すると、インタビューのやり取りを二台のカメラで撮影したように出来上がる仕組みだ。

最初のうちは当たり障《さわ》りのない質問から始めた。式香桜里がまだ二十二歳という若さなのには、聡子は驚かされた。那覇《なは》市内の短大を卒業して、現在は比嘉と同じ観光協会に勤務しているのだそうだ。

香桜里はブクブク茶はもちろん、琉球の踊りや三線《サンシン》も嗜《たしな》み、民謡も歌う。それらのすべてが、観光という仕事に役立つと話した。彦根は琉球王の姫君の嫁ぎ先ということもあって、とくに親しみを感じる。今日の茶会に参会してくださった方々は、みなさん礼儀正しく、優しく、とても気持ちがよかった——といった具合で、若いに似ずそつがない。

しかし、話の内容そのものはまずまずとして、彼女が伏し目がちに話すのには困った。小西はしきりにカメラの位置を下げて、なんとか表情を捉《とら》えようとするのだが、終始、俯《うつむ》きかげんに話す相手に手こずっている。インタビュアとしても、どうにかしないと絵にならない。

聡子は焦って、ついに言った。

「式さんは、典型的な沖縄女性の顔だちっていっていいのでしょうか？」

「は？……」

思わず香桜里は顔を上げた。びっくりしたような目が、真っ直ぐこっちを見つめたのには、今度は聡子のほうがたじろいだ。

「とてもきれいな瓜実顔《うりざね》でいらっしゃいますよね。私はまだ沖縄に行ったことがないのですけど、沖縄の女性はみなさん、そういう顔だちなのですか？」

「さあ……」

香桜里は当惑げに首を傾《かし》げたが、今度は視線を逸《そ》らしたり、顔を俯けたりすることはなかった。むしろ、目をみはったままの表情で聡子を見つめつづけている。幼児のような素直な視線に出くわして、かえって聡子のほうが辟易《へきえき》して、視線を外した。

「こんなおかしな質問をしても、お答えになりにくいですよね。それでは、今回初めて滋賀県にいらっしゃって、印象はいかがでしょうか」

「…………」

香桜里は質問の意味が理解できないのか、じっと聡子を見つめたまま、表情を変えずに黙っている。幼児のようなというか、まるでこっちの顔に何かついているような、少し不躾《ぶしつけ》なほどの凝視であった。

「あの、滋賀県の印象はいかがですか？　琵琶湖とか、彦根城とか……」

聡子は少し語気を強めて、催促した。

「え？　あ……」

香桜里は「はっ」とわれに返ったように視線を外した。

「そうですね、とてもよかったです。まだ今日、来たばかりですけど、琵琶湖と彦根城がとてもきれいでした。明日は琵琶湖を一周したいと思っています」

「そうですか、それは滋賀県民の一人として嬉《うれ》しいことです。ぜひ近江の旅を楽しんでください」

それでほぼ収録は完了した。あとは切り返し画面で聡子のアップを数カット録《と》る。

「お疲れさま」を言ったのだが、式香桜里は物珍しそうにその様子を見物していた。

収録がすべて終わって、小西と田中が機材の片付けをすませても、世話役の比嘉は戻ってこない。迎えにくるという手筈《てはず》になっているので、聡子も式香桜里を放ったままこの場を離れるわけにもいかなかった。香桜里自身も席を立とうとする様子がないので、小西と田中には先に帰ってもらい、しばらく雑談をすることにした。

「沖縄って、まだ行ったことがないんですけど、一言でいうと、どんなところですか」

訊いてから聡子は（ずいぶん漠然とした質問だな――）と自分でも思った。式香桜里も戸惑ったのか、しばらく考えてから、天井を見上げながら言った。

「空が大きくて、海が広くて、明るくて、陽気で……そして悲しみに満ちた国です」

大きくて……明るくて……と広がったイメージが、悲しみに満ちた……で急に萎《しぼ》んだ。しかし聡子の胸にはそれが素直に伝わった。これまでに仕入れた沖縄の歴史を思うと、沖縄が決して野放図に明るく陽気なばかりであるはずがない。

それよりも、聡子は香桜里が「国」と言ったのが気になった。「ところ」や「島」でなく「国」と言われたことで、ものすごい距離を感じてしまった。逆にいえば、沖縄の人々にとって、本土は遠い異国のような存在なのだろうか――と考えてしまう。

「いちど行ってみたいなあって思いながら、なかなか行くチャンスがないんです」

少しお世辞を交えてそう言った。

「でも、湯本さんは沖縄に来ます」

「ええ、いつかきっと行くつもりです」

「いいえ、そうじゃなく、近いうちに必ず沖縄に来ます」

「そうしたいけど、無理なんですよね。仕事と、それにお金もね。来年の正月休みぐらいには行けるのかなあ」

「来週です」

「えっ？……」

聡子は聞き間違いかと思った。香桜里はケロッとした顔である。

「来週ですか？　まさか、来週なんて、いくらなんでも、そんなに早くは行けそうにないですけどね」

笑いながら言った。

「でも、来ますよ」

香桜里は聞き分けのない子供のように、一歩も退《ひ》かない。どう受け答えすればいいのか困って、白けた雰囲気になりかけたとき、ドアが開いて比嘉が入ってきた。聡子は救われた気分で二人と挨拶を交わした。

2

ブクブク茶の録画は夕方の県内ニュースの中で放送された。いつも似たり寄ったりの情報が多いだけに、沖縄の郷土色を強く見せたイベントは、視聴者の興味を惹いたらしい。この時間帯としては珍しく、放送後すぐに反響の電話が何本か入った。ブクブク茶はどこで売っているのか、とか、ブクブク茶会が行われるようだったら教えて欲しいといったような電話が多かった。

その中に一人、おかしなことを言ってきた男がいた。茶会に出演した女性と会いたいというのである。「茶会のあとで、湯本聡子さんにインタビューされていた式香桜里さんなんですけど」と言った。少しやくざっぽい口調だが、一応、敬語を使っている。放送の中で名前がスーパーインポーズされたのは、式香桜里と「亭主」を務めた森ゆかりという女性、それに湯本聡子の三人だけである。男はそれを見ていたということなのだろう。

電話を回された報道のデスクは、もちろん断った。

「個人的なご紹介はできないことになっておりまして」

「それじゃ、連絡場所や住所を教えてもらえませんか」

「いえ、そういったこともお教えできませんが。もし差し支えなければ、そちらのお名前とご住所を教えていただけば、式さんにお伝えします」

「うーん、そうだな……風間《かざま》っていうんですけどね。住所は……いや、いいや、どうもお世話さま」

急に気が変わったのか、電話を切った。身元を明かす段になって、何か差し障りがあることに気づいたのかもしれない。

視聴者からのそういう電話は珍しいことでもないので、それっきりになった。聡子はその話をあとになって聞いたが、べつに気にも留めなかった。テレビ局の人間にとって、放送を終了した番組は、もはや膨大な「過去」の一つでしかない。そんなものにいつまでもこだわっていたり、引きずっていたりしたのでは仕事にならない。ブク茶の話題は、ほんの二、三日で、それこそ泡のごとく消えていった。

その日も聡子は帰りが夜十時を回っていた。報道部としてはこれでも早いほうである。社を出るときは真っ直ぐ帰宅するつもりで車を走らせていたのだが、「金波《きんぱ》」の明かりを見たとたん、寄り道したくなった。

金波は家庭料理を出す飲み屋である。以前は旅館を経営していたのだそうだが、やめて夫婦で店を出した。べつにどうという特徴がある店でもないが、家庭的な雰囲気が心地よい。聡子のマンションから歩いて五、六分のところにあって、翌朝まで車を置きっぱなしにしておける駐車場があるのも何かと便利だ。

金波は珍しく空《す》いていた。店に入ってすぐ左手にある聡子の「指定席」も空《あ》いていた。そこに腰を据えて、肉じゃがでビールを飲み始めたときに、見かけない男が入ってきた。

男は店の中をグルッと見渡してから、聡子のテーブルに向かい合いに坐った。店内は空いていて坐る場所はいくらでもある。女将《おかみ》が見かねて「お客さん、あちらのテーブルが空いてますよ」と言ったが、「いや、ここでいい」と手を振った。

「おれもビールと、それから肉じゃが」

聡子の前の器を覗《のぞ》き込むようにして、注文した。

「あんた、琵琶湖テレビの人……えーと、名前はなんていったっけ」

「湯本ですけど」

聡子は不愉快を我慢して言った。どういう相手かは知らないが、不特定多数の視聴者といえども「お客さん」であることに変わりはない。まかり間違って、スポンサー筋だったりすれば、口の利き方にも気をつけなければならない。そういう意味では因果な商売なのだ。

「このあいだの彦根の『ブクブク茶会』、あれ面白かったね」

「ああ、見てくださったんですか」

「うん、見た見た、あのときの沖縄の女性、可愛《かわい》かったなあ。式香桜里っていう、インタビューされていた娘《こ》。彼女はタレントさんなの？」

「いいえ、いろいろできる人ですけど、本業は観光協会に勤務しているそうです」

言いながら、聡子はこの男が、最初から自分を目当てに金波に入ってきたのではないかと気がついた。ひょっとすると、局を出るときからずっと尾行《つけ》てきたのかもしれない。

「観光協会っていうと、沖縄の？　だろうね。沖縄の那覇市かな」

「さあ、それは知りませんけど」

聡子は内心、しまった――と思ったが、後の祭りだ。もっとも、その気になれば、出演者の身元など、いくらでも調べる方法があるにちがいない。まあ、式香桜里が地元の人間でなかっただけよかった。

男はそれ以上、からんだりするようなことはなかった。おとなしく料理を食い、旨《うま》そうにビールを飲み干すと、「じゃあ、せいぜい頑張って」と帰っていった。

「あの人、聡子ちゃんのこと、知ってはったみたいやね」

終始、こっちの様子を気づかっていた女将が、ほっとしたように寄ってきて言った。

「ええ、テレビで見たんだって。ほら、このあいだの『ブクブク茶会』。あれに出演していた、沖縄の……」

言いかけて、（あっ――）と気づいた。局に電話してきて、式香桜里のことを訊いていた男というのが、さっきの男ではないか――と思った。

だとすると、聡子を尾けてきたことからいって、ちょっとしたストーカー的な性癖のある人物なのかもしれない。

おちおちビールを飲んでいる気分にはなれなくて、聡子は早めに切り上げた。本来は車を置いて帰るのだが、膳所《ぜぜ》神社の脇の暗い所を通らなければならないのが気になる。あまり酔っていないことを言い訳に、車で帰ることにした。

店を出るときも、車を運転しながらも、周囲の様子に気を配ったが、それらしい男の姿も、それに警察官やパトカーの姿も見当たらなかった。

翌日は何も起こらず、三日目になるともうその男のことは頭の中から消え去った。

一週間後の朝、聡子が出社すると、部長の越坂が会議室へ行くように言い、先に立って歩いて行く。不愉快そうに黙りこくっている越坂の様子から察すると、何かヘマでもやらかしたのかと不安になってくる。

琵琶湖テレビはちっぽけな会社だが、三階の会議室から眺める風景は自慢できる。ドアを開けると、正面がワイドスクリーンのように広々とした窓で、そこから眼下に大津の町並みを見下ろし、その向こうに琵琶湖が一望でき、ここからは瀬田《せた》や堅田《かたた》、比良《ひら》の峰々など、近江八景のほとんどを見渡せる。また晴れた日には、竹生島《ちくぶ》から湖北《こほく》の辺りまで見ることができる。

会議室には、そのパノラマに見とれ、こっちに背を向けた男が二人いた。越坂が「お待たせしました」と声をかけると振り向いた。二人とも見知らぬ顔だが、聡子はすぐに（刑事?――）とピンときた。

思ったとおり、二人の男は刑事だった。それも沖縄から来たという。年配のほうの刑事が名刺を出して「大城《おおしろ》です」と名乗った。「沖縄県与那原《よなばる》警察署刑事課巡査部長」の肩書だから、いわゆる部長刑事というやつだ。

「湯本さんは風間という人物を知ってますな？　風間了《さとる》さんというのですが」

「風間、さんですか？　タレントの風間トオルなら知ってますけど、サトルっていう人は知りません」

「知っとるやろ」と、脇から越坂が言った。「あれや、ブクブク茶会の出演者のことで、問い合わせてきよった男や」

「ああ、あの人ですか。その人の話ならデスクから聞きました」

「会ったこともあるでしょう」

大城部長刑事が言った。

「いいえ」

おかしな質問なので、聡子は思わず、相手の顔をまじまじ見てしまった。

「嘘を言ってもらったら困りますなあ」

大城は意地悪そうな笑顔を見せた。

「嘘なんて言ってませんよ」

聡子は憤然とした。何を根拠に「嘘」だなんて決めつけるのか、本当に腹が立った。

「しかしあんた、一週間前の晩、金波という店で風間さんに会ってるのと違いますか？　金波のママはそう言ってますよ」

「金波？……ああ……」

それで思い出した。

「じゃあ、あの男の人が風間っていう人だったんですか。でも、私はそんなこと、名前だって知りませんよ」

「ふーん、本当ですか？」

「本当ですよ。嘘をついたってしようがないじゃないですか。それより、その風間っていう人、私が何かしたとか、そういうこと、言ってるんですか？」

「いや、何も言っておりませんけどね。というか、何も言えないようになってしまったのです」

「は？　どういうことですか？」

「風間了さんは四日前、沖縄で死体となって発見されたのですよ」

「えーっ……」

　聡子は絶句した。

　風間了の死体が発見されたのは知念《ちねん》村の斎場御嶽《せーふぁうたき》である。

「御嶽《うたき》」というのは、一言でいうと「聖地」の意味で、大和《やまと》ことばだと「依代《よりしろ》・憑代《よりしろ》」に相当するだろうか。神霊が招き寄せられ、乗り移るもの——樹木、岩石あるいは人形《ひとがた》をつくったものなどがある。

　沖縄にはキミマモンという創造神や、火の神、海の彼方《かなた》からやってくるニライカナイの神、そして祖霊などを崇信する信仰形態が深く根づいている。その神が宿る依代のある一帯を聖地として「御嶽」と定め、石で造った竈《かまど》のような形の香炉が設《しつら》えられてある。それを「拝所《ウガンジュ》」と呼ぶこともある。

　本土では一般に、依代があればそこには神社が建てられているのだが、沖縄の御嶽には建造物や御神体のようなものはないのが本来のかたちだ。人々は「拝所」というにはささやかな、地面の上に直接設えられた香炉の前に正座して祈る。

　沖縄の御嶽の数は数百とも数千ともいわれる。観光地として有名な今帰仁《なきじん》城の中などにもあるが、森の中や海岸といった、何でもないような場所の至る所にあるといっていい。その多くの御嶽の中で最高の聖地とされるのが「斎場御嶽」である。

十六世紀初頭、琉球の中央集権体制を確立した尚真王《しょうしんおう》が、祭政一致の制度化をはかって、全島の神女を組織化した。「神女」というのは地域の祭祀《さいし》を司《つかさど》る巫女《みこ》のようなもので、その神女たちの最高位である「聞得大君《きこえおおきみ》」に王の母親や妹を任命した。その任命式を行ったのが斎場御嶽である。

那覇市から国道329号を東へ行き、南風原《はえばる》町を過ぎ、与那原《よなばる》町で右へ、国道331号に入った先の岬が知念村だ。そこの山中に岩山があり、いくつかの洞窟《どうくつ》がある。そのもっとも大きな洞窟が斎場御嶽の拝所で、ほかの大小さまざまな洞窟や窪《くぼ》みも、それぞれ信仰の対象になっている。

岬の突端の先、海上には神の島の久高《くだか》島がある。久高島から最初に神が渡ってきたのがこの地とされ、それだけに沖縄の人々にとってはもっとも大切な聖地といえる。

斎場御嶽へ行くには、駐車場のある広場から道とはいえないような山道を歩いて行くしかない。木の根っこや岩がゴツゴツしたところを四百メートルほども歩く。この辺りは昼なお暗い大木が生い茂りハブが生息するので、地元の人も夜はもちろん、昼間でもあまり近づかないところだ。

　死体を発見した地元の女性も、見た瞬間はハブにやられたのかと思ったそうだ。知念村で農業を営む家の主婦で、仲間六人と斎場御嶽の掃除に来て、洞窟の中で横たわっている男を見つけた。

　男は口をあんぐり開け、目を剝《む》いて動かなかったので、一見してすぐに、ただ寝ているわけではないことが分かった。それでも、みんなで駆け寄って揺すったりして、すでに死んでいることを確認してから、仲間の一人が引き返して警察に通報した。

　与那原警察署で調べた結果、男の身元は免許証や名刺などからすぐに判明した。東京都港区在住の風間了四十七歳。名刺には「裏の真相社　代表取締役風間了」とあった。その会社に問い合わせたところ、風間は一昨日《おととい》から沖縄へ行き、那覇ハーバーホテルに宿泊しているとのことだ。その風間社長が死体で発見されたと聞いて、電話に出た女性は「ひえーっ」というような悲鳴を上げた。しかもどうやら殺された疑いがある――と追い討ちをかけられて、言葉を失った。

　ホテルのフロント係の話によると、風間は前日の午後、ホテルを出たあと、夜になっても戻らなかったものである。

警視庁の協力を得て調べたところ、風間は妻と娘二人の四人家族で、都内のマンションに住んでいることが分かった。

風間の死因は毒物による中毒死であった。周囲からは毒物の容器も、また毒物と一緒に飲んだと思われるコーヒーの容器も発見されなかった。犯人が持ち去ったか、それとも、どこか別の場所で毒物を飲まされ、死体となってから運ばれたか、そのいずれかだ。ただし、殺人・死体遺棄だとすると、犯人は複数の可能性が強い。そう大柄ではないが、それでも風間はふつうの男性なみの体重がある。駐車場から一人で運ぶのは困難だろう。

現場の保存状態はきわめてよくなかった。発見者のグループ七人が死体の周囲を踏み荒らしてしまったからである。もっとも、付近は岩場が多く、足跡等は残りにくいところだったから、そういう不運がなくても、死体を運んだ人物の痕跡《こんせき》は採取しにくかったかもしれない。

被害者の身元確認と事情聴取を受けるために、家族と「裏の真相社」から編集デスクの村松秀哉《むらまつひでや》と総務担当の福川建一《ふくかわけんいち》の二人が沖縄に飛んできた。

裏の真相社は『裏の真相』という一種の暴露雑誌を出版している会社だ。『裏の真相』はマスコミがあまり取り上げないような社会の裏情報を取材し、大向《おおむ》こうウケするような味つけをして掲載する。したがって、ほとんどの記事はスキャンダルといっていい。大物俳優の女性問題だとか、有名作家の脱税事件だとか、テレビ局員の痴漢行為、大新聞社社員のご乱行、某出版社の分裂騒ぎ、編集者の泥酔事件……といった具合に、芸能界やマスコミの裏事情がチラつくような「ニュース」内容が多い。

ニュースの出所は銀座や新宿などのクラブや飲み屋で、そこで一杯機嫌で喋った「酒の上の話」などから取材に入り、一応、ウラを取る作業を経て記事にする。まあ、大抵はどうでもいいようなネタなのだが、ときにはクラブの女性がうっかり洩《も》らしたマル秘情報から、政治家や経済人、ときには検察庁の大物のスキャンダルが暴かれて、大事件に発展することもある。

そういう、マスコミが手を染めないような「巨悪」を槍玉《やりだま》に上げることで、大衆から見ると正義の旗手のような存在に見えることもあるし、ほかの「ヨタ記事」のような他愛ない情報も、信憑《しんぴょう》性があるがごとく受け取られるのだ。

しかし『裏の真相』は本質的にはやはり暴露雑誌だ。ごく個人的なスキャンダルを掘り出して、覗き趣味の読者に供給するのが、もともとの姿といっていい。根も葉もない聞きかじりを針小棒大して、憶測だけで記事を書くから、しばしば猛烈な抗議が殺到する。

尻拭《しりぬぐ》いのお詫《わ》び記事はしょっちゅうだし、名誉毀損《めいよきそん》や営業妨害で訴えられることも珍しくない。当の風間は「そんなものは必要経費みたいなもんだ。いちいち気にしていられるか」と、カエルのツラに小便――然として、いっこうにこたえないが、社員はおっかなびっくりだという。

「ときどき『殺してやる』みたいな電話がかかってくることもあります」

編集デスクの村松が刑事の事情聴取に対して、そう述懐した。

「それかな――」と、警察はそのことも殺人の動機の一つに数えた。

風間には沖縄に知人がいるという話はなかったそうだ。沖縄には「仕事に行く」と言っていたが、社員には用件をはっきり伝えていなかった。もっとも、そういうのは毎度のことで、風間は単独行が多く、しばしば目的も行き先さえも言わなかったという。

「あまり人を信じることのない人だったと思います」

総務の福川はそうも言った。福川は風間が『裏の真相』を出すと決めたときからの盟友――と彼は信じていた――といわれていたのだが、その福川にさえ、風間が心底から気を許すことはなかったのではないかというのだ。

　風間は徹底したワンマンで、表面的な収入・支出はともかく、裏金的な金銭の出し入れは風間以外に把握している者はいなかった。正規の雑誌の売上げや広告収入以外にも、多額の金を積んで記事差し止めを求めてくる者がいたりする。逆に情報屋への謝礼など、帳簿には出ない金が相当、動いていたと考えられる。

「要するに、自分以外の人間を信じるなというのが、社長のモットーだったのですよ」

　編集デスクの村松はそう言った。ただし、他人に自分を信じ込ませるのは天才的だったそうだ。とくに女性を口説くテクニックは自他ともに許すほどだったらしい。『裏の真相』のニュースネタが、水商売関係の女性の筋から上がってきているのが何よりの証拠だ。そうして情報を吸い上げたあとは、使い捨てのように顧みることをしない。もちろん、使い捨てられたのは女性ばかりでなく、多くの男どもも同じことだ。

　企業や組織など、その社会に住む人間が、社会の機密情報を売ったあとどうなるか――は、風間にはよく分かっていたはずだ。当然のこととして、組織から駆逐された彼らは、アフターケアがあるものと信じて風間を頼ってくる。しかしそういう連中に対して、風間はじつに冷やかだったそうだ。

「風間さんを恨んでいた人に心当たりはありませんか」

刑事が訊くと、福川も村松も異口同音に、「そんなのは数え切れないほどですよ」と、いかにも憎々しげに答えた。口に出しはしないが、彼らもまた、風間を恨んでいた人間に属すのかもしれない。

3

風間が沖縄に来た目的については、福川も村松も分からないということだ。そんなふうに目的も、ときには行く先も言わずに出張することは珍しくなく、ひょっとすると、風間自身、ほとんど咄嗟《とっさ》の判断で出掛けてしまうのではないかとさえ思えるそうだ。

「今回も、滋賀県の大津から電話があって、急に沖縄へ行くことになったと言っていただけです。それまでは沖縄の話など、一度も出たことがないので、びっくりしました」

「大津で何かあったのですかね？」

「さあ、そうかもしれませんが、まったく分かりません」

死体が発見されたとき、風間はワイシャツ姿の軽装だった。沖縄の高い湿気と気温もあるけれど、外出の目的はそれほど堅苦しいものではなかったと考えられる。泊まったホテルの部屋に、ジャケットとバッグが残されていた。バッグの中身は着替え類や洗面道具、常備薬等で、いつも持ち歩いているというカメラと小型のテープレコーダーが見当たらなかったのは、取材目的の旅行ではなかったことを意味するのかもしれない。

また、現金は室内のセーフティ・ボックスに三十万円ほどあったが、それ以外にも財布に入れて所持していたと思われる現金やカードがなかった。したがって、犯行は盗み目的だった可能性もある。ただし、その場合はなぜ斎場御嶽まで死体を運ぶ必要があったのかが疑問として残る。

ジャケットの内ポケットから、「金波」という店の領収書が出てきた。福川らの話を聞いた感じでは、風間は大津で何かがあって、急遽《きゅうきょ》、沖縄に来たという印象がある。ともかく事実関係を確かめるために、事件から四日後二人の刑事が大津に出張し、まず金波で湯本聡子の名前を聞いて、琵琶湖テレビにやってきたというわけだ。

「金波のママは風間さんがかなりしつこくあなたに話しかけていたというのですが」

大城はねちっこい口調で言った。

「それほどでもなかったですよ。肉じゃがを食べて、ビールを一本飲んで、すぐに出て行っちゃいましたから」

「ふーん、それで、何を話したんです？」

「テレビで放送したブクブク茶会のニュースのことを話しました」

「ブクブク茶？……」

刑事二人は顔を見合わせた。

「ブクブク茶というと、沖縄のブクブク茶のことですか？」

「ええそうですよ」

聡子は彦根の清涼寺で行われたブクブク茶会のことを話した。

「なるほど……けど、なんでブクブク茶会が彦根で開かれたんですかね？」

刑事としては当然の疑問だろう。仕方がないので、琉球王家最後の姫君の話から説明しなければならなかった。刑事もそういう歴史的なことはまったく知らなかった。

「なるほど、なるほど」としきりに感心している。だからといって、ブクブク茶会そのものに興味があるわけではないらしい。一通り話を聞きおわって、あらためて「それで、どんな話をしたんですか？」と訊いた。

聡子はチラッと越坂の顔を見た。喋っていいものかどうかを確かめたかったのだが、越坂は我関せず——という冷たい顔をしてそっぽを向いていた。

「式香桜里さんのことを訊かれたんです。茶会に出演していた沖縄の女性です。茶会のあとで私がインタビューしたのが、ニュース番組の中で放送されました。その式さんのことを、どこの人かとか、連絡先はどこかとか、そういうことを聞きたかったみたいです」

「ほうっ、なるほど、それで連絡先を教えたんですか？」

「まさか、教えたりはしませんよ。ただ、うっかり観光協会の人っていうことだけは話しちゃいましたけど。でも、どこの観光協会かは言いませんでした」

それは越坂向けの言い訳だ。案の定、越坂は（余計なことを——）と言いたげに目をギョロッとさせたが、さすがに刑事の前とあって、文句は言わなかった。その代わりに「じつはですね」と口を開いた。

「湯本がその人と会う前に、社のほうに風間と名乗る人から問い合わせがありまして、やはり式香桜里さんのことを聞きたがっていたのです。むろん断りましたが、風間という名前はそう沢山はありませんから、たぶん同一人物ではないかと思うのですが」

「そうでしょうね。それで湯本さんのほうに接触したというわけですね。どういう目的だったのか、それについては何か言っていませんでしたか？」

越坂と聡子の両方に訊いた。二人は「さあ？……」と目を見交わした。とくにこれといった目的については、何も聞いていない。

「われわれとしては、こういう問い合わせには慣れていますから、ごくふつうの、興味本位で訊いてきたものと解釈して、そのまま放置しておいたのですが。その人の場合は多少、ストーカー的な面があったのかもしれません。どうだ湯本はそう感じなかったか」

「ええ、私もそんな気がしました。沖縄まで行ったんでしたら、やっぱりそうだったのじゃないですかね」

「いや、そういう単純なものではなさそうですよ」

刑事は難しい顔を作った。

「風間という人は東京の雑誌社の社長でしてね、ストーカーのような真似《まね》をする暇もないし、それらしい前歴もないのです。何かの取材目的か、それとも事件の臭《にお》いを嗅《か》ぎつけたかしないかぎり、そんなふうにしつっこく追いかけるようなことはないそうですよ」

「じゃあ、何かの事件に関係しているということですか？　あの式香桜里さんが？」

「いや、式さんがそうだというわけではないです。あくまでも風間さんはそういう人だということで……」

大城は慌てて否定した。

「ところで、そのブクブク茶会のビデオは残っているのでしょうか。もしあったら見せていただきたいのですが」

すぐに試写室でビデオを見せた。式香桜里の可憐《かれん》な姿からは、とても「事件がらみ」の臭いなど感じ取れそうにない。大城も「なるほど、可愛い女性ですなあ。これじゃついて行きたくもなる」などと、自分もストーカーになりかねないようなことを言っていた。

刑事たちが引き揚げたあと、越坂と聡子は会議室でぼんやり余韻に浸っていた。厄介な事件に関わったという気分である。聡子には漠然とだが、この先も尾を引きそうな予感もあった。

「刑事さんには言わなかったんですけど、いまになってみると、ちょっと気になることがあるんです」

聡子は考えあぐねて、言った。

「式さんと別れるとき、彼女、おかしなことを言ったんですよね。私が来週、沖縄へ行くことになるとか」

「ん？　どういう意味だ？」

「ですから、つまり、私が沖縄へ行くっていうことです」

「そりゃ分かるが、なんで来週なんや？」

「そんなこと、私は知りませんよ。式さんがそう言っていたってことです」

「そやから、なんでそんなことを言うたのか、訊いとるんやないか。湯本はどないに思うたんや？」

「べつに……ただ、おかしなことを言う人だなって思っただけです。でも、こういう事件が起きたということは、何かその言葉に意味があったような、ちょっと気持ちが悪い気がします」

「そやな、大いに気色が悪いな。それは湯本、ただごとやないで」

「やめてくださいよ、そんな脅かすみたいなことを言うのは」

「ははは、脅すわけやないけど……しかし、なんでそないなことを言うたんやろ？」

越坂は深刻そうに首をひねっている。

聡子はいかにもたったいま思いついたように言った。

「私、沖縄へ行ってみます」

「え？　行くって、何をしに行くんや？」

「決まってるじゃないですか。式香桜里さんに会って、それから、彼女と風間っていう人が殺された事件とどう関係があるのか、調べてくるつもりです」

「そんなもん、やめとけ。事件記者みたいなこと、湯本にできるわけがないやろ」

「そんなことはありませんよ。私だって報道部の記者ですからね」

「生意気言うな。湯本がやっとることは、高校の放送部みたいなもんや」

「まあ、失礼な……だったら部長がいらっしゃいますか？」

「いや、その必要はない」

「どうしてですか？　風間さんが式さんを訪ねて沖縄へ行ったらしいとか、そういう情報はうちだけしか知りえていないのですよ。部長がいつも欲しがっている特ダネを取る、絶好のチャンスじゃないですか」

「…………」

越坂は仏頂面をして黙った。

「部長みたいな偉い人が行くのと違って、私ならぜんぜん目立たないし、先方も誰も警戒しません。第一、式香桜里さんのほうから、来週は来るって予言してくれたんですから、行かないと失礼です」

自分で言った「予言」という言葉に、なぜか聡子はドキリとした。香桜里が「沖縄に来ます」と断言した口調に、そのとき聡子は確かに「予言」めいたものを感じたのだ。

「ただ、沖縄へ出張するとなると、けっこう費用もかかります。緊縮財政の折から、それが問題だというのなら、私は自費で行ってくるつもりです。その代わり有給休暇を認めてください」

「分かった」

越坂はついに折れてくれた。

「そこまで言うんやったら行ってこいや。出張費ぐらいケチッたりせんよ。その代わり言うとくが、あまり派手にやらんことやな。警察を刺激したりすると、こっちにまでトバッチリがかかってくるかもしれん。それに、プライバシーの侵害やとか名誉毀損やとか、面倒なことにならんようにせいや。まあ、観光するつもりで行ってくるこっちゃな」

なんだか、いつもの越坂らしくなく、退嬰《たいえい》的なことを言っているのが気になるけれど、とりあえず沖縄行きを認めてくれたことには変わりないのだから、聡子は「はいはい」と言うことを聞いていた。

「もしカメラが要るようになったら、すぐ応援を出すよってな。それが間に合わん場合は、そやな、琉球テレビに西崎《にしざき》いうのがおるさかい、その男に連絡せえや。けど、あまり迷惑かけんとけや」

心配そうにクドクドと注意する越坂に、むしろ聡子のほうが心配になった。

帰りに金波に寄ると、女将は顔を見るなり「ごめんね」と謝った。

「聡子ちゃんに迷惑かかるんやないかって思ったけど、警察が来ると嘘はつけんし」

「いいのよ、どうせ分かることなんだから。それより、沖縄へ行くことになっちゃった。かえって儲《もう》かったみたい」

「ほんまに？　そらよかったわねえ。沖縄はええとこやろ？　私も行きたいけどなあ」

「そんな物見遊山に行くんじゃないのよ。殺人事件の取材なんだから、けっこうヤバいことが起きるかもしれない」

冗談みたいな言い方をしたが、聡子自身、頭のどこかでそういう危惧《きぐ》を感じていることは事実だ。

翌日、聡子は関西空港から沖縄へ飛び立った。海外旅行は何度かしているくせに、沖縄はもちろん、九州から向こうは初めての経験になる。那覇空港に降り立って、モワーッとくる湿度の高い空気に南国を感じた。

空港から那覇市内へはタクシーを使った。道路は広く、空は青く、風景がむやみに眩《まぶ》しい。民家は白いコンクリートの、箱のような四角い家が多い。樹木が少なく、中東の乾いた風土を連想させた。聡子が生まれ育った信州の飯山も琵琶湖周辺も、緑の山並みに囲まれたようなところだ。式香桜里が「国」という言い方をしたけれど、やはり沖縄は本土とは違う文化圏のように思える。

風間が泊まった那覇ハーバーホテルは沖縄県庁の裏手の、小高い丘の上にあった。聡子もそこに泊まることにして、荷物だけをクロークに預け、南沖縄観光協会を訪ねた。

観光協会は久茂地《くもじ》川という小さな掘割のような川の畔《ほとり》に建つ八階建てのビルの三階にあった。この辺りには新聞社やテレビ局などがあって、たぶん沖縄の情報産業の中心といっていいところなのだろう。

受付で名刺を出して「式香桜里さんを」と言うと、係の女性がちょっと小首を傾げるような仕種をして、中に引っ込み、代わりにブクブク茶会当日、プロデューサーと世話役を務めていた比嘉という男性が現れた。

「やあやあどうも、よくおいででした。その節はお世話になりまして」

比嘉は愛想よく挨拶してから、大きな目を剝くようにして顔を寄せ、「今日はまた、何のご用でしょうか?」と訊いた。

「式さんと、このあいだ沖縄に来るってお約束したものですから」

聡子は多少、脚色を加えて言った。

「約束？　そうでしたか。けど、困りましたなあ。式は今日はおりませんが」

「お休みですか？」

「いや、そういうわけではないですけどね。ちょっと事情がありまして」

比嘉は探るような目つきをした。こっちが何か知っているのではないか――と憶測している様子だ。

「あの、もしかすると、警察が来たんじゃありませんか？」

「そう、そうなんですよ」

比嘉は周囲を見回して、「ここではなんですから」と、受付脇の応接室に入った。

「じつは、このあいだ斎場御嶽――知念村というところにあるんですが、そこで殺人事件が起きましてね。そのことで、式に聞きたいことがあるとかで、刑事が来ました。うちに来る前に琵琶湖テレビさんのほうにも行ったという話でしたが」

「ええ、来ました。私にも事情聴取して、式さんのことを聞いて行きました」

「刑事の話によると、その被害者は琵琶湖テレビさんの番組で式のことを見て、それでもって、執拗《しつよう》に探しておったそうですね。こう言ってはなんですが、式はなかなか魅力的な女性で、けっこうファンも多いです。私なんかは、ストーカーみたいなものかと思ったですが、刑事の話だと、それとは違うのではないかということでしたが」

「殺された風間っていう人は、こちらには来なかったのですか？」

「来ておりません。少なくとも受付を通っては来てませんね。電話もなかったのとちがいますかね」

「式さんはその人と会ったのでしょうか？」

「うーん、それがですね、どうもはっきりせんのです。式に訊くと会ってはいないと言うのだが、警察の事情聴取には、風間さんを知っておるような知らんような、あいまいなことを言っておるそうでして」

「どういうことでしょうか？」

「さあねえ……彼女はちょっと変わったところがありましてね。ふつうの人間とはかなり違うのです。まあ、そう言ってもあなたには分からないでしょうけど」

　比嘉は悪戯《いたずら》っぽい目になった。

「予言ですか？」

聡子はズバッと言ってみた。比嘉は「えっ」と驚いた。

「湯本さんは知っておられたですか」

「いえ、知っていたわけじゃないですけど、このあいだ式さんとお話ししたとき、ちょっとそれらしいことを感じたものですから」

式香桜里が聡子に「沖縄に来ます」と言ったときのことを話した。

「そしたら、それが現実のことになってしまったのです。もちろん、まさかこんな形で実現するとは思いませんでしたけど」

「なるほどなあ、彼女だったらありうることですなあ」

「というと、式さんにはそういう、予知能力みたいなものがあるんですか？」

「うーん、はっきりしたことは言えませんけどね。しかし、巷《ちまた》ではそういう噂《うわさ》です」

「えっ、巷っていうと、みなさんご存じなんですか？」

「ははは、そんなに真面目《まじめ》に受け取られると困ってしまいますな。沖縄というところは、丸々信仰の島ですのでね。信じるか信じないかの問題です」

「比嘉さんはどうなんですか？　信じていらっしゃるんですか？」

「半分半分というところですか」

「でも、私のことは当たりました」

「そう、しかし偶然かもしれませんよ」

「そうでしょうか」

偶然とは考えられない――と聡子は思ったが、たった一度の的中では確かなことは言えない。

「そうしますと、今日は式さんはお宅にいらっしゃるのですか？」

「いや、たぶん斎場御嶽の事件現場へ行ったのじゃないかと思いますよ。警察が式に立ち会ってもらって、現場検証をやり直すとか言ってましたから」

わざわざ現場検証をやり直すくらいだから、警察も式香桜里の超能力に一目おいているということなのだろうか。

「行ってみますか」

比嘉が言った。

「行くって、事件現場にですか？　ええ、できれば行ってみたいですね」

「じゃあ、行きますか」

言うなり、立ち上がった。

4

斎場御嶽へ行く道すがら、比嘉は斎場御嶽の由来や沖縄のことについて話してくれた。聡子はつい最近、にわか勉強で沖縄の歴史を少しかじっていたから、琉球王朝の成立などは、それなりの相槌が打てた。しかし沖縄の近代史となると、さっぱり分からない。とくに戦争の被害や米軍統治下の暮らしに関しては、とおりいっぺんの知識しかない。

「沖縄の本土復帰のとき、私は十八歳でした。これで何もかも変わる。米軍の占領下で忍従と屈辱と貧困に耐えてきた沖縄の戦後が終わって、日本人としての生活が始まる――そう思って、希望に胸を膨らませていたものでした」

比嘉は話の途中で思いついたのか、「せっかくですから、遠回りになりますが、摩《ま》文仁《ぶに》のほうに寄って行きますか」とハンドルを切り、それからまた話の先をつづけた。

「しかし、じつはそう甘いものではなかったのです。本土なみに変わったのは行政のシステムと、道路の右側通行が左側通行になったことだけ。米軍に占領された土地が戻ってくるわけでもなし、生活が楽になるわけでもなかったのです。それからずいぶん長いことかけて、県民の主権が蘇《よみがえ》ってきたかなと思ったら、米軍関係の商売が全部だめになってしまった。場所によってはゴーストタウンのようになってますよ。そこへ中央の大資本が入ってきて、リゾート地をどんどん買い占めた。地価がべらぼうに上がって、つられて物価も上がった。それが今度はバブルがはじけて、開発がストップしてしまった。残ったのは開発途中で放り出された土地と高い物価。この頃になってサミットの沖縄開催が決まったりして、ようやく、少しずつ光が射《さ》してきましたけどね。いつまで続いてくれるものですかなあ」

愚痴を言っているのだろうけれど、比嘉の表情は笑っている。

そういえば街やホテルで会った人たちの顔は、ホテルの従業員はもちろんだが、みんな笑っているように見えた。ジャパニーズ・スマイルというのがあるように、オキナワ・スマイルもあるのだろうか。根っからの明るさなのか、それとも、長い忍従の歴史が、沖縄の人々に、いつも笑顔でいるような習慣を植えつけたのかもしれない。

地図で見ると、比嘉が言ったように、摩文仁経由で行くのはかなりの遠回りだが、道路は快適だった。糸満《いとまん》市を過ぎると丘陵地帯にさしかかる。

「この辺りが沖縄攻防戦で最大の激戦地になったところです。まもなく左手にひめゆりの塔が見えてきますよ」

「ひめゆりの塔」は映画としては知っているけれど、あの悲劇の舞台がこの場所だと思うと、戦争を知らない聡子も急に身の引き締まるような気持ちに駆られた。「ここで何万人もの人が死にました」と言われても、平和そのもののような田園風景からは、戦争の悲惨さは想像すべくもない。

「この南部海岸全域を沖縄戦跡国定公園に指定しているのですが、その意味を本土の人たちにぜひ理解してもらいたいですね」

そう言う比嘉の顔は、相変わらず笑っていた。

知念村までは一時間半ほどのドライブであった。国道を左折して、少し山に入ったところの開けた場所が駐車場で、そこが目的地だった。駐車場には数台の車に混じってパトカーが二台、駐《と》まっていた。

車を降りて林の中へ歩いて行く。聡子は少しヒールのある靴だったから、ただの踏み均《な》らされた、道ともいえないような凸凹道が歩きにくかった。比嘉は時折、聡子の様子に気を配りながら、ゆっくりした足取りで先導した。

三百メートルほど行ったところに警察官が一人佇《たたず》んでいた。

「すみませんが、この先はちょっとご遠慮願います」

挙手の礼をこっちに向けて、言った。そういえば、何組かの観光客らしい人たちが途中で不満顔に引き返して行ったのは、ここで通せん坊を食らったからなのだろう。

「じつは、南沖縄観光協会の者なのです」

比嘉が名刺を出した。

「こちらは滋賀県の琵琶湖テレビから来た湯本さんです。うちの式香桜里がこちらの現場検証に参加しているはずなので、それに合流したいのですが」

「ちょっと待ってくださいよ」

警察官は無線で連絡して、了解が出たらしい。「そしたらどうぞ」と道を開けてくれた。その前を通りかけて、比嘉は思いついたように訊いた。

「もうだいぶ前にここに着いたはずですが、まだ現場検証をやっているのですか？」

「ええ、そろそろ二時間になりますか、かなり念を入れてやっているみたいですね」

警察官はうんざりしたような口ぶりだ。

そこからまた少し歩かされて、ようやく斎場御嶽にたどり着いた。手前にロープを張って、私服制服取り混ぜて六人の警察官と、彼らに囲まれるようにして式香桜里がうずくまっていた。

警察官の中には婦人警官の姿もあった。香桜里はこのあいだの郷土衣装とはガラッと変わって、水色のブラウスに紺色のパンツルックという、もしあらかじめそこに香桜里がいることを知っていなければ、とてものことと同一人物とは思えないようないでたちだ。

二人に気づいた刑事の内の一人が「やあ、どうも」と歩み寄ってきた。琵琶湖テレビに来た大城とかいう、確か部長刑事である。

「えーと、湯本さんでしたか。あなたまで沖縄に来るとは驚きましたな」

少し皮肉っぽい口調で言った。

「社の命令で、この事件を取材することになったのです」

「ふーん、わざわざ沖縄まで来てですか？　失礼だが、そんなに大きなテレビ局とは思えんかったですがねえ」

「それは失礼ですよ。取材方針は、局の大きさとは関係ありません」

「ははは、そうですか。そういえば、他局はどこも来ておらんですね。これも取材方針の違いというわけですか」

「というより、関心がないのだと思いますけど」

「つまり、あなたは関心があるわけだ」

「ええ、あります」

「なんでですか？　この事件にとくに関心を惹かれる要素というのは？」

笑顔の中から、刑事の鋭い目がこっちを睨《にら》んでいる。どんな些細《ささい》なことでも、違和感があるとなると敏感に反応するのは、刑事の習性なのだろう。

「それは……」

聡子は言い淀《よど》んで、香桜里の後ろ姿を見ながら言った。

「式香桜里さんが関わっていらっしゃるからです」

「ほう……」

大城も香桜里のほうに視線を送った。それに応えるように香桜里がこっちを見た。すぐに聡子に気づいて立ち上がった。

驚いたことに、香桜里の頬《ほお》は涙に濡《ぬ》れていたが、聡子を見た瞬間には満面に笑みが広がった。その表情を見るかぎり、聡子がこの場所に現れたことに驚いてもいないし、自分の「予言」が的中したことを得意がっている様子でもなかった。ただそこに聡子がいることを歓迎する笑顔だ。

「ああ、来てくれたんですね」

香桜里は警察官の輪から抜け出して、歩いてきた。何かの作業の途中だったのか、警察官たちはいっせいに振り向いて、苦い顔で闖入《ちんにゅう》者を見た。

「あ、式さん、困りますね。ちゃんとやってくださいよ」

大城がみんなの手前もあるのか、少し高圧的な言い方をした。

「いいんです、もう終わったんです」

香桜里は抑揚のない声で言った。

「終わったって、ほんとかね？」

仲間たちに問いかけた。訊かれた側は一様に困った顔を見合わせた。終わったのか終わっていないのか、判然としないようだ。

「何をしていたのですか？　ただの現場検証じゃないみたいですが」

聡子は不審に思って訊いた。容疑者でも目撃者でもない式香桜里が立ち会って、単なる現場検証ということはないはずだ。

「いや、それはですね、なんていうか……」

当惑顔の大城の脇から、香桜里が「私が頼んだんです」と言った。

「ここに連れてきてくださいと」

「そういうことですよ。この現場を見れば、何かが分かるかもしれないというんで、来てもらったんですがね。それで式さん、どうなんですか、何か分かったんですか」

「いいえ」

香桜里はまた涙ぐみそうな、悲しい声で答えた。

「なんだ、分からんのですか。しかしあなたは終わったと言ったでないですか」

「終わりましたけど、結論は出なかったのです」

「しようがないなあ。二時間もかけて、何も分からなかったんじゃ、骨折り損のくたびれ儲けというわけですか」

「ぜんぜん分からなかったわけではありませんよ」

「そしたら、何が分かったんです?」

「ここには死んだ人の魂はありません」

「た・ま・し・い……」

大城は魂の脱《ぬ》け殻《がら》のような声を出した。

「もしここで殺されたのなら、恨みのこもった魂が彷徨《さまよ》っているはずなのに、それがぜんぜん感じられないのです。だから、殺されたのはこの場所ではありません」

「そんなことなら、われわれにも分かっていますよ。どこか別の場所で殺されて、ここに運ばれてきたか、そうでなければ自殺の可能性が強いと判断している」

「どうして判断できたのですか？」

「そりゃあんた、いろいろな状況からそう判断したのですよ」

「状況だけで、分かりましたか？」

「それはまあ、推測の域を出ないこともありますけどね。しかし、魂がどうのというよりは確かでしょうな」

「どうしてですか？　魂の証拠がないほうが確かではありませんか」

「ははは、参ったなあ……だから自分はユタさんを連れて来るのはいやだったんだ」

大城は脇を向いて、舌打ちするように言った。

聡子には大城が「ユタ」と言ったのが、はっきり聞き取れなかった。いや、聞こえてはいたのだが、「由香」という名前のように聞こえた。「由香さんを連れて来る」とは誰のことを言っているのだろう？——と、意味が摑《つか》めなかった。

話の様子だと、式香桜里のことを指しているようだが、だとすると、大城は香桜里の名前を間違ったのだろうか。

それが不愉快だったのか、香桜里は鼻白んだように顔を背け、スッとその場を離れて、駐車場のある方角へ歩きだした。

「大城さん、彼女はユタじゃないですよ」

比嘉がきつい口調で大城に抗議した。大城は「ユタ」の「ユ」にアクセントをつけたが、比嘉は「タ」のほうにアクセントをつけて発音した。それで今度は聡子にも、「由香」ではなく「ユタ」であることが分かった。ただしなぜそう呼んだのかは不明のままだ。

「えっ？　しかし、自分はそのように聞いとりますけどな。式さん自身、いろんなことが見えると言っておったが」

「そうかもしれませんが、しかしユタではないです。職業にしているわけでもないし、彼女はそう言われるのが、いちばん嫌いなのですよ」

比嘉は気掛かりそうに、遠ざかる香桜里の後ろ姿を目で追って、「行きましょうか」

と聡子を促した。その二人のあとから、大城以下の警察官たちもついてきた。

「あの、大城さんはいま、式さんのこと、ユタさんて言いませんでした？」

悪路に息を弾ませて歩きながら、聡子は比嘉に訊いた。

「ああ、そう言ってましたね。しかし彼女はユタじゃないんですよ」

「それ、ユタって何のことなんですか？」

「あ、知らないんですか」

比嘉はかえって意外そうに聡子の顔を見た。それから、ユタのなんたるかをかいつまんで解説してくれた。成り立ちなど細かいことは分からないが、聡子には、要するに恐山《おそれざん》のイタコみたいなもの——という説明がいちばんピンときた。

「でも、どうして式さんがユタだと思われているんですか？」

「いや、勝手にそう決めつける人がいるんですよ」

比嘉は背後を気にしながら言った。

「ユタっていうのは、それを職業としている女性のことですからね。式はぜんぜん違うのです。ただ、彼女自身が戸惑うほど、予知能力みたいなものがありましてね。それを知った連中がユタだと噂を流してしまった。迷惑なことですよ」

「じゃあ、やっぱり予知能力があるんですね。私が沖縄に来ることをちゃんと予言したのも、それだったんですね」

「ははは、それはきっと、あなたに来てもらいたい気持ちが言わせたのでしょう。予知能力が本当にあるのかどうか、はっきりしたことは私にも分かりません。ただ、今日ここに来たのは彼女の意志だそうだから、何か感じるものがあったのかもしれませんね」

その香桜里は比嘉の車の脇にぼんやり佇んで、二人の近づくのを待っていた。

「いまの話は、彼女にはしないほうがいいでしょう」

比嘉は小声で言った。

式香桜里は斎場御嶽にはパトカーに乗って来たのだそうだ。ここで警察の連中とは別れて、帰りは比嘉の車に聡子と同乗することになった。大城は「いずれまた連絡します」と挙手の礼で送ってくれた。

「式さんが警察の人たちと一緒にここに来たのは、どうしてなんですか？」

車が動きだすのを待って、聡子はいちばん関心のある質問をした。

「何か言うのが聞けると思ったのです」

香桜里はつまらなそうに答えた。

「何か言うって、誰がですか？」

「殺された人が」

「えっ……」

聡子はギクリとした。死者の言うことを聞くって、これがつまり、比嘉が言っていたユタの特殊能力なのだろうか。

「式さんには、死んだ人の声が聞こえるんですか？」

「ええ、聞こえるときもあります。ただ感じることも。でも、斎場御嶽では何も聞こえなかったのです」

どう対応すればいいのか、聡子は困った。「本当に？」と念を押すのは失礼なのだろうし、さりとて丸々信じて話を聞いてばかりいていいものかどうかも分からない。

「式さんは殺された風間っていう人のことはご存じないんでしょう？」

「ええ、知りません」

「うちの事務所のほうにも、それらしい人からの電話なり連絡なりはなかったそうです」

比嘉が少し背伸びをするようにして、バックミラーの中の聡子に言った。

「警察から聞いたところによると、風間っていう人は暴露雑誌の社長なんだそうですよ。『裏の真相』っていう雑誌、湯本さんは知りませんか」

「ああ、『裏の真相』なら二、三度見たことがあります。人の噂話みたいな悪口みたいなことばかり書いてあって、面白半分に読むぶんにはいいですけど、考えてみると、噂のネタにされた人にとっては、すごく不愉快な雑誌ですよね。そうなんですか、あの雑誌の社長だったんですか。じゃあ恨まれても仕方がないかもしれませんね」

「殺されるほど、ですか？」

「えっ？　いえ、そういうわけじゃないですけど。でも、中にはそう思う人がいても不思議はないでしょう。だって、ひどい名誉毀損みたいな記事がありますもの」

「しかし、ときには政治家や企業の大物を狙《ねら》い撃ちにすることもありますよ」

「ええ、それは知ってますけど、でも、それだって汚職事件みたいな巨悪じゃなく、女性関係だとか、そういうスキャンダルを暴くだけでしょう。そういうのって、標的にされるほうもされるほうだけど、狙い撃つほうもなんだか卑しい感じがします」

「読むほうもです」

ずっと黙っていた香桜里が、ポツリとそう言った。

「ああ、そうですよね。読む人がいるから売るんだから。でも、スキャンダラスな記事が出ると、読みたくなるのが人間の弱さだわ。そういう弱みに付け込むのは卑怯《ひきょう》です」

「ははは、それを言ったら、どの雑誌も、それにテレビだって、みんな卑怯ですね。興味本位のことが多いじゃないですか」

「あら、うちのテレビはそんなことはしませんよ。じゃあ、比嘉さんは『裏の真相』みたいな雑誌を肯定するんですか？」

「いや、肯定するわけじゃない。誰にしたって、完全に清く正しく生きているわけじゃないのですからね。それを、自分だけは正義の味方みたいな顔をして、アラ探しで商売をしようなんていうのは、やっぱりまともなやり方じゃないです。恨みに思う人間が現れても当然でしょうね」

一応、結論が出たところで、聡子は話題を変えるように言った。

「さっき、あそこの現場で、式さんは泣いていらしたみたいですけど、あれは何かあったのですか？」

「ええ、沢山の死者がいましたから」

「えっ、どういう意味ですか？」

「あの辺りでは、大勢の人が亡くなったのだと思います。その人たちの悲しみがワーッと押し寄せてきました」

聡子は隣にいる香桜里の横顔をまじまじと見つめてしまった。

第二章　孤狼《ころう》とハイエナ

1

見知らぬ客であった。須美子《すみこ》が「お留守ですって言いましょうか」と言っていたのも頷《うなず》ける。四十代なかばといったところか。上目遣いに喋《しゃべ》る様子からして、見るからに貧相で陰気だ。小心なくせに、邪悪な誘惑には逆らえないタイプの人間だと思った。紹介者が『旅と歴史』の藤田《ふじた》編集長だったから、一応、会うことにしたのだが、一目見たときに浅見《あさみ》は後悔していた。

「どういうご用件でしょうか？」

応接間に通して、すぐに訊《き》いた。須美子がお茶を運んでくる前に話を終えるつもりだった。

「あの、藤田さんからは何もお聞きになっていませんか？」

客はオズオズと言った。

「ええ、何も聞いていません。福川さんという方がお見えになるということだけ、お聞きしました」

その藤田も「適当にあしらって帰してくれていいから」と言っていた。そういうことなら、最初から紹介しなければいいのに、面倒なことは他人に押しつけるのが藤田の常套《じょうとう》手段だ。

「失礼ですが、福川さんはどういう？」

「あ、申し遅れました、こういう者です」

福川は名刺を出した。「裏の真相社」の活字がまず目に飛び込んだ。「総務部長　福川建一」とある。

「裏の真相社の方ですか」

道理で、藤田は相手の素性を言いたがらなかったわけだ。浅見は意識したわけではないが、苦い顔になったらしい。福川は「すみません」と頭を下げた。

「お忙しい浅見さんに、このようなお願いをしに伺っていいものか、忸怩《じくじ》たるものがあるのですが、なんとかお力をお借りしたいと存じまして」

またお辞儀をした。

「僕は事件物の取材は苦手でして、お宅のような雑誌には向かない人間ですが」

「あ、いや、取材ではないのです。お願いというのは社の業務とは関係のないことで……あの、そうしますと、浅見さんは事件のことは何もご存じないのでしょうか?」

不思議そうな顔で訊かれて、浅見は面食らった。

「事件といいますと?」

「そうですか、それじゃ、本当にご存じないのですか」

なんとも意外そうな口ぶりだった。まるで浮世離れした者を眺めるような目だ。

「そういえば、最近はあまり新聞もテレビも見ていませんが、何か大事件がありましたっけ?」

「大事件というほどのことはありませんが、じつは、先日、手前どもの社長が殺されまして」

「えっ?……」

これには浅見も無防備な驚きを示すしかなかった。

「あの風間さんが、ですか？」

「はい、風間社長が殺されました。それも、沖縄でです」

「そうですか……それはなんとも……」

どう反応をすればいいのか、少し困りながら、頭を下げた。本音をいえば自業自得《じごうじとく》という気もしないではないが、死者に笞打《むちう》つようなことは言えない。いくら世の中からダニか蛇蠍《だかつ》のように嫌われているといっても、殺されたとなると話はべつだ。

「それで、犯人は何者ですか？」

「いや、犯人が何者なのか、どころか、社長がなぜ殺されなければならなかったのかさえ、まったく分かっておりません」

「なるほど。風間さんは敵が多かったでしょうからね。殺したいと思うかどうかはともかく、憎んだり恨んだりしていた人間は数えきれないでしょう。動機から犯人を特定するのは至難の業かもしれません」

皮肉に聞こえたかもしれない――と思ったが、福川はそういう批判には慣れっこなのか、表情は変わらなかった。

「浅見さんのおっしゃるとおりです。現在係争中のものを含めて、うちの雑誌の記事を巡る争いは二十件を超えています。それ以外にも、正直いって、泣き寝入り状態の人は少なくありません」

聞きようによっては、トラブルの多いことを自慢しているようにも受け取れる。

「それにしても、動機のある人を片っ端から調べれば、ある程度、容疑者の幅は狭まるのじゃないでしょうか」

「はい、警察は目下、その方針で捜査を進めておるようです」

「なるほど、それで?」

浅見は本題を催促した。

「しかし、警察の捜査では事件は解決しないような気がします。迷宮入りになるか、たとえ解決するにしても、相当な年数がかかるのではないでしょうか」

「どうしてそう思うのですか?」

かりにも警察庁刑事局長の家に来た客の口から、警察の無力を言われては心外だ。

「警察の捜査は遅いですし、それに、スタンダードというかワンパターンというか、とにかく飛躍がありません。そこへゆくと浅見さんの捜査術は型破り。思いがけない展開で事件を解決なさいます」

「驚きましたねえ」

浅見は呆《あき》れた。

「たしか、いつだったか『裏の真相』に『最近売れっ子の探偵・浅見光彦《みつひこ》は、勘と偶然だけに頼って事件を解決する』とか、悪口を書いてあったと思いますけど」

「おっしゃるとおりで、まことに面目ありません。しかし、あれは評論家が勝手に書いたものでありまして、私自身としては、浅見さんのその飛躍的な発想こそが、まさに警察に欠けている部分であり、犯罪捜査には必要ではないかと思っておるわけでして。そこでですね、ぜひとも今回の事件について、浅見さんのご出馬をお願いできないかと、参上した次第であります」

福川は深々と頭を下げたが、その頭が下がりきらないうちに、浅見は「だめです」と断った。

「ご承知かどうか知りませんが、僕の兄は警察庁の幹部でして、警察が捜査に当たっている事件に関して、弟の僕がシャシャリ出るわけにはいかないのです。第一、僕は風間さんとは一面識もありませんし、動機その他、事件の背景についてもまるっきり分かっていません。警察を出し抜くどころか、何一つ協力できっこありませんよ」

一気に言って、立ち上がった。

「そういうわけですから、どうぞお引き取りください」

「しかし浅見さん、過去の輝かしい業績を拝見しますと、警察の捜査に首を突っ込む……いえ、協力されてですね、数々の事件を解決なさってておいでではありませんか。ここはひとつ、まげてご出馬を賜りたいのでありますが」

福川は席を立とうとせず、陰気な顔をいっそう歪《ゆが》めて、頭を下げつづける。

「それはまあ、確かに例外はあります。それはしかし、よほど風変わりな事件で、僕の興味や好奇心を抑えきれなくなったような場合だけです」

「そういうことでしたら、この事件も必ずや浅見さんの興味を惹《ひ》くにちがいありません。なにしろ、風間が沖縄へ行った目的は、ユタに会うことだったのですから」

「ユタに？……」

浅見の好奇の虫がピクリと動いた。（しまった——）と思ったが、福川はすぐにそこへ付け込むように言った。

「そうなんです、ユタなんです。浅見さんもユタはご存じでしょうね？」

「もちろん知っています。以前、恐山のイタコに会ったことがありますが、沖縄のユタはイタコ以上に興味を惹かれるものがありますね」

浅見は好奇心には逆らえず、観念して椅子《いす》に腰を下ろした。

「風間さんはユタに運勢でも見てもらいに行ったのでしょうか？」

「まさか……社長はそういう運勢だとか占いのようなものは、頭から信じない主義の人間でした」

「それじゃ、なぜユタに？」

「いや、ユタに会いに行ったという言い方は少し語弊があるかもしれません。実際は、社長が会いに行った相手がユタだったと言うべきなのです。もっとも、その相手はユタの看板を掲げているわけでも、商売にしているわけでもないのですが」

「はあ……では、どうしてユタだと？」

「警察がそう言っているのです。社長が会いに行った相手はいわゆるユタのようなもの、いや、ユタそのものといってもいい女性なのだそうです」

「つまり、風間さんは相手がユタとは知らずに行ったということですか」

「おそらくそうだと思います」

「そして殺された……しかし、そのユタが犯人ではないのですね」

「それは分かりません。現時点では何も分かっていないようです」

「なるほど、捜査は緒《しょ》についたばかりというわけですか。それでしたら、しばらく警察の捜査を見守るほかはありませんね」

浅見が腰を浮かせかけると、福川は慌てて「まあまあ」と両手で浅見を押さえつけるような仕種《しぐさ》をした。

「そうおっしゃらずに、事件に到るまでの社長の行動で、分かっている点だけでも、一通り話を聞いてやっていただけませんか。その上で面倒見ていただけるかどうか、ご判断なさるのは構いませんが」

「分かりました。それではお聞きするだけはお聞きしましょう。ただし、あまり長くならないようにお願いします」

浅見は坐り直し、脚を組んで話を聞くポーズを作った。

福川の話によると、風間が最後に電話してきたのは沖縄のホテルからであった。沖縄へ行く前は滋賀県の大津へ行っていた。じつは大津へ何をしに行ったのかも、社員は誰も知らないのだそうだ。「そういうことは珍しくないのです」と福川は言っている。

　風間は大津からの電話で「明日、沖縄へ行く」とだけ言い、用件は何も言わなかった。ただ、「ちょっと面白いことになるかもしれない」と、陽気な口調で言ったのが、わずかに手掛かりになりそうな言葉だった。

　沖縄からの最後の電話では、風間は「変わったことはないか」と言った。福川が「社長はいつお帰りですか」と訊いたのに対しては、「そうだな、明日か、あるいはあと二、三日かかるかもしれない」と言っていた。

「それだけじゃ、まるで雲を摑《つか》むような話ですねえ」

　浅見は肩をすくめ、お手上げの恰好《かっこう》をしてみせた。最初から気乗りのしない話だから、なるべく距離を置こうとしている。

「いえ、私への連絡はそれだけですが、警察の調べでいろいろ明らかになったことがあります。沖縄へ行った目的が、ユタに会うことだったというのも、警察が摑んだ情報で、そのきっかけが琵琶湖《びわこ》テレビの番組だったということも分かっているのです」

　福川はこれまでに発表されている捜査状況について話した。現在、警察は琵琶湖テレビ関係を洗う一方、那覇《なは》ハーバーホテルその他での、目撃者探しを進めているところだそうだ。

　ユタのことはともかくとして、浅見の興味は二つの点に集中した。一つは被害者が「裏の真相社」の風間社長であったこと。もう一つは死体発見現場が斎場御嶽《せーふぁうたき》であったことだ。とりわけ、なぜ斎場御嶽でなければならなかったのかが、いくぶん猟奇《りょうき》的な意味で興味をそそる。

「いかがでしょうか、なんとかお力を貸していただけないでしょうか」

　福川は浅見の表情を窺《うかが》いながら言った。

「うーん、そうですねえ、やはりお断りしたほうがよさそうです。それに、まだ捜査が始まったばかりだというのに、僕のような素人にご依頼なさるという。なぜそんなにお急ぎなのか腑《ふ》に落ちないのですが、何か差し迫った問題でもあるのでしょうか？」

「鋭い！　さすが名探偵です」

　福川は幇間《ほうかん》のように大げさに感心した。

「おっしゃるとおり、じつはわが社は目下、一刻の猶予もないほどの財政的なピンチなのです。このところ、名誉毀損《めいよきそん》問題で起訴され係争中の事件がいくつか重なりまして、会社の業務もままならない状態です。そこへもってきて、社長がこういうことになってしまって、金繰《かねぐ》りがつかないとなると、社員の給料はもちろん、印刷屋への支払いもできません」

「ちょっと待ってください。裏の真相社というのは、そんなに財政的に苦しい会社だったのですか？　雑誌類が全般に不況の中にあって、『裏の真相』は比較的売れ行きのいいほうだと聞いていましたが」

「いや、言われているほど売れているわけではないのです。それに、取材費などの名目で支出する金もばかになりませんで、実際にどれくらい利益が上がっているのかといったことは、社長だけが把握しているような状況なのです。一刻も早く事件の真相が明らかになってくれませんと、会社は間違いなく潰《つぶ》れます。かりに解散するにしても、全社員が丸裸で路頭に迷うようなことになっては、たまったものではありませんし」

「おっしゃることがどうもよく分かりませんが、風間さんの事件が解決しようがしまいが、会社にお金のない状況に変わりはないのではありませんか？　それとも、風間さんの隠している金が自由になるとか、そういったことでしょうか？」

「それもあるかもしれません。いや、社長のことですから、密《ひそ》かに資金をプールしている可能性は十分、考えられます。しかし、それより何より確実なのは保険金なのです」

「保険金？」

「はい、社長は受取人を社員に設定した生命保険をかなりの額、契約していまして、とくにここ半年ばかりで契約の額を倍以上に増やしました。もし殺人事件であると確定すれば、およそ十億円近い金が入ってくる計算なのです」

「十億円……すごいですねえ。それじゃ、風間さんはきわめて社員思いの社長さんだったことになりますね」

「必ずしもそうではありません。なぜなら、生命保険には全社員が加入しておりまして、社員に万一のことがあった場合、すべての受取人が会社になっているのです」

「なるほど……」

浅見は襟元が寒々しくなった。風間了は孤狼《ころう》を思わせるが、その死に群がる社員たちはさながらハイエナだ。社長と社員がそういう関係で結びついている会社とは、いったいどのようなものなのか、想像するだけでも虫酸《むしず》が走る。

「警察はまだ、殺人事件と確定したわけではないと言っております。状況から見て、自殺の可能性もあるというのです。もし自殺となると、受け取れる保険金は大幅に少なくなるわけでして、ここは何とか他殺であって欲しいと……」

言いながら、さすがに気がさしたとみえて、福川は語尾を濁した。

「それにしても、風間さんに自殺する背景がないのなら、警察だって早晩、殺人事件であると断定するのではありませんか？」

「その早晩がいつになるのかが問題です。なにぶん、支払いの迫っている相手が多いもので……中には、『おまえにも支払い能力があるぞ』などと脅す者もいるのです」

福川は右の人指し指で、ほっぺたをスーッと切る仕種をした。ヤクザがらみの債務も多いということなのだろう。

「もしも殺人事件でないなんてことになったら、冗談でなく、私を含め何人かの社員の生命が危ないかもしれません。それとですね、これは警察にはもちろん言ってないのですが、いま申し上げたように、会社には金銭的に逼迫《ひっぱく》した状況がありまして、これが社長の自殺に繋《つな》がったと見られかねません」

「それじゃ、自殺の可能性があるということではありませんか」

「いや、それは絶対にありえません。風間社長が自殺するなんてことは、あの社長の性格からいって、天地がひっくり返ってもないのです。しかし警察はそうは思わないかもしれません。資金繰りに行き詰まって自殺するケースは珍しくないですからね。われわれ社員としては、それがもっとも心配です」

警察が自殺と断定した事件を引っ繰り返したことは、これまでにも何度かある。それにしても、福川が言うような目的での依頼は、過去に例がなかった。

「われわれ社員のいのちを助けると思って、なんとか殺人事件にしていただけませんでしょうか。このとおりお願いします」

浅見の渋い表情が少しも変わらないのを見て、福川はテーブルに両手をついて、カエルのように頭を低くした。

「もし、殺人事件であることを証明していただけたあかつきには、保険金の一パーセントを謝礼として差し上げます。十億円の一パーセント、つまり一千万円ということになりますが」

「一千万円……」

浅見は正直に驚いて金額を復唱したが、すぐに首を振って「やはりお断りします」

と言った。

「そうですか、ご不満ですか。では二千万円ではいかがでしょう」

「いや、お金の問題でなく、趣旨がですね、あまり愉快なものではないのが気に染まないのです。純粋に事件の真相を解明するだけならともかく、殺人事件にして保険金を取るという、そういう不純な目的があるのはどうも……」

「どうも、私の言い方がお気に召さなかったようですな。保険金うんぬんは、結果としてそうなるということであって、殺人事件であることを立証するのは、浅見さんの信条と相反するものではないと思うのですが。もし警察が自殺として片付けるようなことになってしまっては、正義が行われないのではありませんか。それでも浅見さんは知らん顔をなさるおつもりですか。それとも、殺されたのが風間のような人間だし、路頭に迷うのが、悪名高い裏の真相社の連中だから、そんなのはどうなろうと知ったことではないとおっしゃるのでしょうか」

福川は見かけによらず老獪《ろうかい》であった。さすが裏の真相社の幹部だけのことはある。こっちの弱点を見抜いて、「正義」をちらつかせば断りにくいことを、ちゃんと計算しているにちがいない。

「分かりました。お引き受けしましょう。ただし謝礼の件はご無用に願います。往復の旅費を出していただければそれで十分です。ただし、僕も物書きで生計を立てている人間ですから、何かの雑誌に事件リポートを書く自由は認めてください」

「もちろんそれは承知します。それではお気の変わらないうちに、とりあえず当座の費用として百万円をお渡しいたします」

福川はポケットから、用意した封筒を取り出してテーブルの上に置いた。

「百万なんて、そんなにいりませんよ」

「まあそうおっしゃらずに、余ったらお返しいただくということで。それでは何分よろしくお願いいたします。どうもありがとうございました。失礼いたします」

まさに気の変わるのを恐れるように、そうそうに引き揚げて行った。

2

夕食のテーブルで沖縄行きの話をすると、家族中が過剰なほどの反応を示した。姪《めい》の智美《さとみ》や甥《おい》の雅人《まさと》は「わー、いいなあ」と単純に羨《うらや》んでいたが、母親の雪江《ゆきえ》、兄嫁の和子《かずこ》、それにお手伝いの須美子は驚きの色を露《あらわ》にしている。

「飛行機嫌いの光彦が、いったいどういう風の吹き回しなの？」

雪江が信じられないような目で次男坊を見つめながら言った。

「沖縄へは、ずっと海の上を飛んで行くのですよ」

「ははは、もちろん分かってますよ。しかしお母さん、いまどき飛行機が怖いとか嫌いとか言っていては笑われますからね。それに、沖縄はいま日本でもっとも脚光を浴びているところです。旅のルポライターとして、沖縄を書かないわけにいかないでしょう」

「ふーん、それだけが目的なの？」

疑わしいと言わんばかりだ。

「そうですよ、それだけですよ。ほかに何があるというんですか。遊びになんか行くはずがないじゃないですか。沖縄の観光ガイドブックに執筆を依頼されたのです。それもかなりの好条件でです。お土産《みやげ》は何がいいか、注文を承りますよ」

少し饒舌《じょうぜつ》すぎるかな――と反省しながら、浅見は本来の目的を隠し通した。

その夜遅くにご帰館した兄の陽一郎《よういちろう》が、弟を書斎に呼んだ。

「光彦、沖縄へ行くのだそうだな」

「ええ、仕事ですが」

「スポンサーはどこだ？」

「某出版社です」

「どこの出版社だい？」

「兄さんは知りませんよ、ちっぽけな雑誌社ですから」

「裏の真相社か」

「えっ……」

「ははは、図星のようだな。隠すことはないさ、風間了の事件を探りに行くのだろう」

「参ったな、知ってたんですか」

「飛行機嫌いのきみがただの観光やルポを書くだけの目的で沖縄へ行くはずがないからね。しかし裏の真相社があえてきみに捜査を依頼するというのが解せないな。目的は何だ？」

「目的そのものは不純で、じつに不愉快なものですが、しかし事件の真相を解明することに変わりはありません」

浅見は陽一郎に福川の一件を話した。

「なるほど、一千万円の謝礼か、悪くない話じゃないか」

「冗談じゃない。そんな金を貰《もら》うはずがないでしょう」

「そうか、それを聞いて安心したよ。それはそれとして、あそこは社員が確か十人足らずの会社のはずじゃなかったかな。十億を山分けしたとしても、一人当たり一億以上になる。社長の死が、他殺であってもらいたいと考えるのも無理がないね」

「兄さんまで納得してどうするんですか」

「いや、私が言いたいのは、社員全員に社長殺しの動機があるということだよ」

「ああ、それはそうです。ひょっとすると、あの福川本人が犯人であるかもしれない。社員全員が共犯だとすると、アリバイ工作など思いのままでしょう」

「それが分かっているのなら、私には何も言うことはない。ただ、十分に心して行くことだ。沖縄は日本であって日本でないような、不思議なところだからね」

どういう意味？――と訊きたかったが、陽一郎はクルッと向こうを向いてしまった。あとは自分で考えろ――という意思表示だ。

確かに、浅見は沖縄のことは通り一遍の知識としてはあるけれど、ほとんどガイドブックの受け売り程度だ。言語、風習、それに沖縄が抱えている基地問題など、おぼろげなイメージはあるが、そんなものはたぶん、ものの役には立たないのだろう。

(日本であって日本でない、か――)

高い空、青い海、白い砂浜――と、観光パンフレットが誘いかける沖縄のイメージは、野放図に明るいばかりだ。まるでハワイを思わせる、プライベート・ビーチをもつホテルやデューティ・フリー・ショップもあるとか聞いた。若い女性たちにとっては、憧《あこが》れの別天地にちがいない。

そういう表の顔からは窺い知れない、もう一つの沖縄の顔があるということに思いを致しながら行け――と、兄は言ったのかもしれない。そのことと事件とのあいだに、何らかの相関関係があるのだろうか。

十月十四日――事件発生から六日目に、浅見は沖縄の土を踏んだ。この日の空は曇っていたが、気温はたぶん二十七、八度はありそうだ。それ以上に濃厚な湿度に、浅見はたちまち汗ばんだ。

空港前のレンタカー屋でカーナビつきの車を借りた。土地鑑を養うには、まず自分で車を運転して、地理を頭にたたき込むことから始めるのがいい。

　宿は風間了が宿泊したのと同じ那覇ハーバーホテルを、福川がリザーブしておいてくれた。それはいいのだが、ボーイに案内された部屋がスイートなのには面食らった。

「こんな上等の部屋でなくていいのです。換えてもらえませんか」と言うと、すでに前金で予約されているので――と当惑げだ。ホテルを困らせるのは本意ではないのでそのままになったが、ふだんはビジネスホテルのシングルばかりだから、慣れるまで相当、時間がかかりそうだ。

　一服する間もなく、すぐに毎朝新聞沖縄支局を訪れる。本社にいる黒須《くろす》という政治部記者が浅見と親しく、彼の紹介で支局長が会ってくれる段取りになっていた。

　支局長は牧田盛勝《まきたもりかつ》という中年男で、名前のイメージどおり野武士のようないかつい風貌《ふうぼう》である。支局といってもたった五人だけのオフィスで、牧田と事務の女性以外は全員が出払っていた。

「黒須の話によると、浅見さんはルポライターは仮の姿で、名探偵顔負けの推理を働かすのだそうですな」

　牧田はそう言ったが、どことなく冷やかすようなニュアンスである。内心は（素人さんに何ができるものか——）と軽んじる気持ちなのだろう。それに迎合するように、浅見は「とんでもない」と手を振った。

「そんなのは嘘《うそ》っぱちです。第一、僕は沖縄は初めてですから、文字どおり西も東も分かりません」

「そうですか、初めてねえ。それじゃどうしようもないですなあ。まあ、わしが手隙《てすき》のときは案内して上げますよ」

顔に似合わず気のいい男だ。

浅見はとりあえず、これまでの事件の経過を聞かせてもらった。

「要するに、まだ何も分かっちゃいねえってことですな」

牧田はいきなり結論を言った。

風間了の死亡推定時刻は十月八日の午後四時から七時頃までのあいだ。風間がホテルを出るところを最後に目撃されたのがその日の正午過ぎ頃。その間、およそ四〜五時間以上の空白がある。警察はもっぱらその空白を埋めるべく、風間の足取りを追っているのだが、決め手となるような事実はいまだに摑めていないらしい。

「自殺か他殺かも特定できていないと聞きましたが」

「公式にはそう言ってますがね、警察の心証としては自殺でしょうな。殺しだとすると、犯人はなぜわざわざ斎場御嶽みたいなところまで死体を運んだのかが不思議ということになる。もっとも、それは自殺の場合も同じこと、というか、むしろそっちのほうが不思議かもしれん。風間には土地鑑がないはずなのに、なぜあんな分かりにくい場所に行ったのかが分からない」

「そうですね。その点について警察はなんて言っているんですか？」

「いや、ですからね、警察も当初は他殺と決めてかかったのですよ。ところが周辺の聞き込みをしているうちに、地元民の中から目撃者が現れた」

「えっ、目撃者がいたのですか」

「そう、夕方のだいぶ薄暗くなってから、現場付近で風間らしい男を見たという人がいたのですな。それも斎場御嶽の方向へ一人で歩いて行った。こんな時刻になってから斎場御嶽へ行くなんて、どういう神経かと思ったそうです。あの辺りは夜になるとハブが出るという噂《うわさ》があって、地元の人間は一切、近づかないところでしてね」

「本当にハブがいるのですか」

蛇のような長いものが苦手な浅見は、聞いただけでしり込みする気分だ。

「さあねえ、この目で見たわけではないので何とも言えませんがね。出ても不思議はないようなところですよ」

「その目撃された男が風間氏だとすると、日が暮れるのは六時半頃。死亡推定時刻のもっとも遅い時間にギリギリ間に合うということになりますね」

「そういうこと。しかも男は一人でほかに誰もいなかった。それが自殺説の根拠といってもいいでしょうな。ただしほんとに風間だったかどうか、百パーセント確実というわけではない」

「斎場御嶽というのは、沖縄の聖地のようなものと聞きましたが」

「まさに聖地そのものですよ。沖縄には拝所と呼ぶ場所が無数にあるが、その中でもっとも崇高な場所とされている。したがってですね、これが殺人死体遺棄事件だとすると、風間の死体を斎場御嶽に運び込んだのは、一種のイケニエではないかなどという、穿《うが》った説もあるくらいで」

「御嶽にイケニエを捧《ささ》げる習慣があるのですか」

「いや、イケニエとはいわないが、供物はありますよ。主に五穀や果物や野菜類だが、海産物も供えますね。どっちにしても、人間をイケニエにするなんてことは、歴史を遡《さかのぼ》ってもあるはずがない。だいたい沖縄人は本質的に温厚で陽気な性格なのです。争いごとが嫌いで、それを象徴する言葉に『てーげー』というのがある。漢字を当てはめると『大概』ですかな。物事をあまり突き詰めないで、おおまかにナアナアで折り合いをつける。まあ別の言い方をすれば、ルーズってことになるのかもしれない。男と女の関係でもけじめをつけないようなところがありますよ。離婚率日本一なんていうのも、ある意味ではそれを象徴しているんじゃないですかね」

沖縄が都道府県の中で離婚率トップというのは、浅見は知らなかったが、それが牧田の言うように『てーげー』のせいなのかは分からない。これだけ温暖だと女一人、男の生活力に頼らなくても生きていくのに不自由はないのかもしれない。

「そういえば、沖縄にはユタを職業にしている女性がずいぶん多いのだそうですね」

さり気なく「取材」の目的に話題をもって行った。

「ああ、多いですなあ。二千人以上いるんじゃないですかね。もっとも、本物というか、信用できるのはそのうちの何割かってところでしょうけどね」

「本当に当たるものですか」

「うーん……ジャーナリストの端くれとしては、そういう非科学的なことを認めるのは具合が悪いのかもしれんが、ここだけの話として言えば、当たることもあるのは否定できませんな。ユタの予言がまさに的中した事例をこの目で見ているからなあ」

「ほう、どんなことがあったのですか」

「ある女性がユタに『死に神がとりついている』と言われたんですよ。本人はそんな馬鹿なと笑っていたが、それから三日後、万座毛《まんざもう》の断崖《だんがい》から落ちて死んじまった。事故か自殺か他殺か、いまだにはっきりしていないのじゃなかったですかね」

万座毛というのは恩納《おんな》村にある沖縄有数の観光地だ。「毛」は草原の意味で、その名のとおり、万人が座れるほど広い草原である。草原の周囲は断崖絶壁でストンと海に切れ込んでいる。高所恐怖症の浅見は、そうと聞いただけで近づきたくないところだ。

「風間氏が沖縄に来た目的は、ユタに会うことだったというのですが、ご存じですか」

「えっ……」

牧田は眉根《まゆね》を寄せた。

「浅見さん、どうしてそれを知っているんです？　その件については、警察ではオフレコになっているはずだが」

「あ、そうなんですか。しかし、現に牧田さんもご存じじゃないですか」

「ああ、わしはですな、特別なルートがあるから知ってるが、浅見さんが知ってるというのは不可解ですな」

　探りを入れる目つきになっている。彼の言う「特別なルート」はむろん警察だろう。捜査員の中に情報をリークする者がいるのは、珍しいことではない。

「そのユタさんに会おうと思っているのですが、難しいですか？」

「いや、会うのは難しくはないですよ。ただし、風間が沖縄まで会いに来たと思われる女性は、本物のユタではないのです。つまり職業的なユタではないという意味ですがね。だから、会うとしてもユタとしてではないことになる。ごくふつうのＯＬとしてなら会えるでしょう」

「その女性は、牧田さんはよくご存じなのですか」

「ああ知ってますよ。仕事でしょっちゅう会ってますからね」

「紹介していただけませんか」

「そうですな、単なる観光ガイドブックを作るという目的なら、紹介しますよ。彼女は沖縄の観光を宣伝するのが職業ですからね。つまり、彼女の勤務先は観光協会なのです。ここから歩いて行けるところですが、これから行きますか？」

「ええ、もちろんお願いします」

浅見はすぐに腰を浮かせた。

3

観光協会のオフィスは、小さいながらビルのワンフロアをほとんど使っている。職員は十人足らずのようだ。あちこちの壁に隙間のないほどポスターが貼《は》ってある。沖縄全体の広告もあるが、「万座ビーチ」をはじめ「タイガー観光ビーチ」「沖縄記念公園」「平和祈念公園」「知念海洋レジャーセンター」等々、公的私的とりまぜたリゾートや施設のポスターが競い合っている。

問い合わせの電話がひっきりなしにかかってきて、職員たちは対応に忙しそうだ。お薦めの観光地、ホテル、交通機関といった情報を訊いてくるらしい。ときには県や市町村の観光担当との打合せもあるのだろう。

目指す相手の「ユタ」は留守だった。牧田がいちばん手前の女性に「香桜里ちゃん、いる？」と言うと、女性は「警察の人と一緒に斎場御嶽へ行きました」と言った。

「じゃあ、比嘉さんは？」

「事務長も出かけてます。琵琶湖テレビの人が来て、斎場御嶽の話をしていましたから、連れて行ったと思いますけど」

「ふーん、琵琶湖テレビも来ているのか」

油断がならない——と言いたげに大きく目を開いて、浅見を見た。

「もうそろそろ戻って来る頃だと思いますけど、待ちますか？」

女性は応接室のほうに手を差し延べた。牧田は「どうします？」と浅見の同意を確認してから、「じゃあ、待たせてもらおうかな」と、案内を待たずに応接室に入り、ソファーの真ん中に大股《おおまた》を開いて座った。この馴《な》れ馴《な》れしい様子だと、牧田と観光協会の人たちとはかなり遠慮のない関係らしい。

女性職員は客にお茶を出してくれた。『旅と歴史』の藤田が「沖縄はいいところだが、食い物だけは不味《まず》いぞ」と言っていたが、あてにならない。少なくとも、浅見が沖縄で最初に口にしたお茶は旨《うま》かった。

それほど待たせずにドアがノックされ、男が顔を覗《のぞ》かせた。それが比嘉事務長だった。牧田を見て、あまり嬉《うれ》しそうでなく「今日は何ですか?」と言った。用向きは察しがついているのだろう。

「東京から来たお客さんを紹介しようと思ってな。例の『裏の真相社』の社長が殺された事件を調べたいのだそうだ。浅見さんという有名な探偵さん」

「探偵?……」

比嘉は目を丸くした。

「いえ、それは嘘です」

浅見は苦笑して名刺を差し出した。『旅と歴史』編集部の肩書が入ったやつだ。

「いちおう、ここと契約して、主に旅関係のルポを書いているフリーのライターです。『裏の真相社』の風間さんとは直接のお付き合いはありませんが、同業者として無関心ではいられません。いったい何があったのか、調べてみようと思って、沖縄に来ました」

「ああ、『旅と歴史』なら私もよく読んでおりますよ。テレビで『琉球《りゅうきゅう》の風』をやったとき、沖縄の特集を組んでくれてましたね。いまどき珍しい真面目《まじめ》ないい雑誌です」

比嘉はお世辞とは思えない口調で言って、自分も名刺を出した。「比嘉孝義」がフルネームだった。

「この人は三線《サンシン》の名手でしてね、沖縄の民謡を歌わせたら天下一品だ。浅見さん、よかったらいちど聴かせてもらいませんか」

牧田が焚《た》きつけるように言った。

「あ、それはありがたいですね。ご迷惑でなければ、ぜひお願いします」

「ははは、牧田さんの言うことはオーバーだから信じてはだめです。浅見さんの名探偵と同じ……いや、そっちのほうは本当のことですか？」

比嘉は真顔で訊いた。

「とんでもない」

浅見は大げさに手を横に振った。

「嘘に決まっているでしょう。牧田さん、困りますよ」

「ははは、まあいいじゃないですか。それより比嘉さん、浅見さんはお宅のユタさん……と言ったらまた叱《しか》られるが、香桜里ちゃんに会いたいというのだが、斎場御嶽から一緒に戻ってきたのとちがうの?」

「ええ、帰ってますよ。そしたら呼んできますけど、浅見さん、そのユタというのは禁句ですので」

比嘉は牧田をひと睨《にら》みして部屋を出て、すぐに戻ってきた。女性を二人連れている。細面の、目鼻だちのはっきりした、明らかに異文化の香りを感じさせるほうを、比嘉は「式香桜里です」と紹介した。

「それから、こちらは滋賀県の琵琶湖テレビさんから、やはりその件で取材にみえた湯本聡子さんです」

どちらかといえば丸顔で、目が大きく、キュートな感じのする女性だ。浅見は二人と名刺を交換して、「式香桜里」の文字を初めて理解した。

湯本聡子の名刺には「琵琶湖テレビ　報道部」の肩書があった。

「お一人で取材ですか?」

浅見はそのことを奇異に感じて訊いた。

「ええ、うちの社は貧乏ですから、クルーを出すほど予算が取れないのです」

冗談とも本音とも取れるような言い方をして、聡子は笑った。

「しかし、テレビ局としては映像がないと意味がないのでは？」

「ああ、カメラが必要な場合は応援を呼ぶことになっていますから。それに、取材しようにも、何がどうなっているのか、そこから調べないと、さっぱり分からないのです」

「なるほど……しかし、それにしても女性一人を派遣するとは、ずいぶん大胆な人選ですね。いや、湯本さんの能力を軽視するわけではありませんよ。そうではないのですが、何か理由があるのでしょうね？」

聡子は少し驚いたように背を反らせて、比嘉の顔をチラッと見た。比嘉は「よく分かりますねえ」と笑いながら言った。

「湯本さんはうちの式と約束したのだそうですよ。沖縄に来る、とですね」

「約束とは違いますよ」

式香桜里が冷たい口調で抗議した。

「そうですね、約束じゃありません」

聡子も言った。

「式さんは、必ず来ることになるっておっしゃったんです。そしたら、そのとおりになったということです」

「ははは、まあ、それも約束みたいなものでしょう」

比嘉は取り繕うように言った。

「それは予言ですね」

浅見はなるべくさり気なく聞こえるように言った。それでも比嘉は当惑げに煙たそうな目をした。さっき「ユタは禁句」と言っていたとおり、その件についてはよほど神経質になっているらしい。

対照的に香桜里は、浅見を真っ直ぐな目で見つめた。漆黒《しっこく》でつややかな童女のような目だ。浅見は一瞬たじろいだが、すぐに笑顔で彼女を見つめ返した。何か問いかけてくるような気がして、それに対して（何？——）と促す想いを込めた。

香桜里が口を開くかと思ったとき、ドアが開いて最前の女性が「牧田さん、会社から、お客さんだからすぐに帰って欲しいってお電話ですよ」と呼びに来た。

「あ、いけね、忘れてた」

牧田は照れ笑いしながら慌てふためいて、部屋を出がけに「浅見さん、ひと足先に帰りますが、何かあったら電話してください」と言い残して行った。

「浅見さんはお泊まりはどちらですか？」

比嘉が訊いた。

「那覇ハーバーホテルです」

「あ、じゃあ私と同じですね」

湯本聡子が嬉しそうに言った。

「そしたら後で、取材の方法なんか、いろいろ教えていただけませんか。私は事件物の取材は初めてなんです。おまけに沖縄そのものも初めてだし、どこから手をつければいいのか、見当もつかなくて」

「それは僕だって似たようなものですよ。沖縄が初めてというのもです。もともと、僕は旅と歴史という、その名刺どおりのルポを書くのが本職ですからね。今回の沖縄も、半分はそれが目的なのです。とくに『三線《サンシン》』だとか『琉歌《りゅうか》』といった沖縄特有の文化と、それに信仰や宗教行事にも沖縄独特のものがあるでしょう。そういったものを取材したいと思っています」

「ああ、それだったらうちの村に来るといいですよ」

比嘉が言ってくれた。

「うちも式の家も恩納《おんな》村なのですが、恩納村は開けたわりには沖縄の古い習慣が残っている土地です。いまおっしゃった琉歌も、恩納村が力を入れて、毎年一般公募をして、文化の日に『琉歌大賞』というのを出すことにしておるのです。観光協会の職員としては、自分の村だけ依怙贔屓《えこひいき》して宣伝するというわけにいかんのですが、浅見さんと湯本さんは特別ですので、構わんでしょう。うちの個人的なお客さんということで、晩飯にご招待させていただきます。私の下手《へた》くそな三線つきですが、よろしいですか?」

浅見はもちろん大喜びだし、湯本聡子も異論はなかった。

「それじゃ早速、準備をさせましょう」

比嘉は勢い込んで部屋を出て行った。自宅に連絡して、客を迎える支度をさせるつもりなのだろう。

「なんだか申し訳ないみたいですね」

聡子に言うと、脇《わき》から式香桜里が「いいのです」と言った。

「比嘉さんはお客さんをもてなすのが好きな人だし、恩納村も賑《にぎ》やかなことが好きな村なのです」

そうかもしれない――と浅見は思った。

　恩納村は沖縄本島中部のもっとも細くくびれた辺りにある。村は西海岸線に沿って細長く、海岸線はほとんどが沖合に珊瑚礁《さんごしょう》をもつ波静かな砂浜だ。リゾートとして名前の知られたビーチがズラッと並び、「琉球村」というテーマパークや豪華なホテルやレジャー施設が揃《そろ》っている。

　要するに観光の拠点で、「お客さん」には慣れているのだし、どうお客をもてなすかのノウハウは、一般村民にもいきわたっているのだろう。

　比嘉も香桜里もマイカー通勤だった。沖縄は全国の中で唯一、鉄道のない県である。バスはあるのだが、通勤にマイカーを使う人は多いらしい。

　浅見は助手席に湯本聡子を乗せ、比嘉の車に先導されて恩納村へ向かった。那覇郊外から沖縄自動車道が名護《なご》市域まで通っている。恩納村はその少し手前の屋嘉《やか》インターで下りて、一般道を西へ行く。

　道中、聡子から滋賀県での出来事を話してもらった。ブクブク茶会の放送を見た「風間」と名乗る男から、琵琶湖テレビに電話があって、式香桜里のことを聞いてきたこと。金波で飲んでいるところに男が来て、ブクブク茶会の話をし、そのときに聡子がうっかり、香桜里が「観光協会」の人間であることを話してしまったこと。そして琵琶湖テレビに刑事がやって来て、沖縄で死んだ風間了がその金波の男であると知ったこと。

「なるほど。つまり、警察は風間氏が式香桜里さんに興味を抱いて沖縄に来たと考えているわけですね」

「ええ、そうだと思いますけど、それ以外には考えられませんもの」

「さあ、それはどうですかね?……」

浅見は首をひねった。

「あら、違うんですか? それはもちろん、式さんのほうはぜんぜん知らないとしても、風間さんが沖縄に来た動機はそれでしょう」

「必ずしもそうだとは言いきれません。風間氏本人が式さんに関心を持ったかは分かりません。何者かの指示で沖縄に来た可能性だってあるでしょう」

「ああ、それはまあ、そうですけど……でも警察はそんなふうには考えていませんよ、きっと」

「まあね、それがふつうの考え方です。僕もそれで間違っているとは思いません。たぶんそれが正しいのでしょう」

「でも、言われてみると、確かに浅見さんみたいな考え方もできますね。警察に教えてあげましょうか」

「ははは、教えてやっても無駄ですよ。警察はもう自分たちの考えで固定しちゃってますから」

「そうなんですか」

湯本聡子はつまらなそうな顔になった。

「一つだけ確認しておきたいのですが、あなたと風間氏が金波で会ったとき、風間氏はあなたよりどのくらい遅れて店に入ってきましたか？」

「えっ？　それって、どういう意味があるんですか？」

「いや、彼があなたの後を尾行《つけ》ていたのだとすると、すぐに入ってきてもおかしくないと思うのですが」

「そうですね……すぐってことはなかったです。メニューを見て、ビールと肉じゃがを注文して、おばさんと少しだべっていて、ヒトミちゃん――お店の女の子ですけど――がビールを運んできて、それから肉じゃがきて、ビールを飲んで、少し食べて……十分くらいは間があったと思いますけど」

聡子は身振り手振りを交えて、そのときの情景を再現しようとしている。

「十分ですか、微妙なタイミングですね」

「それで何か分かりますか？」

「風間氏があなたを尾行していなかった可能性もあります」

「それはないと思いますよ。だってあの人、店がガラガラだったのに、最初から目をつけていたように私のテーブルに坐ったんですもの」

「ほう、それじゃ、まるっきり尾行《つけ》ていたことをバラしてしまうようじゃないですか」

「ええ、少なくとも隠す気はなかったと思います」

「それなのに十分も遅れて店に入ってきたというのは、逆に尾行していたのではないことの証明かもしれない」

「どうしてですか？　あの人、絶対に私を目当てにきたのは間違いないですよ」

「それはその通りだけど、尾行はしていなかったと思いますね。それとも、湯本さんはそのとき、尾行されている実感がありましたか？」

「えっ……ああ、そういえばそうですね。金波の店のほうに国道から曲がる辺りは、すっごく見通しがいいんですけど、私の車以外、そこを曲がった車はありませんでした。でも、それじゃ、どうして？……」

　聡子は急に不安になったらしい。

「さあ、どうしてですかねえ」

「そんな……教えてくださいよ」

「ははは、僕にも分かりませんよ。いや、尾行していたのかどうかだって、いま湯本さんが言った点だけでは断定できないのです。要するに、いろいろな可能性があることを考えておいたほうがいいということですね」

「そんな……他人事《ひとごと》だと思って呑気《のんき》なことを言ってますけど、私にしてみれば不気味でしょうがないんですから。風間っていう人が、よりによって私に目をつけたのだって、何か理由があるのかもしれないって思っちゃいます」

「それはありえますね」

「えーっ、ほんとですか？　式さんと一緒にテレビに出ていたからだけじゃなかったんですか？　じゃあ、いったい何があるのかしら？」

「それもすべて、現段階では分かりません。いずれにしても固定観念は持たず、守備範囲を広くしておいたほうがいいのです」

「ふーん……なるほどねえ、そうですね。というと、警察とは違う考え方をしたほうがいいっていうことかァ。浅見さんて頭がいいんですねえ」

心底から感心したように言われて、浅見は照れて笑った。

4

屋嘉インターを出て低い山の中を抜けると海岸沿いの国道58号にぶつかる。この辺りは沖縄本島でもとくに狭くくびれているところなのだが、中央部の山地はほとんどが「キャンプ・シュワブ」「キャンプ・ハンセン」など米軍用地に提供され、実際に恩納村の管理下にある土地は海岸からほんのわずかの、細長い地域に限られている。

国道を少し北上し、万座毛のある岬のつけ根を過ぎたところで、比嘉の車は右折した。とたんに道は細くなって、やがて門内に平屋根の二階屋がある屋敷の前で停《と》まった。そこが式香桜里の家だった。香桜里はすでに車を出て門のところで佇《たたず》んでいたが、比嘉の車に乗り込んで、いま来た道を戻って、国道から右へ、万座毛の方角へ曲がった。

角から五十メートルばかりのところが比嘉の自宅だった。塀の内側にはブーゲンビリアが咲き誇っている。シーサーという魔除《まよ》けの獅子《しし》をてっぺんに置いた門を入った。庭にはガジュマルという、幹や枝から数百本に分岐した気根《きこん》が垂れ下がった大木が繁《しげ》っている。暮れなずむ薄闇《うすやみ》の中だけに、ちょっと不気味な光景だ。

ガジュマルの樹の奥に一見して古さが分かる沖縄独特の平屋の屋敷があった。赤っぽい瓦《かわら》を載せた屋根の上にも、シーサーが天を向いて吠《ほ》えている。

比嘉は屋敷の玄関には入らず、建物を右へ迂回《うかい》して裏手へ向かう。母屋の裏に離家《はなれ》があった。床の高い平屋で、ちょっと見には神社の拝殿のような素朴な建物だ。南向きに縁側があり、板戸も障子もすべて開け放たれた部屋の真ん中に座卓が置かれ、すでに料理が並べられていた。その脇には囲炉裏《いろり》が切ってある。べつに寒いわけではないが、囲炉裏には炭火があかあかとおきていた。

これだけの用意を、比嘉は観光協会から電話で指示していたのだろう。

「さあ、上がってください」

浅見と聡子は勧められるまま、土間に靴を脱いで座卓の奥、背後に床の間のような壁のある側に坐った。どうやらここが客の居場所と決まっているらしい。式香桜里も客に準じるのか、聡子と反対側、浅見を挟む座に坐った。はからずも「両手に花」状態が現出して、浅見は大いに照れた。

座敷裏に控えの間か台所があるのか、人の気配がしたかと思ったら、男が二人と女性が現れた。三人とも比嘉の友人で、男性は恩納村の商工会青年部長をやっている平《へ》安名《んな》智雄《ともお》と、恩納村文化協会で古典音楽部長を務める伊芸学《いげいまなぶ》、女性は同じ文化協会で琉球舞踊部長を務める登川誠子《とがわせいこ》――と紹介された。それぞれ恩納村の有力者なのだろう。意外にも、比嘉が事務所から連絡して夕餉《ゆうげ》の準備を指示していたのは、この人たちに対してだったのだ。どうやら比嘉には年老いた両親以外に家族がいないらしいことが、おいおい分かってきた。

「平安名」とは面白い名字だ。東京の大学へ行っていた頃は「ヘンナ名前」とみんなに笑われた――と、当人もおかしそうに笑った。その平安名はふつうのスーツ姿だが、伊芸と登川は郷土の衣装を纏《まと》っていた。伊芸のは紺色のアッシのような生地を使った作務衣《さむえ》のような恰好。登川誠子は紅型《びんがた》染の典型的な沖縄女性の衣装であった。

比嘉が座卓の端に坐り、ほかの三人は客と向かい合う場所にそれぞれ坐って、すぐに乾杯ときた。名物の「泡盛」は強すぎるので、浅見はほんの一口だけにして、あとはオリオンビールという、沖縄特産のビールにしてもらった。香桜里は当然のように泡盛をグラスに注ぎ、聡子もいけるくちなのか、泡盛の酌を受けている。

テーブルの上の料理は、東京辺りでは絶対にお目にかかれないようなものが多い。沖縄名物の「ゴーヤチャンプル」ももちろんあるし、グルクンという小魚の南蛮漬、丼《どんぶり》いっぱいのモズクの酢の物、「とうふよう」という豆腐を腐らせたチーズのようなもの、「海ブドウ」と呼ばれる海草の酢の物……等々である。『旅と歴史』の藤田が「沖縄の食べ物はまずい」と妙な太鼓判を押していたが、たしかに見栄えはしないけれど、それなりに旨い。酒飲みにはこたえられないにちがいない。

比嘉、香桜里を含め、沖縄組の五人はいずれも観光に関わる仕事をしているから、沖縄の将来や観光についての話題で盛り上がっていた。米軍基地用地が返還されたあとの沖縄のあるべき姿――といったようなことを、熱心に語った。

少し酔いが回った頃、比嘉が三線を持ち出した。三線は要するに、三味線の胴にネコの革でなく蛇の皮を張ったものと思えばいい。「三線」を「サンシン」と発音するのは、沖縄ではアイウエオのエ段をイ段に、オ段をウ段に発音するからである。いろいろなケースでそうなっている。たとえば「御嶽」は「オタケ」のはずだが「ウタキ」と言う。餅《もち》はムチ、沖縄はウチナーである。ちなみに「キ」は「チ」と発音する場合が多い。恩納村も本来は「ウンナ」だったと思うが、いまは共通語に合わせて「オンナ」と発音しているようだ。

「琉歌《りゅうか》をひとつ、歌ってみましょう」

平安名が言って三線を構えた。

恩納村では村のイベントの一つとして「琉歌大賞」というのを設定しているという。

「オーバーにいえば、全国、いや世界中から琉歌を募っているのです」

琉歌というのは、和歌が五七五七七であるのに対して、八八八六で構成される。最近の琉歌大賞受賞作の中で、平安名がもっとも気に入っている歌をまず歌った。

「月《ちち》しらもさやか　恩納《うんな》白浜の　波に裾《すす》濡らち　遊《あし》ぶ今宵《くゆい》」

なるほど、和歌とは異なる、独特の韻《いん》を踏んで味わいがある。それを皮切りに、比嘉と登川誠子が三線を弾き、伊芸が小太鼓を叩《たた》き、おなじみの沖縄メロディを三人が交代で次々に歌った。沖縄民謡はのどかで陽気だが、どことなく哀愁を感じさせる。

言葉が難解で意味が分からない部分もあったが、雰囲気は伝わってくる。

興が乗ってくると、香桜里まで引っ張り出されて三線を弾いた。沖縄では小学校から三線を教えるのだそうだ。三線は沖縄人のいのちのような文化で、戦後、あらゆる物が消滅したときでも、空き缶にパラシュートの糸を張って三線を作った。

登川誠子が立ち上がってその場で踊り始める。手の動きを主体にした小さな踊りだが、紅型衣装の袖《そで》や裾《すそ》の動きが優雅で、琉球王朝の昔を彷彿《ほうふつ》させるものがある。

帰りのことがあるので、浅見は宴なかばより前にアルコールは控えたが、ほかの連中は委細構わず飲んでいる。湯本聡子が可愛《かわい》い顔に似合わぬ飲み手なのには驚いた。やはりテレビ局などに勤めていると酒量も上がってしまうのだろうか。白い顔にほんのり朱がさして、目が潤んだようにキラキラと輝いてかなり色っぽい。

（大丈夫かな――）と、浅見は少し不安になった。彼女が酔いつぶれでもしたら、どう処置すればいいのか、そういうことにはまるで経験のない男だ。

香桜里は適当にグラスを空けてはいるが、さほどの量ではないのか、それともむやみに酒豪なのか、ほとんど酔いは出ていない。しっかりした手つきで三線を弾き、透き通るような声で歌っている。

宴は三時間を越えたところで、ようやく終わった。心配したとおり、聡子は相当に酔っている。飲み慣れない泡盛などという強い酒に、ペースが摑めなかったのかもしれない。立ち上がって足がフラついた。浅見と香桜里が手を貸して、どうにか車に乗せたが、とたんに後部シートに倒れ込んだ。

ただ一人だけしらふの浅見が、ホテルに帰りがてら香桜里を送り届けることになった。助手席に香桜里を乗せ、比嘉たちに別れを告げた。

さっきまで陽気に歌っていた香桜里が、急に押し黙って、小さな吐息をついている。

「大丈夫ですか？」

浅見が訊くと、「ええ」と答えるが、なんだか元気がない。

式家まではほんの三分ほどだ。真っ暗な建物の前で停まると、香桜里は「浅見さん、ちょっと寄って、目覚ましにコーヒーでも飲んで行ってください」と言った。

「ありがとう。しかし、こんな夜更けですから、ご家族に迷惑でしょう」

「いえ、家には誰もいません」

「ああ、お留守なんですか？」

道理で真っ暗なはずだ——と思ったが、香桜里は「留守というわけではないのです」と言った。

「一人住まいですから」

「えっ、一人でこんな大きな家に住んでいるんですか。すると、ご家族は？」

「家族はいません」

怒ったように言うと、背を向けて歩いて行った。玄関に入り明かりをつけ、こっちを向いて佇んでいる。

浅見は当惑した。後部シートの聡子は倒れたままの恰好で寝息を立てている。「湯本さん」と呼んだが、まったく反応がない。このぶんでは、酔いが醒《さ》めるまで寝かせておくしかなさそうだ。ホテルに連れ帰ったとしても、部屋まで抱えて行ったあと、どうすればいいのか想像しただけで、気持ちが穏やかでなくなる。

香桜里の家はコンクリートの二階屋で、沖縄独特の平屋根の家だ。沖縄本来の伝統的な民家は木材で建て、軒を深く取り、屋根は赤瓦で葺《ふ》いて、それを珊瑚を焼いて作った漆喰《しっくい》で固めるという様式で、比嘉の家がそうだった。

それが戦後少し経《た》つと、コンクリートの家が建ち始めた。多少高くつくけれど、台風銀座の沖縄では、コンクリートの家のほうがいいに決まっている。ただしコンクリートといっても無機質な箱型ではなく、窓を大きく取って風通しをよくし、テラスを贅沢《ぜいたく》に張り出させたり、一部に瓦屋根を作りシーサーを載せたりしている。

ポーチの屋根のシーサーに見下ろされながら、浅見は玄関に入った。外見は外国風だが、建物の内部はふつうの木造家屋とほとんど変わりはない。最近の洋風建築よりは、むしろ土間から床までが高い。縁の下の風通しを考えているのだろう。

その上がり框《かまち》に香桜里がスリッパを揃えてくれた。玄関ホールからドアを入ったところがリビングルーム兼応接間であった。勧められるままソファーに坐る。香桜里は奥のほうでコーヒーをいれてきた。「インスタントですけど」と言うが、いい香りだ。

「ああ、おいしい」

浅見はブラックで飲んで、生き返ったように頭がすっきりした。

「おいしいでしょう」

香桜里は真っ直ぐ浅見を見て、言った。彼女は何か言うとき、上目遣いや横目になることがないのに、浅見は気がついた。いつも真っ直ぐ相手を見つめて話す。漆黒の眸《ひとみ》に見つめられると、慣れない者は少しドギマギするかもしれない。浅見もわりと相手の目を見て喋るほうだが、香桜里と向かうと、自分のほうから視線を外したくなる。外したあとも、残像のように彼女の視線を感じつづけて、落ち着かない気分である。

「さっき式さんは、ご家族がいらっしゃらないと言いましたが、どこか余所《よそ》に住んでおられるのですか？」

　話題づくりに窮して、浅見はあまり歓迎されないような質問をした。案の定、香桜里は彼女のほうから視線を外して、「いえ」と首を横に振った。

「家族はどこにもいません」

「えっ、それじゃ、本当の独りぼっちなんですか」

「ええ、両親は事故で死にました。十年前のちょうどいま時分です」

「…………」

　浅見は絶句した。それ以上、何があったのかなどと訊く勇気はなかったが、そうするまでもなく、香桜里のほうから口を開いた。

「交通事故です。対向車がセンターラインを越えてきて、それを避けようとして海に落ちて、それで父も母も死にました」

「あなたは乗っていなかったのですか」

「ええ、私は乗らなかったのです。予感がして、それで両親にも運転はやめるように言ったのですけど……」

無念そうに語尾が揺らいだ。

「あの、予感というと、どういう？」

愚問かな、と思いながら訊いた。

「車に乗ろうとしたとき、ものすごく不吉な気分がしたんです。だから行くのはやめようと言ったのに、信じてくれなくて、私だけ残して行ってしまったんです。そのあと、ずいぶん経って、向こうから車が突っ込んでくる幻覚を見ました」

「それで、相手の車はどうしましたか」

「分かりません。警察に言っても、そういう事実はないって言われました。居眠りか脇見か何か、母の運転のミスで転落したのだと思っているようでした」

「しかし、そうではないのですね？」

「ええ」

「証明するものはありますか？」

「ええ、見えましたから」

「ああ、なるほど……」

これでは警察を説得できるはずがない——と浅見は思った。浅見自身、香桜里の「証言」をどう受け止めればいいのか、当惑している。彼はもともと超能力や超常現象といったものは信じない主義なのだ。

世の中に「予言」が当たった話というのは実際にあるけれど、それは偶然の所産であって、下手な鉄砲も数打ちゃ当たる——のたぐいだと思っている。それは競馬や競輪の予想屋も同じだそうだ。

たとえ十分の一であっても、「当たった」という事実のみが拡大喧伝《けんでん》され、残りの十分の九の「外れ」は無視されるから、あたかも予言や予想がすべて当たるかのように錯覚されるのである。そのことは明治の哲学者・井上円了《いのうええんりょう》も同様なことを言っている。

しかし、だからといって式香桜里の場合もそうだと、決めつけるわけにはいかない。浅見は彼女について、まだ何も知らないも同然なのだ。

以前、青森県下北半島のイタコのお婆さんが、「お山の下を恨みっこの塊《かたまり》が通って行った」と口走り、その予言どおり、彼女の孫が殺されたことがある（『恐山殺人事件』参照）。それも偶然と思い捨てるには、ことが重大すぎた。

今回も人の死に関わっている。香桜里が何を見たのか、それがどのように的中したのかを聞いてみなければ、あっさり笑い飛ばすことはできない。

「あなたのことをユタだと言う人が多いそうですね」

浅見は言った。

「ええ、でも、私はユタではありません。ユタは職業にする人たちです。それに、私には先祖や死者の霊が降りたり取り憑《つ》いたりすることもないのです。ただ見えたり聞こえたりするだけ。ときには感じるだけのこともあります。このあいだ、湯本さんと会ったときも、ただ何となく、湯本さんは沖縄に来る——と思いました。どうしてかって訊かれても分かりません。でも、そういうことって、浅見さんにだってあるでしょう？」

「えっ、僕に？」

「ええ、浅見さんに会った瞬間、すぐに分かりました。あ、この人、私と同じだって」

「ははは、まさか……僕には予知能力みたいなものはありませんよ」

「いいえそれは嘘です。でなければ、気がついていないのです」

そう断定的に言われては、反論のしようがない。それに、浅見にも他人には言わないが思い当たることがないでもなかった。

夜道を走っていて、道路脇から男が浅見の車めがけて飛び込み「自殺」をしようとしているのを、寸前で予知したことが、事実あった。もしそのとき、予《あらかじ》め察知していなければ、ブレーキを踏むタイミングが遅れて、過失致死罪に問われていただろう。男が飛び込み自殺をしたなどと、誰も信じてはくれなかったにちがいない。

人間誰にも、程度の差こそあれ、そういった本能的な予知能力はあるのかもしれない。危険に対する防衛本能といってもいい。

「式さんが『見える』というのは、どういうふうに見えるものなのですか？」

「いろいろですけど……初めて見えたのは、子供の頃、女の人の顔が見えました。学校の窓ガラスに映ったり、走っている車の向こうからワーッという感じで現れたり、とても恐ろしかった」

「それは何だったのですか？」

「たぶん、父を愛した女性だったのじゃないかと思います。私はまだ幼かったから分かりませんでしたけど、その女性にしてみれば、私と母が憎くて憎くて仕方がなかったのでしょうね。結局、その人は自殺しました」

「………」

あっさりした口調なので、浅見は言葉を失った。

「つい最近ではこんなことがありました。通勤で朝、車を走らせていると、屋嘉インターへ行く手前の山の中に、人が死んでいるのが見えたんです。それで、インターの料金所の人にそう言ったら、あとで警察が来て事情聴取をされました。行方不明になっている人がいるので、その場所を教えてくれっていうんです。それで一緒に行って、探して上げました。すごい森の中でしたけど、本当に首吊《くびつ》り自殺をしている人がいたのです。早く見つかってよかったと思ったのに、警察は私を疑って、まるで犯人か何かのようにいろいろ訊問《じんもん》されるので、とても不愉快でした」

たんたんとした話し方だが、警察に対する不信感は隠さない。両親の事故の原因調査についてもそうだったように、警察は彼女の言い分をストレートに信じようとしなかったにちがいない。もっとも、それは無理からぬことだろう。森の奥で死んでいる男のことを、どうして知りえたのか、彼女の説明だけでは納得できっこない。むしろ

「犯人だけが知りえる事実」として、容疑の対象にするほうが当然だ。

「それでも、今度の事件では式さんを斎場御嶽に連れて行っていますね。警察はある程度は信じているのではないでしょうか」

「ええ、そうかもしれません。でも、警察が公式にユタ——私はユタじゃないですけど、ユタみたいなものを信じたなんて言えませんから、私のほうから連れて行ってくれって頼んだことにしているのです」

「結果はどうだったのですか。何か分かったのですか？」

「あそこで殺されたのではないということだけは分かりました。私が感じたのは古い霊魂だけ。たぶん、戦争で亡くなった人たちじゃないかと思いますけど。恨みもなく、霧のようにゆったりとした霊気が漂って、とても悲しかったのです」

　斎場御嶽を知らない浅見にも、その雰囲気は伝わった。

「死体のあった斎場御嶽で殺されたのではないとすると、余所で殺された死体遺棄事件であるということなのですね」

「そうだと思います。でも、警察は自殺の可能性が強いと思っています。斎場御嶽へ向かう風間さんらしい男の人を見かけたという目撃者がいたそうですから」

「風間という人物のことは、式さんは知らないのですね？」

「ええ、ぜんぜん知りません。私のことを尋ねて沖縄に来たみたいですけど、会ったことはもちろんないし、名前を聞いたこともありません」

それが結論めいたものになって、会話がしばらく途絶えた。浅見はふと湯本聡子のことが気になって、時計を見た。すでに三十分以上を経過している。

「あっ、そろそろ行かないと……」

浅見が立ち上がると、追い縋《すが》るように香桜里が言った。

「浅見さん、いつまで沖縄に？」

「そうですね、しばらくは滞在するつもりです。少なくとも、この事件の行方がはっきりするまでは」

「ああ、よかった……」

ほっと安堵《あんど》した声で呟《つぶや》いた。どういう意味なのか問い返そうとして、浅見は辛うじて踏みとどまった。香桜里のこっちを見つめる眸の輝きに、それを聞けば、抜き差しならなくなるような予感を抱いた。

車に戻ると、聡子はまださっきと変わらぬ恰好で眠りこけていた。

「湯本さん、大丈夫ですか?」

声をかけると、「はい、ありがとう……」とあいまいに答えて、そのまま動かない。

浅見は香桜里に向けて肩をすくめてみせた。

「ホテルに着くまでには、なんとか目が覚めるでしょう」

香桜里の不安そうな目に出くわして、なかば言い訳のように言って、車に乗った。

ホテルには十二時前に着いた。「湯本さん着きましたよ」と怒鳴ると、聡子もさすがに目が覚めて起き上がった。

「あ、少し眠っちゃったみたい」

トロンとした目で周囲の様子を確かめて、「ここはどこですか?」と訊いた。

「ハーバーホテルです。歩けますか?」

「は?　歩けますよ。私はそんなに酔っていませんよ」

心外だ——と言わんばかりに応じた。そのくせ、ドアの開け方が分からず、暗中模索するような手つきである。

浅見は車を出て、「はい、どうぞ」とドアを開けてやった。その手に摑まるようにして、聡子はようやく車を降りた。足元はいくぶんおぼつかないが、なんとか立って歩くことはできそうだ。

浅見は聡子に腕を貸して、仲のいいアベックのようにホテルに入って行った。ロビーに客の姿はないが、フロント係が二つの部屋のキーを渡しながら、意味ありげな目つきをしていたのが気になった。

聡子を五階の部屋に送り届け、七階の自分の部屋に入ると、浅見はドッと疲れが出た。やっとの思いでシャワーを浴び、ベッドにもぐり込むと、朝まで前後不覚に眠った。

第三章　今帰仁《なきじん》城跡

1

午前中早めに首里《しゅり》城や玉陵《たまうどうん》、それに嘉手納《かでな》基地など、主だったところを足早《あしばや》に観光して、正午少し前、浅見が毎朝新聞に顔を出すと、牧田支局長が「あ、浅見さんちょうどいい、めし食いに行きましょうや」と言った。

「ちょっと遠いけど、面白い店があるんですよ」

ガキ大将が宝物の隠し場所に案内するように、肩を揺すってイソイソと歩く。

「汚い店だけど、純和風のめしを安く食わせる店は、ここしかなくてね。沖縄料理に食傷ぎみの、われわれみたいなヤマトンチューにとっては、オアシスみたいなもんですな」

沖縄人の「ウチナーンチュ」に対して、本土の人間を「ヤマトンチュー」と呼ぶ。つまり「大和人」である。

「女将《おかみ》っていうのが、見れば分かるけど、相撲取り顔負けの堂々たる体格でね、まあ、いうなれば肝っ玉かあさんです」

道々、牧田はその店のプロフィールを解説した。よほどお気に入りの店らしい。

女将の明石和子《あかしかずこ》という女性は兵庫県の出身で、二十年ほど前、結婚してすぐに那覇《なは》にやってきた。亭主が板前の修業を終えて、ひと旗揚げる先を那覇に決めたのだそうだ。那覇には大衆的な純和風料理を食べさせる食堂がなかったので予想どおり、店は繁盛した。ところが、不運にも七年目に亭主が急死した。そのあと、三人の子供を抱えながら、女手一つで店をきりもりしてやってきたそうだ。

国際通りのゆるい坂を少し行って、左に折れた裏通りに「明石屋食堂」という看板を掲げた店があった。なるほど、店の規模はまあまあだが、古くて、お世辞にもきれいとは言いがたい。

店はすでに混んでいたが、牧田の顔を見たとたん、奥のほうから女将が飛んできた。

といっても解説どおりの女丈夫だったから、軽やかにというわけにはいかない。左右のテーブルを弾《はじ》き飛ばしかねない勢いだ。

「牧田さん、そこそこ、そこの席予約にしとったさかい」

入って右へ行ったどん詰まりのようなテーブルに「予約席」の札が立っていた。

「何だい、話っていうのは？」

牧田は腰を下ろしながら訊《き》いた。

「お母ちゃんから電話でお誘いがかかるってのは、初めてじゃねえかな？　縁談みたいなややこしい話だったら、願い下げだよ」

「あほなこと言わんときいな」

明石和子はチラッと浅見のほうに視線を飛ばして、「お客さん？」と訊いた。

「ああそうだ、東京からみえたルポライターさんだ。何だ、一緒じゃ具合悪いのか？」

「ううん、牧田さんが構へんかったら、私は構わんけどな」

「あ、僕は席を外しましょうか？」

浅見は気を利かした。

「いや、構わんですよ。いいんだ、この人はうちの仲間みたいなもんだからな」

牧田は保証して、女将に話を聞かせるよう促した。

「ほんなら話すけどな、あの男の人とよう似たお客さんがうちに来とったんよ」

「ん？　あの男って、誰だい？」

「あれやがな、このあいだ新聞に出とった、ほれ、斎場御嶽《せーふぁうたき》で死んではったいう」

女将は牧田に顔を寄せて、堂々たる体躯《たいく》に似合わず、囁《ささや》くようにそう言った。

「えっ、ほんとか？」

牧田は反射的に周囲を見回した。

沖縄では「琉球新聞《りゅうきゅう》」と「沖縄タイムズ」の二つの地元紙が圧倒的に強く、その二紙でほとんどのシェアを占めている。中央紙である毎朝はまだまだ悪戦苦闘の段階を出ていなかった。それだけに、スクープで存在をアピールすることは何よりも望ましい。その職業意識がモロに顔に出た。

「この話は誰にもしてへんで」

女将はもったいをつけて言った。

「ありがとよ、恩に着る。だけど、ほんとかね？　間違いないかい？」

「新聞に出とった、あまりはっきりせん写真を見ただけやし、絶対そうやとは言えへんけど、まず間違いない思うわ」

牧田は上着の内ポケットから少し折れた写真を取り出した。警察が聞き込み用に作った手札判の鮮明な写真である。

「この顔だったか？」

「ああ、間違いないわね」

言下に頷《うなず》いた。写真に触発されたのか、明石和子の記憶はだんだんはっきりしてきたようだ。

「確か、きつねうどんといなり寿司を食べてはったな。油揚げの好きな人やな――思うたことを憶《おぼ》えてるさかい」

「そいつ、一人だったのか？」

「こらっ、亡《の》うなった人に『そいつ』みたいなこと言うたらあかんで」

「あはは、悪い悪い。それでその人、一人だったのか？」

「ああ、一人やったわね。ただ、ときどき時計を気にしとって、表のほうを何回も見とったさかい、誰かと待ち合わせしてはるんかと思ったけどな」

「それで、誰も来なかったのか?」

「来んかった思う。けど、どこぞへ電話しに行ったり、外から電話がかかってきとったみたいやけど」

「電話? 携帯か?」

「そうや」

「何を喋《しゃべ》ってたか、分からねえのかい?」

「そら分からんわ。聞き耳を立てとったわけやないもん」

「そうだろうけどさ、何か一つぐらい憶えてねえか? たとえば、『もしもし』ぐらいは聞こえたんだろ?」

「そら聞こえたに決まっとるがな。そやな、『女』とかは言うとったな」

「女か……」

「ああ、女やな。何回か女言うのが聞こえたような気がする。そう言うて、笑っとったわね。悪い遊びでもしよう思うとったんと違うかしら」

明石和子は不愉快そうに言った。

「女と言って笑ってた、か……」

牧田は浅見の顔を見た。意味はないのだろうけれど、パートナーの反応を試すような目つきでもあった。

「そのオンナですが、それは恩納《おんな》村の恩納と言ったのじゃないでしょうか？」

浅見は遠慮がちに言った。

「あ、そうだ、その可能性はありますね」

「風間氏が何度も『オンナ』と言って笑ったのは、『恩納』の『女』というのがおかしくて笑ったのかもしれません。彼が訪ねようとした式香桜里さんも恩納村ですから」

「そうか、そうだね、彼女を訪ねる目的で沖縄に来たっていうのが事実なら、そのセンはかなりいけそうだな」

「どうしますか、警察に伝えますか」

「えっ、ばかなこと言わねえでくださいよ。そんなもん警察に言ってどうするんです？　いっぺんで筒抜けじゃないですか」

警察は地元紙との関係が緊密だ。牧田はそのことを警戒している。

「ははは、そうおっしゃると思いました。しかし、風間氏の足取りについて、警察は恩納村を調べたのでしょうかねえ？」

「いや、おそらく調べてねえでしょうな。那覇市内だけで手一杯じゃねえですか。この店にだって、まだ来てねえんだろ？」

牧田が訊くと、明石和子は大げさに手を左右に振った。

「来てへん来てへん、来とったら、警察にいまの話、しとったかもしれんわ。そやけど、警察はこんな店、調べに来《き》いひんのと違うやろか。イチゲンのお客さんは誰も気ィつかへんような場所やし」

「えっ、そうなんですか？」

浅見は驚いて女将の顔を見た。

「はあ？　そうなんですかいうて、何のことですの？」

「いや、いまあなたが言った、誰も気がつかないということですが、本当に気がつかないのでしょうか？」

「そうやねえ、気ィつかへんのと違いますかなあ。どやろ牧田さん、ふつうの観光客やったら、誰も気ィつかへんわねえ？」

「ああ、まあそうだろな。気がついたとしても、こんな汚い店、誰だって入る気にはならねえだろうしな」

「汚いは余計でっしゃろ」

言い合って笑っているが、浅見は深刻な顔で考え込んだ。

店が混んできて、女将の応援が必要になったらしい。明石和子は「そしたら、お二人さんともサンマの塩焼き定食でええわね」と、返事も待たずに行ってしまった。

浅見の表情に気づいた牧田が「何かありますか？」と訊いた。

「ええ、ちょっと気になったのですが、イチゲンの客だったら誰も気がつかないようなこの店に、風間氏はどうして来たのでしょうか。なぜこの店を知っていたのか、不思議ではありませんか」

「そうですな……いや、風間は沖縄にいた頃、この店に来たことがあるかもしれない」

「えっ、風間氏は沖縄にいたことがあるのですか？」

「あれ？　なんだ、知らなかったんですか。そうですよ、風間は十年ばかり前、どこかの雑誌の仕事か何かで沖縄に来ていましたよ。もっとも、私は一度会ったかどうか程度の付き合いですがね」

「風間氏と親しかった人を知りませんか」

「いや、知りませんな。むしろ風間については、付き合いの悪いヤツという噂《うわさ》は聞いたことがありますがね」

「その噂は誰から聞きましたか？」

「えっ？　そんなことは憶えていませんよ。第一、噂を聞いた相手だって、とっくの昔に本土へ引き揚げちゃったでしょう」

「そういう付き合いの悪い風間氏も、この店には来た可能性があるということですか」

浅見は話題を元に戻した。

「でしょうな。付き合いがよくても悪くても、沖縄に来たヤマトンチューは、大抵は一度や二度はこの店に来ますからね」

「だとすると、昔の懐かしさに惹《ひ》かれて、この店に来たのかもしれませんね」

「そうかもしれませんな。どっちにしても、ここは通りすがりに衝動的に入りたくなるような上等な店じゃないですからね。それより浅見さん、待ち合わせの相手がここをよく知っていて、明石屋食堂と指示した可能性のほうが強いんじゃないですかね」

「それはないと思います。かりにも相手を殺そうとしてる者が、そんな馴染みの店を待ち合わせ場所に使うとは考えられません」

「それはそうだが……しかし、風間が表を気にしていたという女将の話の信憑性《しんぴょう》からいって、待ち合わせしていたのは事実じゃないのですかねえ」

「そうだとしても状況が変わったのかもしれません。それでここには現れずに、別の場所を指定してきたとも考えられます」

「状況が変わったというと？」

「たとえば、急に都合が悪くなったとか、それとも、この店で待ち合わせるのは具合が悪くなったとか。つまり、当初は風間氏に対して殺意などなかったのが、その後事情が変わって、殺さなければならなくなったとも考えられます」

「うーん……なるほどねえ。浅見さんはいろんなことを考えますなあ。ひょっとすると黒須が言ってた、名探偵というのは、あれはほんとのことじゃねえんですか？」

「ははは、こんなことぐらい、誰だって思いつきますよ」

「そうかなあ。しかしわしは気がつかなかったですけどねえ」

女将がサンマの塩焼き定食を運んできた。脂の乗った旨《うま》そうなサンマだ。

「これこれ、これですよ。グルクンの塩焼きばっかり食ってると、むしょうにサンマが懐かしくなる。浅見さん、このサンマはわざわざ航空便で運ばせてるんですよ。店は汚いし女将はデブだが、味は保証します。亡くなった亭主というのが、そういうところは偉かったんですなあ」

「褒《ほ》めたり貶《けな》したり、よう言わんわ」

女将は怒って行ってしまった。

食事を終えると、牧田は伝票にサインをして、さっさと店を出た。浅見が「割り勘で」と言うと「いいんですよ、社用につけるんだから」と手を振った。

浅見はふと足を停《と》めた。

「すみませんが、ちょっと待っていてください」

牧田に断って店に戻った。

レジのところにいた女将に「いまの伝票のことですが」と言った。

「ああ、あれやったら構へんのですよ。牧田さんのところは、いつもツケやさかい、ご馳走《ちそう》になっとったらよろし」

「いや、そういうことじゃなくて、こういうツケの利くお客さんは、毎朝新聞だけじゃなく、ほかにもいるのでしょうか？」

「ええ、なんぼもいてはりますよ。そやさかいに気にせんでもええのです」

「そうですか、ありがとう。それからもう一つ聞きたいのですが、風間という例のお客が電話をしていたときの話ですが、確かさっき、女将さんは、そのお客が電話をかけに行ったと言いましたね？」

「ええ、そう言いましたけど？」

それが何か？——と首を傾《かし》げた。

「風間氏は電話がかかってきたときはテーブルで話していたのですね。それなのに、電話をかけるときはなぜ席を外したのか、ちょっと不思議な気がしたのですが」

「ああ、それやったらあれです、電話をかけるときには、あそこの電話を使うてはったからですよ」

女将は店先にある公衆電話を指さした。

「ほう、なぜ自分の携帯電話を使わなかったのですかね？」

「さあ、なんでやろか……携帯やと、よう聞こえへんかったのと違いますか」

「なるほど……」

浅見は礼を言って、小走りに牧田の待つところに戻った。

「何かあったんですか?」

不審そうに牧田は訊いた。浅見はいまの話を伝えた。

「はあ……それがどうかしますか?」

「いや、大したことではありません。ちょっとでも気になると、確かめておきたいのが、僕の悪い癖なのです」

浅見は苦笑した。

「ただ、風間氏との待ち合わせ場所を明石屋食堂にしたというのは、その相手が明石屋食堂の常連である可能性があります。ひょっとすると、牧田さん同様、ツケの利くお客かもしれないと思いましてね。もしそうだとすれば、後で明石屋食堂の伝票の中から、その人物の名前を発見できるかもしれません」

「なるほどなるほど……そうですね、かりに伝票のないやつでも、女将に訊けば常連の名前が分かるかもしれない。そいつらを片っ端から洗えばいいか。これは大発見ですな。さすが浅見名探偵だ」

「ははは、そんなに感心されるような発見でもありません。きわめてあやふやな仮説に過ぎませんよ」

「いやいや、そうではないですよ。そうそう、もう一つの電話のほうは何ですか？」

「これも仮説ですが、受けるときはテーブルについたままで、携帯電話を使用していながら、かけるときにはわざわざ公衆電話を使うというのは、明らかに不自然です。女将さんの言うとおり、聞こえにくいという理由かもしれませんが、そうでない理由も考えられます」

「ほう、その理由とは？」

「つまり、通信記録を残したくないという理由ですね。風間氏はかなり胡散臭《うさんくさ》いニュースソースを持っているはずです。万一の場合でも、電話の通信記録から情報提供者の素性を探られないように、細心の注意を払う習慣があったと考えていいでしょう。ひょっとすると盗聴を警戒したのかもしれない。その点、公衆電話は安全です」

「なるほど、確かにそうですな。すると、電話の相手は怪しい人間ですか」

「少なくとも会社や、差し障りのない相手にかけたものではないでしょうね。ホテルの電話から外線にかけたものも調べてみると、おそらく自分の会社などの通話先だけが記録されていると思いますよ」

「うーん……いや、あんたの言うとおりだと思いますよ。浅見さん、いま聞いた話は、わが社以外にはオフレコにしておいてくださいや。絶対に頼みますよ」

「分かってます。黒須さんとはそういう約束ですから」

「オーケー、それじゃ約束ですよ」

牧田は子供じみて、いきなり浅見の手を握った。真っ昼間の国際通りである。道行く人の視線を感じて、浅見は汗が出た。

2

夢うつつに、目覚まし時計かと思ったが、すぐに電話のベルであることに気がついた。慌てて身を起こしかけて、聡子は頭にガンという痛みを感じた。思わず「いたっ……」と声を出しながら受話器を取った。

「お電話をお繋《つな》ぎいたします」

交換の無表情な声が聞こえ、代わって式香桜里の声が「湯本さんですか?」と言った。反射的に時計を見ると、すでに十時半を回っている。

「はい、湯本です」

　自分の声が頭に響いた。

「あの、いまロビーにいるのですけど」

「えっ、ロビーに？……」

「ええ、もう十時を過ぎてます」

「えっ？……」

　状況がよく摑《つか》めない。何かとんでもない失態をやらかしたようだ。

「ごめんなさい、寝坊しちゃって、いま起きたところなんです。すぐ支度して下りて行きますから」

「あ、いいですよ急がなくても」

「でも、三十分も待っていらっしゃったんでしょう？　すみません、どうしよう……」

「大丈夫です、ラウンジでコーヒーを飲んでいますから、ゆっくりしてください」

　電話を切って、聡子はよろめきながらバスルームに入った。そのときになって、ブラジャーをつけたままパジャマを着ていることに気がついた。おまけにパジャマのズボンのほうを穿《は》いていない。

（いったい、何があったのよ？——）

冷たい水で顔を洗いながら、記憶の断片を探った。

香桜里の口ぶりからすると、どうやら、彼女と十時にホテルのロビーで待ち合わせる約束になっていたらしい。そんな約束をした憶えがまるでなかった。それどころか、昨日の夜の宴からこっちの記憶があいまいだ。比嘉の家での音曲入りの宴会が終わって、立ち上がった辺りまではおぼろげに憶えている。それからがはっきりしなかった。

浅見の車に乗せてもらって、ホテルに帰ってきたことは間違いないのだろう。車を下りるとき、浅見の手を借りたような気がする。しかし、道中の記憶が完全に欠落している。ホテルに着いてから、フロントに行ったような感じがしないでもない。いや、この部屋に戻っているのだから、フロントでキーをもらったことは確かなのだろう。となるとたぶん、浅見がここまで送ってきたはずである。そしてキーを使って、部屋の中までエスコートして……。

「いやだ……」

そこから先を想像しただけで、顔に血が昇った。服を脱がせ、パジャマを着せたのは浅見かもしれない。でなければブラジャーをしたままのはずがない。だけど、下はどうして穿いてないのだろう？　まさか――と思って確かめたが、ショーツは穿いていた。

（醜態だわ――）

いや、それどころか、何をどこまでやって、どの段階で浅見が引き揚げて行ったのか、気になった。

鏡に映っている顔は、昨日の化粧は落としてないし、髪はバサバサだし、見られたザマではない。

「ああ、もうだめ……」

絶望的な声が出た。最悪の姿を見てしまったのだから、浅見はさぞかし興ざめしたことだろう。聡子は密《ひそ》かに彼を好ましく思っていただけに、ショックは大きい。

ともかく顔を洗い口を濯《すす》ぎ髪をとかし、大急ぎで身なりを整えて、ロビーに下りた。もう十一時になろうとしていた。十時の約束だとしたら、かれこれ一時間近くも待たせたことになる。

香桜里はラウンジのテーブルで、ぼんやりと窓の外を眺めていた。

「ごめんなさい、どうしよう……」

聡子は香桜里の前に立ち、両手を合わせて拝むような恰好《かっこう》をした。

「あ、おはようございます」

香桜里は立ち上がり、屈託なく、明るい声で挨拶《あいさつ》した。待ちくたびれたような様子は、まるで感じられない。

ウエートレスが注文を取りにきたので、聡子はコーヒーを頼んだ。

「すみません。ものすごい二日酔いで、ぜんぜん何も憶えていないくらいで、電話のベルで目が覚めたんです。こんなこと言ったら気を悪くされるかしら。私、お約束したことも憶えていないんです。ほんとにばかみたいですけど」

香桜里は口を押さえるように笑いを堪《こら》え、腰を下ろした。

「そうじゃないかなって思っていました。だって、湯本さん、すごく眠そうでしたもの。車に乗った後も、浅見さんが声をかけても、目が覚めなかったみたいです」

「えっ、やっぱり……恥ずかしいわァ。それで、式さんにはなんて言って約束したんでしょうか？」

「あ、それは私のほうから提案したんです。今日、湯本さんをご案内したいって。そしたら、湯本さんが、浅見さんも誘いましょうって言って」

「えっ、ほんとに？　やだなあ、ぜんぜん憶えていません」

運ばれたコーヒーを飲んだ。脳を刺激して記憶を取り戻したかった。

「宴会のお終《しま》いの頃でしたから、湯本さん、もう酔ってたんじゃないでしょうか」

「そうだわねえ、きっと……あ、じゃあ、浅見さんとも約束したかもしれない。あの人、どうしてるのかしら？」

聡子は「ちょっと待ってて」と、フロントへ向かった。浅見の部屋に電話をしてもらおうとしたが、キーボックスにその部屋のキーが置いてあった。フロント係は「確か、九時半頃にお出かけになりましたが」と言った。

「よかった、浅見さんとは約束してなかったみたいです」

香桜里のところに戻ってそう報告したが、言いながら、なぜか一抹の寂しさが胸をよぎった。

「そう、出かけられたんですか」

香桜里も、心なしか浮かぬ表情になっている。聡子はそのとき、香桜里の胸にも浅見に対する思慕の念のあることに気づいた。しかし、香桜里はすぐに気持ちを駆り立てるように、「じゃあ、私たちだけで行きましょう」と席を立った。

「でも、湯本さんはまだ朝ご飯、食べてないでしょう。そろそろお昼だし、お腹《なか》が空いてませんか？」

「ぜんぜん」

聡子は首を振った。頭が痛くて食欲どころではなかった。

「じゃあ、お腹が空いたら、どこか途中のドライブインにでも寄りましょう」

さすが観光協会の職員だけあって、気配りが細やかだ——と聡子は感心した。

聡子は観光目的のつもりだったから、まず首里《しゅり》城あたりへ行くのかと思ったが、香桜里は那覇市街のはずれから、沖縄自動車道に入った。目的地は言わずに、北へ向かってどんどん走る。

ハンドルを握るとあまり話さない主義なのか、香桜里は聡子から話題を持ち出さないかぎり、積極的には話しかけてこない。途中の風景の移り変わりが珍しいから、聡子も退屈することはなかった。

香桜里は時折、「この左手が普天間《ふてんま》基地」「あの辺りが嘉手納《かでな》空軍基地」「この辺の山の中で実弾射撃があります」などと、バスガイドよろしく説明した。こうして走ってみると、沖縄が基地の島であることを実感できる。島の中央部のいい場所は、ほとんど基地で占められているような感じだ。

昨日は下りた恩納村への分岐点である屋嘉《やか》インターも過ぎ、やはり基地問題でときどき名前を聞く宜野座《ぎのざ》も過ぎ、とうとう終点の許田《きょだ》というところに着いた。ここはもう名護《なご》市域である。

車はさらに国道58号を進み、名護市の市街を突っ切って左折、本部《もとぶ》半島を反時計回りに一周する道路に入った。

国道から逸《そ》れて、白っぽい土壌の上に生えた、背の低い灌木《かんぼく》が茂る道を少し行って、ようやく目的地に到着した。「今帰仁《なきじん》城跡」の看板が見えた。「なきじん」とルビが振ってある。

駐車場から城跡の本丸までは長い石畳の道がつづく。左右は、日本でいちばん早く咲くサクラとして有名な緋寒桜《ひかんざくら》の並木だ。

「ここは、北山《ほくざん》王が築いた城です。中山《ちゅうざん》王の尚《しょう》氏が全島を統一するまでの九十四年間、ここで栄華を誇ったところです」

歩きながら、香桜里は解説した。

十四世紀頃までの沖縄は「按司《あじ》」とよばれる群雄が割拠して、互いに勢力争いをしていた。その中から台頭したのが今帰仁城《ぐすく》を拠点とする北山、浦添《うらそえ》城を拠点とする中山、島尻大里《しまじりおおざと》城を拠点とする南山《なんざん》であった。この鼎立《ていりつ》期を三山《さんざん》時代という。

十五世紀初頭、尚氏が浦添城を襲い中山王を滅ぼして王位を奪い、やがて大軍を率いて北山王を、次いで南山王を滅ぼし、天下を統一、事実上の琉球王朝が成立した。

ところが、一四七〇年に「金丸《かなまる》」という人物がクーデターを起こし、尚氏から王位を奪い、即位して自ら「尚円《しょうえん》」と名乗った。そのためそれ以降、旧王朝を「第一尚氏」、新王朝を「第二尚氏」と区別している。この第二尚氏の王朝は、一八七九（明治十二）年に明治政府が軍隊と警察を派遣して城明け渡しを要求、琉球王国が終焉《しゅうえん》を迎え、沖縄県が成立するまでの四百年間、続いた。その後の尚氏は、廃藩置県後の旧藩主同様、華族に列せられることになる。

こういった琉球——沖縄の歴史のほんのサワリの部分を、香桜里は語ったにすぎないのだが、その尚家の最後の「姫君」が井伊家に嫁いで、このあいだのブクブク茶会を催したことに、聡子は歴史が「いま」に続いている不思議を実感した。

今帰仁城は平城《ひらじろ》で、城壁の規模は相当なものだが、山城と違って高さはあまりない。

石垣の中をくりぬいたような中門を潜《くぐ》り、緩やかな坂道と、短い石段を何度か上がったところが本丸跡だった。といっても、建物があるわけではない。石垣の上に広場と小さな森があるだけだ。

「ここには斎場御嶽の次に崇敬を集めている御嶽があるのです。沖縄中のユタが必ずウガン（祈願）しなければならない拝所であり、聖地とされています」

広場から森に入ると、森の奥の小暗いところに五、六人の女性がうずくまっていた。

香桜里は立ち止まり、聡子の耳に口を寄せて囁いた。

「あのひとたち、ユタです」

「えっ……」

何か秘密めいた言い方だったので、聡子はギクリとして、思わず体を竦《すく》めた。

遠目で、しかも木陰の下だから、あまりはっきりしないけれど、女性たちはいずれもかなりの年配に見えた。中の一人は、老婆といっても差し支えなさそうに見える。

いずれも服装は粗末なもので、アッパッパーみたいな裾《すそ》の長いワンピース姿か、ブラウスというよりワイシャツのようなものにモンペを穿《は》いている人もいた。

一人一人は見た目にはごくふつうのおばさん、あるいはおばあさんだが、聡子はなんだか、マクベスの将来を予言する三人の老婆のことを連想して、不気味に感じた。

森の奥には石造りのカマドがあって、淡い煙が立ちのぼる。そこが拝所なのだろう。彼女たちは地べたに紙か何かを敷き、カマドに向かって坐っている。ある者は地面に額がつくほど背を丸くして拝み、ある者は頭を上げ手を合わせて拝む。何もしないで、ただじっと坐っている者もいた。

「ここで待っていてください」

香桜里は言い残すと、ゆっくりした足取りで拝所に近づいた。大胆で少し無頓着《むとんじゃく》な感じのする歩き方だったから、聡子は（いいのかしら？――）と心配になった。

案じたとおり、女たちはいっせいに闖入《ちんにゅう》者のほうを振り返った。明らかに非難するような気配があった。

香桜里はそれを気にする様子もなく、女たちのすぐ背後で立ち止まり、カマドに向かって佇《たたず》んだ。女たちは険しい目で香桜里の顔を見上げている。罵声《ばせい》の一つも浴びせそうな雰囲気で、聡子は気が気ではなかった。

ふいに女たちが動いた。モソモソと腰を上げ、中腰のまま左右に退いて、カマドの正面に空間を作った。それから彼女たちのリーダー格と思える老婆が、どうぞ――というように頭を低くして、香桜里のために場所を譲った。まるで何かに怯《おび》えたか、畏《おそ》れを感じたかしたような様子だった。

香桜里は彼女たちの存在がまったく気になっていないように、自分のために空けてくれた場所に歩みを進めた。それからおもむろに膝《ひざ》をつき、両手を合わせて頭を垂れた。

驚いたことに、香桜里の仕種《しぐさ》に同調して、周囲の女たちまでが祈りを捧《ささ》げた。まるで若い司祭を迎えた信者の群れのような従順さであった。

祈りはずいぶん長くつづいた。言葉は発さず、ただ黙って祈るばかりである。やがて香桜里が姿勢を戻すのに合わせて、女たちもゆっくりと頭を上げた。

香桜里は祈りのポーズを崩して、女たちに何か言っている。問い掛けをしたようだ。女たちは相互に顔を見合わせ、しばらくは首を振ったり頷き交わしたりしていたが、最後に長老の女性が代表して答えている。香桜里は丁寧に礼をして、立ち上がり、こっちに向かって歩いてきた。女たちは香桜里を見送りながら、何度も頭を下げている。

「行きましょう」

香桜里は真っ直ぐ正面を見据えたまま、歩みを停めずに、聡子に声をかけた。斎場御嶽のときもそうだったように、香桜里の両頬《ほお》には涙に濡《ぬ》れた跡があった。斎場御嶽と同様、やはりあの場所にも過去の霊が漂っているのだろうか。

自分よりずっと年下のはずなのに、いまの香桜里には、なんだか人が違ったみたいな毅然《きぜん》としたものを感じて、聡子は彼女から少し遅れてあとに続いた。

車に戻ったときには、香桜里の涙は乾いていた。彼女の様子もふだんと変わらないものになっている。

「何かあったんですか?」

車が動きだしてから、聡子は訊いた。

「ええ、みんなに訊いてみたのです。風間という人の霊を、どこかで見たり聞いたりしなかったかって」

「えっ?……」

聡子は思わず体が引けたが、香桜里は何でもないことのように言った。

「あの人たちの中には、直接、霊に会ったという人はいなかったけど、与那城町《よなぐすくちょう》のユタがそれらしい霊に会ったと話していたのを聞いたそうです」

「…………」

聡子は言葉が出なかった。それを信じていいものかどうか……。

当の香桜里はともかくとして、警察の連中もユタをなかば信じているらしいところを、現に昨日、この目で見たばかりだ。いくら香桜里から申し入れたにしても、多少なりとも信じていなければ、斎場御嶽の現場検証に連れて行くはずがない。

それに、さっきのユタの女性たちが見せた香桜里に対する奇妙な態度も気になった。自分たちの娘か孫みたいな香桜里に、まるで目上の者を敬うような様子を示したのはただごととは思えない。ヤマトンチューの自分にはまったく理解できない、異質の世界が、この沖縄にはあるのかもしれない。

「与那城へ行ってみますか?」

香桜里が言った。

「与那城って、どの辺なんですか?」

「石川市の少し南を東のほうへ行ったところです。海中道路のある半島が与那城です」

そう言われても、海中道路そのものがさっぱり分からない。

「だったら、浅見さんとご一緒しませんか。あの人、警察より頭がいいんですよ。もし霊のことが本当だったとしたら、事件に関係があるってことでしょう。どうすればいいのか、浅見さんに相談したほうがいいと思います」

「そうですね、そうしましょう」

浅見の名を言うたびに、心なしか香桜里の表情が明るくなるような気がした。

せっかく本部まで来たのだからと、香桜里は国営沖縄記念公園に寄ることを提案した。一九七五年に国際海洋博覧会が行われた跡地にできた公園だ。規模が大きすぎるので、ちょっと覗《のぞ》くだけなのだそうだ。

「私は海洋博の次の年に生まれたんです。なんでも、父と母は海洋博が縁で結ばれたとか聞きました。海洋博が沖縄をそれまでの沖縄とはすっかり変えるきっかけになったのだそうです。リゾート地が開発され、ホテルがどんどんできるようになったのは、それ以来なんです」

記念公園は想像以上に広大だったが、そのわりにはお客が少ないのが気の毒なくらいだ。郷土村を歩いていても、人っ子一人、会わない。これでは維持費が大変だろうな——と、余計な心配までしてしまうのは、慢性的な赤字体質の琵琶湖《びわこ》テレビなんかにいるせいかもしれない。

そう思ったとき、今日はまだ社に電話を入れてないことを思い出した。越坂部長には昼と夜、最低二回は電話しろと言われている。

越坂は電話に出るなり、「何かあったか?」と訊いた。南沖縄観光協会を訪ねて比嘉や式香桜里と接触したことと、斎場御嶽に行ったことは、昨日のうちにすでに伝えてあるけれど、それ以降にあった、昨夜の宴会について詳しく話すわけにはいかない。それになんとなく、浅見というルポライターのことも言いそびれた。

「いま、式さんの案内で今帰仁城というところに行って、ユタの人たちの話を聞いてきたところです。でも、それが手掛かりになるかどうかはまだ分かりません」

「そうか、まあ、慌てることはない。いちど琉球テレビの西崎を訪ねるといいな。こっちからも連絡はしておく」

日頃、きついことを言う越坂にしては、優しい口調だった。

海岸べりの魚介類を食べさせるレストランで遅い昼食を取って、観光協会に帰り着いたのは、もう夕刻と言っていい時刻であった。聡子の顔を見るなり、比嘉が「いかがでしたか?」と言った。

「ええ、とても楽しかったです。今帰仁城まで連れて行っていただきました」

「ほう、今帰仁城へ行きましたか」

比嘉は香桜里のほうに視線を向けた。

「で、何かあった？」

「ええ、ユタが六人いて、与那城のユタが霊と会ったらしいって話してくれました」

「ふーん、そうか」

今帰仁城へ行ったと聞いた時点ですでに予測がついていたのか、比嘉がほとんど驚いた様子を見せなかったことに、むしろ聡子は驚いてしまった。

香桜里が席を外したのを見計らって、聡子は比嘉にこっそり訊いてみた。

「あの、そういうユタの話って、信じられるのですか？」

「そうですなあ、半分半分かな。けど、何もないよりはいいでしょう」

そう言われればそうかもしれない。

「ちょっと不思議に思ったことがあるのですけど」

ユタの群れが、香桜里に対して示した、畏れるような態度のことを話した。

「ああ、それはたぶん、彼女たちが式にサーダカウマリを感じたからでしょう」

メモ用紙に「性高生まれ」と書いた。

「私にはよく分かりませんがね、これは式と会ったあるユタから聞いた話です。ユタの世界にもランクみたいのがあって、ほとんどの者は後天的に、たとえば修行したりしてそういう才能や、霊が憑依《ひょうい》する体質を身につけるのですが、中にはごく稀《まれ》に、生まれながらに高貴な資質を持った者もいるといわれ、それがサーダカウマリと呼ばれる。式がどうやらそれらしいのですよ。式自身は自分がユタであるとは思っていないのですがね」

「ふーん、そうなんですか……」

あのときのユタたちの畏怖《いふ》の様子には、確かにそれを裏付けるものがあった。それにしても、ユタといい、サーダカウマリといい、にわかには信じられない話だ。

もっとも、聡子の周囲にだって、それに似たような話や出来事はいくらでもある。たとえば占いの世界なんかはすべてそうだといっていい。宗教もそうだ。先祖霊だとか水子の祟《たた》りだとか、学問を修めた立派な僧侶《そうりょ》や、ときには学者までが真面目《まじめ》に信じているか、あるいは信じたふりをしている。公共性の強いテレビでも、心霊写真などをあたかも真実であるかのように放送する。

まったく何もないのであれば、いくら面白半分にしても、世の中がそんなに受け入れるものではないだろう。ユタのことにしても、九十九・九九パーセントは嘘《うそ》かインチキでも、残りの〇・〇一パーセントは本物かもしれない。〇・〇一パーセントはつまり一万人に一人だ。もっと少なく、十万人に一人、百万人に一人なら、絶対にそういう超能力者がいないとは断言できない。

沖縄にはユタと称する人が大勢いるそうだ。その人たちのほとんどが眉唾《まゆつば》だとしても、沖縄の人口を百万として、百人ぐらいは本物のユタがいて、さらにその中の一人ぐらいは「サーダカウマリ」であっても不思議はないのかもしれない。

聡子はあらためて、香桜里と初めて会ったときのことを思い出した。そのとき香桜里は確かに、聡子に向かって「沖縄に来ます」と予言したのだ。あれは偶然や言葉のアヤみたいなものでなく、本当に聡子の沖縄行きが分かっていたにちがいない。だんだんそう思えてきた。

応接室に香桜里が戻ってきたとき、聡子はいままでとは違った目で彼女を見ている自分に気がついた。いや、式香桜里の本当の姿に気づいたというべきかもしれない。

「浅見さんももうじきこっちに来るそうですよ」

香桜里は聡子の思いなど気にもかけずに、いつもどおりの屈託のない口調で言った。

浅見が来ることで嬉《うれ》しそうでもあった。

3

明石屋食堂での昼食の後、浅見は牧田と、十年前に式香桜里の両親が死亡したという事故現場へ行くことになった。浅見は場所だけ教えてもらって、一人で行くつもりだったのだが、牧田が一緒に行くと言いだした。

「しかし、お忙しいのじゃありませんか」

「なに、大した事件も事故もないし、夕方の送稿前までに戻ってくればいいんです。それに、事故現場っていっても目印があるわけじゃねえですから、浅見さんだけじゃ分からねえですよ」

確かに牧田の言うとおりではある。それにしても気のいい男だった。

沖縄自動車道を終点の許田インターまで行って、名護市を抜け、国道58号を三十キロ近く北上すると「塩屋湾《しおや》」という大きな湖のような湾がある。沖縄八景の一つに数えられる名勝で、江戸末期にはペリー一行も訪れたというエピソードが残っているそうだ。

「ちょっと眺めて行くといいんだけどねえ」

牧田はしきりに残念がったが、そんな時間的余裕はない。

そこから西へ分岐する道に入り、東海岸へ出て間もなく、山が海岸まで迫り、断崖《だんがい》が海へ向かって落ち込んでいるところが事故現場だった。ちょうど海側に迫《せ》り出すカーブになっている、まさにそのカーブの先端から車はダイビングしたらしい。

この辺りは西海岸がリゾート開発で活況を呈しているのとは対照的に、まったく手つかずの無骨な自然のままの海岸ばかりで、訪れる人もない。たまたま漁船が発見したからよかったが、海に沈んだ状態がもうしばらく続いていれば、永久に事故車も遺体も発見されないままになっていた可能性もあった。

浅見は牧田の解説を聞きながら、何度か事故現場を往復して、事故の実感を味わった。居眠りやハンドル操作を誤れば、確かに海へ突っ込みそうな場所ではあった。

そのあと毎朝新聞支局に戻り、浅見は十年前の新聞の縮刷版を出してもらった。

支局には十五年前までの縮刷版はあった。それ以前のものはマイクロフィルムになっていて、本社へ行かなければ見られない。なぜ十五年なのかと訊くと、牧田は「そりゃ、殺人事件の時効ですよ」と答えた。

その記事を発見するまで、それほど手間はかからなかった。香桜里は「十年前のいま時分」と言っていたのだ。記事は平成元年十月二十四日のものだった。その当時は恩納村の西海岸付近の海が流れ出した赤土で汚染され、重大な環境破壊につながるとして問題となって騒がれていた。

浅見もその「騒ぎ」のことは記憶している。赤土が珊瑚《さんご》を死滅させ、世界的な財産ともいうべき沖縄の珊瑚礁を破壊すると、全国的な話題にもなった。

赤土流失の原因となった恩納村域内にあるキャンプ・ハンセン演習場の都市型戦闘訓練施設建設工事に、中止を求める動きが活発で、新聞には連日のようにその関連の記事が掲載されている。その中で五段抜きの大見出しで事故のニュースが報じられていた。

〔乗用車の夫婦転落死　居眠りか？

二十三日午後二時頃、国頭《くにがみ》郡東村《ひがしそん》大泊《おおどまり》橋近くの県道脇《わき》の海中に乗用車が転落しているのを、付近の海を航行中の漁船員が発見、警察に届け出た。名護警察署の捜査員が車を引き揚げたところ、車内には男女二人が乗っており、すでに死亡していた。死亡していた二人は恩納村の式峰男さん（36）と妻の賀津江さん（34）で、死因は溺死《できし》だった。

名護署では運転していた賀津江さんのスピードの出し過ぎか居眠りか脇見運転が事故の原因ではないかと見ている。現場は急なカーブで、道路脇は断崖になっている。事故が発生したと見られる二十二日の夜から二十三日未明にかけては、同所付近はかなり強い雨が降っていて、道路はスリップしやすい状態だった。

式さん夫婦の長女香桜里さん（12）の話によると、式さん夫婦は二十二日の朝、県北端の辺戸《へど》岬まで日帰りのドライブに出かけたもので、その帰り道に事故を起こしたものと思われる。なお、香桜里さんはたまたま体調がすぐれなかったためにドライブには参加していなかった。」

これが記事の内容で、クレーン車で引き揚げられる乗用車の写真があった。

当然のことながら、式香桜里が言っていたような「予知」のことは書いていない。

しかし、不参加の理由を「体調がすぐれなかったため」というのもそのままは信じがたい。体調の悪い娘を置き去りにして、夫婦だけでドライブを楽しむ気分になるだろうか。やはり香桜里が言ったとおり、意味不明の反対理由に業《ごう》をにやした両親が、

「勝手にしなさい」とばかりに出発してしまったというほうが説得力がある。

もしそうだとすると、香桜里の「予知」は的中したわけだ。そしてさらに、その「予知」が正しいとするなら、事故の原因もスピードの出し過ぎや脇見運転などではなく、対向車の無謀運転が事故を誘発した直接の原因だった可能性がある。この記事から窺《うかが》うかぎり、しかしそのことについては、警察はまったく調査を怠ったとしか思えない。

浅見は念のために、それ以降の日付の新聞を丹念に読んだが、その事故に関するものは数日後の社説に、交通事故の多発を憂える論説が載っていただけだ。とにかく当時は、前述したような「訓練施設建設工事反対闘争」の話題が記事の中心を占めていた。

この時期には那覇防衛施設局の要請を受けた沖縄県警機動隊が住民を排除、米軍車両数十台による建設用資材の施設内への搬入を援助したことに対して、恩納村をはじめ名護、石川など周辺市町村の反対声明や国会への陳情ばかりか、実力による搬入阻止行動がさかんに行われている。もちろん、住民の反対闘争に対しては、機動隊ばかりでなく、近隣の警察署からも人員を投入して警備に当たっていただろう。そう考えると、当時の警察は基地問題にエネルギーを取られ、交通事故の後始末などに手が回るどころではなかったのかもしれない。

いずれにしても、いまとなっては事故の真相を解明するすべはない。ということは、香桜里の予知が正しかったかどうかを立証する方法もないわけだ。心ならずもその結論を得て、浅見は縮刷版を閉じた。

式香桜里から電話が入ったと、牧田が伝えに来たのは、ちょうどそのときであった。

「いま、琵琶湖テレビの湯本さんも見えてるので、浅見さんも観光協会のほうへ来ませんかって言ってきてるけど、どうします？」

「もちろん行きますよ」

浅見は二つ返事で応えた。

「そうだろうと思って、そう言っておきました。しかし彼女、浅見さんがここにいるってことが、なんで分かったのかな？　もしかすると、本物のユタかもしれねえな」

「ははは、ユタでなくても、僕が沖縄では毎朝新聞以外に行くところがないことぐらい、誰でも分かりますよ。牧田さんも一緒に行きませんか？」

「いや、わしは原稿送りがあるから行けないけど、浅見さん、くれぐれも明石屋食堂の件は内緒にしておいてくれないと困りますよ」

牧田はしつこく念を押した。できることなら浅見に絶えず密着して、「情報」を洩《も》らさないよう監視したいにちがいない。

「大丈夫ですよ。僕は信義に悖《もと》るようなことはしない主義です」

浅見は苦笑しながら明言した。もっとも、そうは言ったものの、いつまでも警察に隠しておくわけにもいかない。警察の捜査が現在どうなっているかにもよるが、もし停滞しているようだと、明石屋食堂で見聞きしたことが重要な手掛かりになる可能性は確かにありそうだ。やり過ぎて証拠秘匿だとか捜査妨害だなどということになっては、兄の手前もあり、はなはだ具合が悪い。

観光協会に行くと比嘉が目敏《めざと》く浅見に気づいて寄ってきた。昨夜のお礼のやり取りをしながら、応接室に案内してくれた。応接室には湯本聡子と式香桜里がいて、浅見の顔を見ると同時に立ち上がった。

「昨夜はご迷惑をおかけしました」

先に挨拶したのは聡子である。肩を竦め、小さくなって頭を深く下げている。

「私、何も憶えていないんですけど、きっとひどかったんでしょうね」

「そうでもないですよ。ただの酔っぱらいでした」

「あ、そんな、ひどい……」

赤くなって、（意地悪――）という目を向けられ、浅見はかえって辟易《へきえき》した。

「いや、悪い意味で言ったのではありません。少なくともお部屋にお送りするまでは、湯本さん、けっこうシャキッとしてました。もっとも、ドアの向こうに入ってからのことは知りませんけどね」

「えっ、それじゃ、部屋の中までは入らなかったんですね？」

「あははは、当たり前じゃないですか。そんな失礼なことはしませんよ」

浅見は笑い飛ばしたが、じつはドアの中まで抱えて行ったというのが事実である。ベッドの上に横たえてから、彼女の部屋を撤退した。こういう場合、男としてもう少し何かあってしかるべきなのかもしれないが、そういう気の利いたことのできない性格が、自分でも歯がゆいくらいだ。

「よかった……」

聡子はほっとした顔になった。どういうわけか、安堵《あんど》の色を浮かべたのは香桜里も同じであった。

「今日、湯本さんをお連れして、今帰仁城へ行ってきました」

　香桜里が口を開いた。

「そうですか。いいところだそうですね。僕も時間があれば行くつもりです」

「そこで六人のユタに会いました」

「ほう……」

　香桜里が何か重大なことを言いそうなのを感じて、浅見は姿勢を正した。案の定、与那城のユタが風間了の霊と「会った」という、奇妙な話であった。奇妙だが、しかし香桜里が話すと、さほど変哲には聞こえない。そういうこともあるのかな——ぐらいな感覚で受け止められた。

「それで、与那城へ行こうかと思ったのですけど、湯本さんが浅見さんも一緒のほうがいいのじゃないかって」

「そう思ったんです」と聡子が脇から口を添えた。

「私より浅見さんのほうが頭がいいし、どうせなら浅見さんに行ってもらったほうがいいと思いました」

「それは光栄です。いや、気に留めていただいてありがたい。僕もぜひご一緒したいですね。じゃあ、これからすぐに行きますか」

「いえ、それはだめです」

香桜里が首を振った。

「これから行ったのでは、もう夜になってしまいます。ユタの中には夜の訪問者を嫌う人もいるし、夜を自分の時間として大切にする人もいます」

「なるほど。それじゃ、明日の日中に行きましょう」

話が決まって、浅見と聡子は引き揚げることになった。

「浅見さんは今夜、これからどうなさいますか?」

聡子が言った。

「いや、べつに予定はありませんが」

「私は琉球テレビの人に会おうかと思っているんです。カメラが必要なとき、お世話になるかもしれませんから。もしよかったらご一緒しませんか」

「琉球テレビの誰ですか?」

比嘉が訊いた。

「西崎さんていう方です」

「ああ、西崎里志さんですか。彼ならよく知ってますよ。香桜里も親しいよな?」

「ええ」と香桜里は頷いた。

「親しいっていうより、お世話になっているっていうべきですけど」

「案内して差し上げたらどうだ。私はだめだが、香桜里はどうせこのあと、予定がないのだろう?」

「はい、そうします」

聡子が西崎とアポイントメントを取ると、晩飯をご馳走してくれるという話になったらしい。

「いや、それじゃ悪い」と浅見が言うと、比嘉は「構うもんですか」と笑った。

「だいたいあそこは儲《もう》け過ぎているのです。沖縄は貧乏だが、銀行とテレビ局と役人だけは景気がいい」

当事者が聞いたら、異論を唱えそうなことを言った。

浅見たち三人と琉球テレビの西崎は、観光協会からもテレビ局からも近い久米という街のステーキハウスで落ち合った。大きな店で、店内にはまるで屋台のような鉄板テーブルがいくつも並び、それぞれにコックがついて客たちの目の前でステーキを焼く。東京ではちょっと見られない光景だ。

西崎里志は四十代なかばを過ぎたかといったところだろうか。見るからに陽気な男だ。ステーキハウスとは馴染《なじ》みなのか、我が物顔に店員に指図して、てきぱきとオーダーしながら、蘊蓄《うんちく》を傾けた。

西崎によると、この辺りはステーキハウスのたぐいが多いのだそうだ。もともと、沖縄のステーキハウスは米軍統治時代に発達した。牛肉の自由化が進む以前は、内地よりはるかに安く手に入る牛肉を、ボリューム豊かに食わせた。それが魅力で沖縄に来る客が多く、帰りにはクーラーボックスに牛肉をしこたま仕入れて土産《みやげ》にしたものだという。

浅見も香桜里も車なのでアルコールは辞退した。聡子も昨夜のことがあるせいか、あまり気が進まない様子だったが、「テレビ屋が飲まんでどうする」と西崎に強引に誘われて、ビールを頼んでいた。

西崎は沖縄県南風原《はえばる》町の出身で、京都の大学から在阪のテレビ局に入り、八年前に系列局である琉球テレビに移った。浅見がもらった名刺には編成局次長とあった。

「越坂とは大阪時代、ずっと一緒だったのですよ。彼も僕も報道畑で、やる気は十分だったのだが、二人ともキー局で出世するエリートではなかったもんで、ローカル局の幹部になれとか、おいしいことを言われて、さっさと追っ払われてしまった。もっとも、彼の場合はいささかやり過ぎたということもありましたがね」

浅見は訊いた。

「やり過ぎたといいますと？」

「頑張り過ぎたといったほうがいいのかな。たとえば沖縄の基地問題なんかの取材で、反対派住民側に偏り過ぎたとかですな。報道は原則としてバランスが必要なのは当然だが、それ以上に沖縄というところは難しい問題を抱えておりましてね。基地の存否についても、基地がなくなるに越したことはないのだが、一方では基地に頼って生活している人たちもおるわけで、その辺に配慮しないでガンガンやってはいけない。越坂は正義感の強い男だが、それがかえってアダになる場合もあるということですよ」

「つまり、本音と建前があるという意味でしょうか」

「ははは、そう真っ直ぐに訊かれると、ちょっと返答に窮しますな」

ロブスターが焼かれ、ステーキが焼かれ、料理を食い、グラスを傾けながら、話のほうは途絶えることはなかった。湯本聡子も「ほんとはダイエット中なんですけど……」と言いながら、けっこうよく食べた。

「おっしゃるとおりかもしれんが、それには沖縄が辿《たど》ってきた過去の歴史に対する理解が伴わなければならんでしょうな」

西崎は話の続きを言った。

「ひとくちに『沖縄の悲劇』といっても、本土の人たちにはその痛みの複雑さが完全には伝わらないのです。たとえ善意で言ってることでも、県民の中には『わけも分からずに利いたふうなことを言うな』と思う人もいるわけですよ。こう言っても、なかなか分かってはもらえんでしょうがねえ」

「そうですね、分かるような気もしますが、やはり難しいです」

「私の生まれた南風原町というのは、『ひめゆり部隊』のいた南風原陸軍病院壕《ごう》があったところです。ひめゆり部隊も悲劇だが、住民の四割にあたる約四千人が死に、陸軍病院壕内にいた三千人の重傷患者が自決するという悲劇がありました」

その話をするときは、陽気な西崎の表情が一変して、別人のように暗くなった。

「私は終戦よりずっとあとに生まれたのだが、その記憶は理屈でなく、血として肉として埋め込まれていましたね。若いときは本土復帰闘争で旗を持って、やみくもに走りました。ところが、いざ復帰が成ってみると、現実は期待とは裏腹なものでしかなかった。施政権は移ったが、基地はそのままだし、変わったことといえば早い話、車が左側通行になったくらいのものです。正直いって、沖縄県民はがっかりしたでしょうな。おまけにそれから三十年近くになろうというのに、状況は少しも変わりそうにない。沖縄の人間が政府に対して懐疑的にならないほうが不思議ですよ。

しかし、そのわりには沖縄人は陽気でしょう。いや、少なくとも陽気に見せているでしょう。とくにヤマトンチューに対してはそうして振る舞っているかもしれん。これはたぶん、江戸時代から明治、そして昭和と、幾度も裏切られてきた歴史の所産、一種の文化といっていいでしょうな。だからといって、ヤマトンチューが嫌いというわけではないのです。その点はお人好しというかなんていうか、自分のことも含めて、つくづく愛すべき連中だと思いますよ」

いつの間にか、西崎はまた陽気な本来の顔に戻っていた。

「私には沖縄や沖縄県民のそういった、こっちの言葉でいうところの『てーげー』な特徴はよく分かるし、ひとつの長所だと思っているのだが、越坂みたいな真っ正直な人間には理解できなかったのでしょう。彼は沖縄での取材活動を通じて挫折《ざせつ》感を味わったと思います。浅見さんはご存じかどうか知らんが、赤い土騒ぎで話題になった、恩納村を中心とした都市型戦闘訓練施設建設工事反対闘争というのがありましてね。彼はそれにのめり込んでいたのだが、そのあと、スッパリと沖縄とは縁を切って、二度と足を向けようとしないのですよ。彼が琵琶湖テレビへの異動を受け入れたのは、そのことがあったためかもしれんですな」

沖縄の歴史的なことはともかく、琵琶湖テレビの越坂についてのことは、浅見にはさほど関心のある話ではなかったが、湯本聡子は食い入るように西崎の口許《くちもと》を見つめて聞き入っていた。西崎が話し終えると、「ふー」とため息をついた。

「越坂部長がそういう人だったとは知りませんでした。いつも勝手なことばかり言って、部下を困らせる人だと思ってました」

「ははは、それは越坂の本来の姿とは違うだろうね。しかし、ひょっとすると越坂は変わってしまったのかもしれん。このあいだ死んだ『裏の真相』の風間にしたって、昔はわれわれなんかより、はるかに左がかった、真っ当なジャーナリストだったのだから」

「えっ、そうだったんですか」

浅見は思わず言った。

「そうですとも。沖縄の基地闘争に真剣に取り組んでいた。それがあんなダニみたいなことをやるようになった。ひょっとすると、それが彼の本性だったのかもしれないが、どうしてそこまで自分を貶《おとし》めなければならなかったのか、昔を知る者としては、悲しいかぎりですな」

西崎はまた落ち込みかけて、「あ、いかんいかん」と手を大きく振った。

「どうも話が湿っぽくなっていかん。そんな話題はやめて、浅見さん、あなたまだ奥さんはいないのですか？」

「ええ、残念ながら」

「やはりそうでしたか。どうもあなたからは家庭の匂《にお》いだとか、女性の気配みたいなものが感じられんような気がしました。しかし、残念ということはない。人間独りのうちが花ですよ。といっても、やはり嫁さんを貰《もら》うに越したことはないですがね。たとえばどうです、この式香桜里ちゃんなんかは。この子は世間一般の常識には欠けるが、不思議な才能の持ち主でしてね」

「やめてくださいよ、西崎さん。湯本さんもいらっしゃるのに」

香桜里が肉の塊を飲み込んで、慌てて抗議した。

「あっ、そうだな、湯本さんのほうが浅見さんにはピッタリかもしれんな。けど、まあいいじゃないか、たとえばの話なんだから。この子はご覧のとおりの可愛い女性だが、そのおかしな才能があるために、沖縄の男どもは遠慮してしまうらしい。どういう才能かというと……」

「あ、それはある程度は承知しています」

「そうでしたか。ならば話は早い。そういう意味もあって、私は彼女は東京へ行って、広い世界に羽ばたくべきだと思っておるのです。もっとも、そんなことを言うと比嘉さんに怒られるかもしれんな。彼はこの子の後見人を自任してましてね。なんたって、香桜里ちゃんが中学生のときからずっと面倒を見つづけておるのですから」

つまり、両親を失ったあの事故以来ということか——と浅見は気づいたが、そのことには触れなかった。

「そうそう、このあいだ彦根でブクブク茶会をやって、香桜里ちゃんが出演したそうだが、あれはうまいことといったのですか?」

西崎は聡子に話を向けた。

「ええ、大成功だったと思います。うちのテレビでも放送させていただきました。あ……でも、それを見てあの人、沖縄に来たんですよね」

「ああ、そうらしいねえ。だけど、風間は何をしに来たのかなあ？……あの男が単に香桜里ちゃんに会うことだけを目的に、わざわざ沖縄に来るとは思えないのだが」

西崎はぶつぶつと口の中で言っている。かなりのテンポで飲んでいたから、そろそろ酔いが回ってきたのかもしれない。

「そのテレビ番組ですが」と、浅見は聡子に囁いた。

「見ることはできませんか？」

「ええ、局に戻ればいつでも……あ、ここの警察にも一本、コピーが来ていますよ」

「警察ですか……警察はちょっと苦手だな。できれば局のほうからコピーを送っていただければありがたいですね」

「分かりました。ちょっと待ってください。部長に電話してみます。まだ社にいるはずですから」

聡子は時計を見て、バッグから携帯電話を取り出すと、入口のほうへ行った。しばらくして戻ってきた彼女は浮かぬ顔だった。

「変なんですよね。部長は最初はいいようなことを言っていたのに、途中から、ビデオを社外に持ち出すのは、ちょっと具合が悪いって言いだして」

「なぜなのでしょう?」

「さあ……何に使うのかって言うから、浅見さんていうルポライターの方が見たいっておっしゃってるって言ったんです。それがいけなかったのかなあ。ルポライターはある意味で商売仇《がたき》みたいなものですから」

「ははは、商売仇というほどのことはないですけどね」

浅見は笑いながら、ちょっとひっかかるものを感じた。越坂がビデオの貸し出しを躊躇《ちゅうちょ》したのは、もしかすると「ルポライター」ではなく「浅見」の名前にこだわったためではないか——と思った。滋賀県にも浅見の武勇伝はあるのだ（『琵琶湖周航殺人歌』参照）。それを知っていれば、あるいは警戒するかもしれない。

「じゃあ、いずれ近いうちに琵琶湖テレビさんのほうにお邪魔します。部長さんにその旨、お伝えしておいていただけませんか」

「えっ、そのためにわざわざ大津までいらっしゃるんですか?　それじゃ申し訳ないですよ」

「いや、いいのです。部長さんにもいちど、お会いしたいと思っていましたから」

「そうですか……それじゃ、私が帰るとき、ご一緒しませんか。いまの電話で、部長は適当に切り上げて、そろそろ戻ってこいって言ってましたから」

「ほう、まだ取材が始まったばかりだというのに、ですか？」

「ええ、部長は気分屋ですからね。私みたいな未熟者に任せても、見込みがないと判断したのかもしれません」

二人のやり取りを面白そうに眺めていた西崎が、首をひねって、言った。

「越坂は何を考えているのかな？　うちだってカメラをいつでも出せるよう、用意してありますよ。せっかく取材に来たのなら、多少なりとも成果を収めて帰るのでなければ意味がないんじゃないかな」

浅見も西崎と同じ疑問を抱いた。

4

翌日の朝刊でただ一紙、毎朝新聞だけが風間了の事件の続報を掲載した。「斎場御獄事件で被害者の足取り掴む――本紙記者のお手柄」という大見出しつきの、露骨なスクープ記事である。牧田は浅見のドライブに付き合って、呑気《のんき》そうに構えていながら、ちゃんと部下を動かし、他紙の送稿が朝刊に間に合わない時刻ギリギリまで待って、警察に通報したらしい。何はともあれ、これで警察の捜査も少しは動き出すだろう。

十時、浅見と聡子はロビーで落ち合ってホテルを出た。台風が近づいているとかで、雲の流れの速い空だが、日差しはあるし、いまのところ雨の心配はなさそうだ。

観光協会に寄ると、式香桜里はすでにビルの前に出て待機していた。クリーム色のキャミソールの上にアニマルプリントのカーディガン、ダークレッドのハーフパンツという軽快な服装で、普段のオフィス用の服装とはガラッとイメージが変わった。

それまで助手席にいた聡子は、香桜里に気を使ったのか、リアシートに移り、二人並んで坐った。

あらかじめ地図で調べて、方角は分かっている。与那城町は沖縄島の中部にある。具志川《ぐしかわ》市から南東の方向に突き出した勝連《かつれん》（与勝）半島という岬の北側の半分が与那城町で、背中合わせの南半分は勝連町である。

岬の北東には平安座《へんざ》島、宮城《みやぐすく》島、伊計《いけい》島と三つの島が連なり、これらもすべて与那城町域に含まれる。かつては完全な離島だったのだが、岬の中程からいちばん手前の平安座島へ向かって「海中道路」が通じ、平安座島とその先の宮城島のあいだは、現在は埋め立てられ石油備蓄基地になり、伊計島も橋で結ばれた。

「海中道路」はその名のとおり、橋ではなく、珊瑚礁に囲まれた遠浅の海を埋め立てて作った、全長四・七キロのれっきとした道路である。むろん左右はずっと海だ。「道路」になる以前も、干潮時には歩いて渡ったり、トラックが島まで走って行けたのだが、戦後、米軍や日本の企業が平安座島に石油基地を作るのと合わせて、海中道路を通した。

この道路ができる前は付近の沿岸は漁業の栄えたところだった。ところが、道路で遮断され、北側の金武《きん》湾がほとんど閉鎖海域のようになったため、土砂埋積が進むなど自然環境が一変、さまざまな問題が突出した。とくに漁業は致命的な打撃を受けた。

それはそれとして、島の人々にとっては便利になったことと、石油会社からの税収によって、町の財政が豊かになったのは間違いないのだろう。

「いちど渡ってみるといいですよ」

香桜里は推奨した。海中道路を走るだけでも面白いが、三つの島の最先端にある伊計島には二つのビーチや観光施設があって、地元はもちろん、本土から来る観光客の人気を集めているのだそうだ。

与那城町役場はその海中道路のつけ根付近にある。最近建ったばかりなのか、大きくてきれいな庁舎だ。観光課でユタのことを聞くと、それはたぶん金城《きんじょう》カメさんではないかという。与那城にはユタの数は少なく、金城カメという七十七、八歳になるユタがこの辺りでは名が通っているのだそうだ。

少し遠いが、道の細いところを行かなければならないというので、役場に車を置いて金城家へ向かった。確かに道は路地と言ったほうがよさそうな狭い道だった。

歩いて行くと、路地のそこかしこに「石敢當」という文字を刻んだ小さな石碑が立っているのが目についた。そういえば、ほかでも何度か見たような気がした。「これは何なのですか?」と浅見が訊くと、香桜里は「イシガントウです」と教えてくれた。

「魔除《まよ》けの護符ですね。悪魔は角を曲がるのが嫌いで、行けるところがあるかぎり、真っ直ぐ進むのだそうです。それで、丁字路の突き当たりに門があるような家では、ここから先は悪魔に来てもらいたくないと、石敢當を立てるのです。ここから先へは来るなと言っているのです。シーサーと同じような意味でしょうか」

そういうのを聞くと、まったく沖縄は信仰の島だな——と思う。いや、不信心の浅見などから見れば、露骨に「迷信の島」と言いたいほどだ。各地にあるという御嶽《うたき》もそうだが、拝所巡りのユタだとか、そういうことを一般の人々が真剣に信じて、日常生活の中にさりげなく受け入れているのは異様でさえある。

本土にも四国八十八箇所札所巡りのような風習があるにはあるが、それはごく限られた人々のあいだで行われているもので、しかも、なかば観光目的のツアーとダブッているようなところがある。

もっとも、日本中どこへ行ってもやはり水子地蔵のような信仰は根強いものがある。人間の弱さに対応するような信仰はどこにでもあるということなのか。

金城カメの家はブロック塀を巡らせた平屋であった。そう大きくも新しくもない。屋根瓦の隙間《すきま》からペンペン草のような草が生えている。屋根にはもちろんシーサーもちゃんと載っている。

「カメばあさんの独り住まい」と役場で聞いてきたが、戸も窓も開けっ放しなのに、ひっそりとして、誰もいないような感じだ。

浅見が玄関に立って「ごめんくださぁい」と声をかけると、ずいぶん間を置いて「あい」というような返事がした。

それからさらに数分の間があって、奥へつづくドアが開いて、黒く、皺《しわ》くちゃで小さなおばあさんが現れた。アッパッパーのようなワンピースも皺くちゃだ。首から胸にかけてと腕や足のかなりの部分が剝《む》き出しになっているが、それもすべて皺だらけである。しかもかなり黒い。日焼けしてというより、根っから黒いのではないかと思えた。

「ちょっとお聞きしたいことがあってお邪魔したのですが」

浅見が言うのを、部屋のはるか向こうで立ち止まって聞いている。シャキッとした立ち姿から見ると、健康そうだ。

「じつは、今帰仁城の拝所で何人かのユタさんに聞いたのですが、金城さんはこのあいだ殺された風間というヤマトンチューの人の霊に会ったのだそうですね」

こっちに来る様子がないので、浅見は仕方なく少し声を張って問いかけた。

金城カメはうるさそうに、ハエでも払うように手を横に振った。

「知らぬがな、帰っちいな」

そのまま奥へ向かいかけて、ふと浅見の脇にいる香桜里に目が止まった。

とたんにカメばあさんの態度が変わった。「あれ……」というように首を突き出し、畏れを表すようにそれから身を低くしながら玄関先に出てきた。

「あなたさまは……」

あとは何のことか、さっぱり分からない言葉を香桜里に向けて言った。浅見は状況を判断して、場所を入れ換え、香桜里を前に押し出した。どうやらここでの交渉は香桜里に任せたほうがいいようだ。

金城カメの言葉は何を言っているのか、浅見にはさっぱり聞き取れなかったが、「上がってください」と言っていたらしい。それに対して香桜里はここで結構ですと言い、それからたぶん、浅見が質問したのと同じ趣旨のことを訊いたようだ。それも沖縄弁が多く、もはや、浅見と聡子には外国にいるのと変わりないチンプンカンプンである。

会話はずいぶん長くつづいていた。やがて訊くことがなくなったのか、香桜里は後ろを向いて、「ほかに何か聞いておくことはありますか?」と言った。そう言われてもどんな話の内容だったのかが分からないのだから、返事のしようがない。

「風間氏の霊をどこで聞いたのかは、聞き出せたんですか?」

「ええ、分かりました。場所だけでなく、どういう状況だったのかも」

「それじゃ十分でしょう。ありがとうございました」

浅見は香桜里の肩ごしにカメばあさんに礼を言った。

門を出るとすぐ、浅見は「それで、どうでしたか?」と訊いた。

「金城カメさんが霊と会ったのは、夕方の五時頃で、中城《なかぐすく》城址《じょうし》から普天間宮へ行く途中のトンネルの中だったそうです」

「普天間というと、あの普天間ですか。基地移転問題で騒がれている」

「ええそうです。基地の北のほうに普天間宮があります。私もはっきり知っているわけではありませんけど、琉球王朝時代からつづく由緒あるお宮で、たしか熊野権現を勧請《かんじょう》したのだと思います。金城カメさんは中城城址の拝所でウガン(祈願)してから、その普天間宮へお参りに行くところだったのです。そうして、トンネルの中を歩いているとき、『ここで死ぬのか』という声が聞こえたと言っています」

「そこへ行ってみましょう」

浅見はゾクゾクッときて、車に向かってつい大股《おおまた》歩きになった。

中城城というのは、琉球王朝が成立するより前の、いわば琉球の戦国時代の英雄である「護佐丸《ごさまる》」の居城だったところで、沖縄に残る城址の中ではもっとも保存状態のいい城跡だ。現在は国史跡、県名勝に指定されている。城址公園の上からは中城湾が一望できて、すばらしい眺めだというのだが、そこに寄り道する余裕もなく、浅見は車を走らせた。

それにしても、与那城町の金城カメの自宅から中城城址まででもかなりの距離だが、そこをカメは歩いたと言っていたそうだ。シャレでなく、ずいぶん時間がかかったにちがいない。「あんなお年寄が」と浅見が言うと、「沖縄では当たり前のことです」と、香桜里はこともなげに言った。とくにユタはその程度のことは平気らしい。

中城城址の北をかすめるように西へ行く道がある。あまりいい道ではないが、なんとか舗装はしてあった。やがて小高い尾根のような下をトンネルで潜って行く。

「ここですかね？」

浅見はトンネルに入って、車のスピードを緩めた。

「下りてみます」

香桜里は一人、車を出て、佇んだ。トンネルといっても長さは五十メートル程度のものだ。ふだんはあまり利用されていないのか、車の通行はまったくない。

「寒い……」

そこに立って、香桜里は肩を抱くようにして身震いした。確かにトンネルの中は外よりいくぶん涼しいが、ドアも窓も開け放しでも、そんなに寒いというほどには感じなかった。香桜里は何か霊気のようなものでも感じたのだろう。

香桜里はすぐに戻ってきて、浅見の隣、助手席に乗った。「ここ、出ましょう」と体を震わせている。凍えそうな強張《こわば》った表情だ。浅見は車を進めて、普天間側へトンネルを抜けた。

「浅見さん、抱いて……」

車を停めると、香桜里はそう言って、浅見に上体を凭《もた》せかけてきた。浅見は言われるとおりに左手を伸ばし、香桜里の肩を抱いてやった。緊迫した口調だったので、後ろの聡子の視線を気にするひまもなかった。

香桜里の体は氷のように冷たかった。浅見はしぜん、右手も添えて、胸の内に彼女を抱え込み、香桜里も浅見の胸に顔を埋《うず》めるような姿勢になった。もしこれが特別な理由もなく、そして聡子の存在もなければ、かなりきわどい状況にちがいない。しかし、いまはそういう「いいムード」を楽しむどころではなかった。

五、六分もそうしてじっとしていただろうか。やがて香桜里の顔に血の色が射《さ》して、体温も少し上がった。

「どうもありがとう」

我に返ったように、香桜里は身を起こして礼を言った。浅見の抱擁《ほうよう》は解かれ、それまでの自分を恥じるように、香桜里は居住まいを正した。

「大丈夫ですか？」

浅見は努めて平静を装いながら言った。

「ええ、もう大丈夫です。でも、こんなに恐ろしかったのは初めて」

「何があったんですか？」

「やはり霊に触れたのだと思います。それもすごく悲痛な感じの強い霊でした。金城カメさんが聞いたのも、たぶんこの霊に間違いないでしょうね。カメさんがここを通ったとき、マブイウトゥシの瞬間にぶつかったのじゃないでしょうか」

「マブイウトゥシとは？」

「魂が体から抜け落ちることです。その瞬間に、『ここで死ぬのか』と嘆きの言葉が発せられたのだと思います。いまでもものすごい怨念《おんねん》が感じられました」

「それが風間氏の霊だったのですかね？」

「ほかには考えられませんから」

「そうすると、あのトンネルの中で殺されたということか……」

浅見は振り返ってトンネルの暗がりを覗いた。不気味だが、実感が伴わない。なぜこんな場所で？——という疑問が湧《わ》く。それに、なぜここから斎場御嶽へ運んだのかも理解に苦しむ。

（ほんとかな？——）

ひそかに思った。ユタの「証言」をまともに信じようという気にはなれない。ただ、さっきの金城カメが香桜里を見たときの、急転直下の変容ぶりを見ているだけに、まったく眉唾だとは思えないことも事実だ。

「理由は分かりません」

香桜里がポツリと言った。

「なぜそういうことが起きるのか……でも、聞こえるのですよ」

まるでこっちの心理を見透かしたような、悲しげな言い方だった。

「金城カメさんがあそこを通りかかったときも、頭の上から冷たい水が降るように、嘆きの言葉が落ちてきたのだそうです。それは私にもよく分かります」

「頭の上からですか……」

浅見は振り返って、トンネルの上に視線を移した。そうして気がついた、潜る前はトンネルは低い尾根を潜っているのかと思ったが、そうではなかった。そこは沖縄自動車道が造成されたところで、いま通ってきたのはその下を抜けるためのトンネルなのだ。

「ひょっとして、こういうことは考えられませんか。風間氏は上の沖縄自動車道で死んだということは」

「えっ？……」

香桜里は驚いたように視線を上げた。

「ああ、そうですね、そうかもしれません。じゃあ、沖縄自動車道で事故にでもあったのでしょうか？」

「いや、それは違うでしょう。風間氏の死因は毒物によるものですよ。考えられるのは、そこを走行中の車の中で死亡したということかもしれません……そうか、そして斎場御嶽へ向かったのかな?」

「じゃあ、北のほうから南のほうへ行ったということですか」

「その可能性が強いですね。それならば、死体の捨て場所に困って、斎場御嶽を選んだ理由も納得できるのではありませんか? 北部の山原《やんばる》地方なら、いくらでも捨て場所はありそうですが、南のほうは開発され尽くして、人目につかないところを探すのが難しいのではないでしょうか」

「ええ、確かにそうですね」

一つの結論に達したようだ。

「だとすると、第一犯行現場はどこということになりますか?」

それまで黙っていた聡子が言った。

「うーん、それは難しいですねえ。沖縄の四分の三以上がここから北にあるのだから」

ロードマップを開いて、浅見はため息をついた。沖縄自動車道のインターチェンジだけでも、「沖縄南」「沖縄北」「石川」「屋嘉」「金武《きん》」「宜野座」「許田」とあり、その先は名護市から本部《もとぶ》半島、そして広大な山原地区へとつづいてゆく。もちろん恩納村もここより北にある。

第四章　北からきた死体

1

山原＝ヤンバルはいうまでもなく、天然記念物の「ヤンバルクイナ」や「ヤンバルテナガコガネ」の生息地である。沖縄県北部の、常緑樹林の丘陵がつづく広大な森林地帯で、戦前はほとんど未開の土地であった。沖縄戦のとき、ここを安全地帯として、多くの民間人に加え兵隊までが疎開してきた。

ところで、沖縄本島のどこからが山原地方かについては説が一定していない。現在は名護《なご》市よりさらに北部一帯というイメージだが、本来は国頭《くにがみ》郡より北を「山原」と呼んでいたらしい。国頭郡は読谷《よみたん》村より北――恩納《おんな》村と金武《きん》町から北がそうだから、ずいぶん南に下がることになる。

「山原」とは読んで字のごとく、鄙《ひな》びたところ、都である首里《しゅり》に対する田舎というニュアンスがあった。

十八世紀の琉歌《りゅうか》の大家として知られる「恩納なべ」という女性が詠《よ》んだ歌に、「山原の習ひや差枕《さしまくら》ないらぬ……」というのがある。「差枕」は首里などの上流社会で使われた枕のことで、歌は「山原の風習には、差枕のようなものはありません」という意味だ。つまり、恩納なべの当時は、恩納村も山原の内と考えられていた証拠である。

しかし、現在はたとえば恩納村など、リゾートホテルが立ち並び、とてものこと「山原」というイメージには程遠い。ヤンバルクイナの棲《す》む近くまで、開発のショベルカーが入り込んでいる有り様だ。

その山原地方を含む、沖縄県中部以北の広大な地域のどこかが「第一犯行現場」だったとして、その場所を特定する手掛かりを何に求めればいいのか、浅見は途方にくれた。しかも、それは犯行現場が中城《なかぐすく》のトンネルより北であり、犯人は風間了を車で南へ運ぶ途中だったと仮定してのことだ。

それ以前に、金城カメや式香桜里の霊能を信じるべきか否か——の問題もある。トンネルの中で強い冷気（あるいは霊気）に襲われたと感じたのも、たまたまトンネル内の冷たい空気に触れたためと考えることもできる。冷気は上から下に吹き下りるものだ。

ただ、聡子が今帰仁《なきじん》城跡で見たし、浅見も金城カメにそれを見たように、ユタたちが、初対面であるにもかかわらず、自分たちよりはるかに年下の式香桜里に敬意を払ったという事実は、常識では説明しようがない。それを比嘉は、ユタたちが香桜里の「性高生まれ《サーダカウマリ》」に畏怖《いふ》したもの——と説明したそうだが、そういう高貴なものを、彼女たちが感得したのも不思議ではある。

ただ、一つだけ、この「捜査」でヒントになったことがある。それは風間を乗せた犯人の車が北から南へ向かっていたのではないか——という着想だ。

沖縄の地理を少し勉強すれば、中城以南の沖縄中南部地方は、ほとんど隅々まで開発され尽くしていることが分かる。死体遺棄に相応《ふさわ》しい場所を探すのはかなり難しいと考えていいだろう。あの斎場御嶽《せーふぁうたき》をその場所に選んだのは、犯人に土地鑑があったことはもちろんだが、きわめて的確な判断だといえる。

そしてそのことは、風間が沖縄自動車道の中城付近を運ばれる途中、死に到ったことをある程度、裏付けるし、つまり第一犯行現場が中城以北であるとする論拠に、十分なりうる。もし方向が逆なら、犯人は当然、広大な山原の森の中を死体遺棄の場所に選んでいただろう。

途中のドライブインで軽い食事をして、午後二時過ぎに浅見たちは那覇《なは》に戻った。香桜里を送りがてら、観光協会に立ち寄ったが、比嘉は出かけていて留守だった。

浅見と聡子はひとまずホテルに引き揚げることにした。

「これからどうしますか？」

聡子は訊《き》いた。

「そうですね、一服してから、とりあえず警察に行きましょうか」

「えっ、警察の捜査に協力するのですか」

「もちろんそういうことになりますね。警察がまだ自殺の心証を抱いたままだと、捜査はちっとも進展しませんから。それに、事件について知りえたことを警察に教えるのは、市民の義務でもあります」

「それはそうですけど、なんだかもったいないみたい。第一、ユタの金城カメさんや式香桜里さんの言ったことなんか、警察がちゃんと信じてくれるかしら？　一昨日《おととい》だって、斎場御嶽で式さんが、ここには被害者の霊が感じられないから、殺された場所は違うって言ったとき、警察はぜんぜん相手にする様子がなかったですよ」

「そんなものかもしれないなあ。しかし、それはそれとして、風間氏が沖縄自動車道を北から南へ運ばれたという可能性については、警察だって無視するわけにいかないでしょう。自動車道には何箇所か監視カメラが設置されているはずですから、該当する時間帯の通行車両をチェックできるかもしれません。そういう作業は警察にやってもらうしかないのです」

「ふーん……そういう言い方をすると、なんだか浅見さんが警察組織を使うようなニュアンスに聞こえますね」

「ははは、まさか……あくまでも一市民として、警察に協力するだけですよ」

浅見は冷や汗が出た。意識していないけれど、気持ちのどこかに、聡子が指摘したような思い上がりがあるのかもしれない——と反省した。

「浅見さんて、知れば知るほど不思議な人ですねえ」

「えっ、僕がですか?」

「ええ、さっきだって、式さんが抱いてって言ったとき、平然としているんですもの。

外見と違って、よほど女性の扱いに慣れているんですね」

「とんでもない！」

浅見は思わず声を張り上げた。ハンドルが左右に小刻みに揺れた。

「あの場合は咄嗟《とっさ》のことだったたし、それに、式さんの様子からいって、そうするしか手段がないと思ったからですよ。ああしないと、彼女は失神していたかもしれない。本来の僕は女性にどんなふうに接すればいいのかさえ分からないような唐変木《とうへんぼく》なんです。男として情けないくらいだな。一昨日の晩だって、湯本さんをベッドまで運んで……」

浅見は（あっ——）と口を押さえた。

「えっ、私をベッドまで運んだんですか？　うそ……ドアまでだって言ったじゃないですか。えーっ、いやだ……じゃあ、浅見さんが脱がしたんですか？」

「脱がした？　何をですか？　冗談じゃないですよ。僕はそんなことはしませんよ」

「そんなことって、どんなことのことを言っているんですか？　ひどいわァ、恥ずかしいなあ……」

「ひどいのはそっちでしょう。僕は何もしてませんよ」

「そうですよ。それだって考えようによってはひどいことだわ。あそこまでしておいて、何もしないで行ってしまうなんて。私を女として見ていないか、浅見さんにとってよほど魅力のない女なんですね、きっと」

「参ったなあ、それは無茶苦茶な言いがかりだ。僕は精一杯、紳士的に振る舞ったつもりなんですよ。それを非難されるんじゃたまったものじゃない。それだったらいっそのこと……」

「えっ、いっそのこと、どうしようというんですか？」

「あ、いや、いまのは単なる言葉のアヤです。聞き流してください」

「いいでしょう。聞かなかったことにしてあげます。その代わり、今後はちゃんと、私を女性として扱ってくださいね」

「当然でしょう。十分、女性として尊敬していますよ」

「ううん、尊敬なんかどうでもいいですから、もっとこう、なんていうのか、たとえばその、恋愛の相手だとか結婚の相手になる可能性のある女性としてですよ」

「えっ？　ええ、まあ、それはもちろんそういうことも含めることになるでしょうね」

「そんな第三者的な言い方を……ははは、でも所詮《しょせん》は私なんかだめですよね。式香桜里さんという強力なライバルがいるんだから」

「驚いたなあ。なんだってそこに式さんが出てくるんですか。彼女はまだほんの子供ですよ。僕よりはるかに年下だし」

「嘘《うそ》、子供なものですか。胸だって私よりずっと……いえ、そういうことじゃなくて、考えてることだって私なんかよりはるかに大人びてますよ。それに行動的だわ。私はあんなふうに体を投げ出すようなことはできっこありませんもの」

「だから、そこが子供であることの証明じゃないですか。僕を男として意識していないから、平気なんです。大人の女性はあんなことは絶対にしてくれませんよ」

「あら、そんなことはないわ。だったら私だって……」

険悪な空気になったとき、ホテルの門を入った。駐車場に車を置いて、いったん部屋に戻って、三十分後にロビーで——と予定を決めた。

スイートの広い部屋に落ち着いて、浅見はフーッとため息をついた。湯本聡子があんなふうに積極的にアタックしてくるとは思わなかった。いや、たぶんあれはアタックだったのだと思ってのことだ。それとも僕をからかっているのかな?——と思わないでもなかった。

テレビ局の人間なんて、交友関係が広いだろうし、ひょっとすると恋愛ゲームみたいなことにも長《た》けているかもしれない。琵琶湖《びわこ》にヨットを浮かべて、優雅な生活を楽しんでいることだろう。それに比べて僕は——と思うと、寂しくなる。いまはたまたま接近したものの、この事件が解決してしまえば、また住むところの違う人種でしかなくなってしまうにちがいないのだ。

毎朝新聞の牧田支局長に電話して、事件捜査のその後を聞いてみた。

「警察のほうはさっぱりみたいだが、例の明石屋食堂のほうはかなり面白い結果が出てきそうですな。浅見さんが言ってたみたいに、あそこの女将《おかみ》に頼んで、ツケで食ってるやつの名前を書き出してもらったんだが。そしたら結構、知った名前があるもんだねえ。だいたい本土から単身赴任しているような顔触れだが、Uターン組も多い。やっぱり地元出身の人間も、沖縄料理ばかりじゃ耐えられなくなってるみたいですな。あとはこのリストで片っ端からそれらしいやつを洗ってみます。『裏の真相』の風間と、どこかで繋《つな》がってる人間も出てくるにちがいない」

「そのリストの中に、琉 球《りゅうきゅう》テレビの西崎っていう人の名前はありませんでしたか」

「ああ、西崎もありましたよ。浅見さん彼を知ってるんですか？」

「ええ、昨日の晩、初めて会ったばかりですが」

「そう……あいつが怪しいですか？」

「は？　ははは、まさか……そうじゃありませんが、ただお聞きしただけです」

「ふーん……しかし、確か西崎は『裏の真相』の風間と知り合いだったのじゃないかな」

「そのようですね。風間氏はまともなジャーナリストだった頃、恩納村付近の米軍基地の公害問題で、かなり熱心に取材活動をやっていたそうです」

「そうそう、いわゆる『赤い土』の騒ぎのときですな。その話は誰かに聞いたことがあります。そうか、してみると、案外、西崎辺りが何か知ってる可能性はあるな。明石屋食堂でツケで食ってるのも大いに怪しい」

「ツケで食うと怪しいのだったら、牧田さんだって有資格者ということになるじゃありませんか」

「えっ、あははは、なるほどそうだねえ」

笑いながら「それじゃ」と電話を切りかけたのに、「あっ、ちょっと」と浅見は待ったをかけた。

「念のためにお訊きしますが、風間氏が明石屋食堂の常連だったということは絶対にないのでしょうね？」

「ん？　いや、それはないですよ。少なくともわしは彼を明石屋食堂で見たことはないな。風間が沖縄にいたのはそう長いわけじゃないからね。明石屋食堂に食いに行ったことはあるかもしれないが、ごくたまにでしょう。でなければ女将が顔を憶《おぼ》えていないはずがない。だいたい彼は、東京から来てた各社の記者連中とは一線を画すようなところがあって、宿も民家に転がり込んだりしてましたからね。沖縄料理も平気だったんじゃないかな」

電話を切ってから、浅見は何かモヤモヤした疑念が、頭のどこかに澱《よど》んでいるのを感じていた。錯覚や思い込みの誤りに、漠然と気づいているときの状態である。しかしそれが何なのかは見極めがつかない。

いつの間にか約束の三十分が経過していた。浅見は慌ててロビーに下りて行った。団体客が到着したばかりなのか、ロビーは混雑していた。その中で、湯本聡子は一人、ぽつねんと椅子《いす》に坐っている。その横顔がひどく寂しげに見えた。先刻の、少しはしやぎすぎくらいの活発さは影をひそめてしまった。

「私、明日、滋賀へ帰ります」

浅見の顔を見るなり、聡子は訴えるような目でそう言った。

「やっぱり、部長が帰ってこいと言ってますから」

「そうですか。それじゃ僕も明日、いったん引き揚げることにします」

「えっ、ほんとなんですか？」

聡子の顔に、たちまち喜色が広がった。

「ええ、本当ですよ。お宅のテレビ局へご一緒するって言ったでしょう。じゃあ、ちょっと待っていてください」

浅見はフロントへ行って、明日からの宿泊をキャンセルしてくれるよう頼んだ。いずれその後、日を置かずに来ることを告げると、快く了解してくれた。沖縄のホテルもシーズンオフは過当競争で、なかなか経営が楽ではないらしい。

2

斎場御嶽の「事件」は与那原《よなばる》警察署で扱っている。与那原署のある与那原町は、斎場御嶽のある知念村《ちねん》とは中城湾の入江を挟んだ、那覇寄りの海岸の町である。ちなみに、沖縄には「与那」とつく地名や人名が多い。「与那」「与那川」「与那城」「与那国《ぐに》」「与那高坂」「与那田川」「与那堂」「与那覇」「与那覇堂」「与那原」「与那嶺《みね》」「与那良《ら》」等々がある。

与那原は人口一万五千程度の小さな町だが、戦後間もなく石油基地が建設され、昨今は那覇のベッドタウンとして住宅建設が進み、なかなか活気がある。

もっとも、それ以前の与那原の海岸は、遠浅で美しい砂浜を有していた。沖縄の海としては珍しく珊瑚礁《さんごしょう》がなかったために、海水浴場として親しまれていたのだが、その海の多くが埋め立てられ、いまは往時の面影を見るすべもないのを、嘆く人も多い。

与那原署は建物も小さいが、人員も少ないようだ。玄関脇《わき》に当然あるはずの「殺人事件捜査本部」の貼《は》り紙がしてないのが、ちょっと気になった。

　アポイントなしで訪れたのだが、大城部長刑事は聡子を歓迎してくれた。ただし彼女の背後に見かけない顔の男がいるのに気づくと、少し固い表情になった。

「フリーのルポライターです」

　浅見が自己紹介をしながら、肩書のない名刺を出すと、いっそう警戒を強めた様子に見えた。フリーだろうと何だろうと、警察にとっては、マスコミに関係する業種は天敵のようなものなのだ。

「明日、滋賀へ帰ることにしました。それでご挨拶《あいさつ》をと思いまして」

　聡子は頭を下げた。

「ほう、もう帰りますか。それは残念ですなあ。で、おたくさんは？」

「ええ、僕も一緒に帰ります」

「あ、そうかね。それはいい」

　何がいいのか、大城は急に嬉《うれ》しそうな顔になった。

「それで、事件の捜査のほうは進捗《しんちょく》しているのでしょうか？」

　浅見が訊いた。

「ん？　いや、あんた、捜査といったって、まだ始まったばかりですよ。それも、まだ自殺の可能性も残っているわけだし」

「あ、それで殺人事件の捜査本部が設置されていないのですね？」

「そう、そういうことです。しかし、今日の段階で、ほぼ殺人事件と断定して、明日にでも捜査本部をここに置くことになるでしょうな。被害者の足取り調査や聞き込みも、明日からいよいよ本格化するというわけです」

テンポの遅いのは、なにも沖縄の特性というわけではないだろうけれど、初動捜査の遅れが悪い結果につながらなければいいが——と心配になる。

「自殺の線が消えたのは、どういう理由によるのでしょうか？　確か目撃者がいたとかいうことだったのではありませんか？」

「ああ、それはあれです。その目撃者の話があいまいでしてね。問い詰めてゆくと、斎場御嶽へ向かって行った人物というのが、風間さんかどうかはっきりせんのですよ。時間的にも、死亡推定時刻とのかねあいで、その時刻にはすでに死亡していたかもしれんという検視結果でしてね。むしろ、その時刻にその辺をウロウロしていたとなると、犯人であった可能性のほうが強い」

「死亡推定時刻は午後四時から七時頃までと聞きましたが？」

「いや、その後の調べで午後五時前後から遅くとも六時くらいまでに限定されましたよ。昼飯を食った明石屋食堂という店が分かったので、胃の内容物なんかを調べた結果ですがね。ところが目撃証言は午後六時半——日が暮れた頃と言っておる。その時点ではすでに被害者は死亡しておったことになる」

浅見は聡子と顔を見合わせた。与那城の金城カメがトンネルの中で霊気を感じたのは五時頃と言っているのだから、まだ日暮れ前であることは確かだ。時間的にはまさに警察の死亡推定時刻と符合する。

「じつはですね、捜査のご参考になるかどうか分かりませんが」

浅見は遠慮がちに切り出して、金城カメに聞いた、中城の自動車道下のトンネルであった出来事を話した。例の式香桜里もカメと同じ体験をしたということも付け加えた。

「もちろん、大城さんはそんな非科学的なとおっしゃると思いますが、それはともかくとしても、犯人の車が沖縄自動車道を北のほうから来た可能性はありうると思うのです。監視カメラにそれらしい車が記録されていないかどうか、一応、確かめてみるというのはいかがでしょう」

「ふーん、遺体を北から南へ、わざわざ運んできたのですか？　そんなことがありうるかなあ？　ヤマトンチューのあんたは知らないと思うが、死体遺棄をするのなら、北の山原にはなんぼでも適当な場所がありますよ。むしろ南から北へ、山原の森に捨てに行くなら分かるがねえ」

「ですから、風間氏は走行中に絶命したのだと思うのです。犯人にとっては予想外の結果だったかもしれません。それに、犯人には南にいなければならない、のっぴきならない事情があったのかもしれません。どうしても山原のほうに行く時間的な余裕がなかった。そこで、南では唯一、安全な捨て場所として斎場御嶽を選んだのではないでしょうか。もっとも、斎場御嶽を選んだ理由はほかに何か、たとえば宗教的な意味があったと考えることもできますが」

「ははは、あんた……えーと浅見さんでしたか。次から次、いろいろ刑事顔負けに考えるけど、まあそういうことはですな、警察に任せて東京へ帰ったほうがよろしいな」

「ええ、いったん帰りますが、またすぐ戻ってきます」

「いや、戻って来なくてもいいですよ。あまり捜査の邪魔をしないでいただきたい」

大城は露骨に顔をしかめて、「それじゃ、所用がありますので」と席を立った。

「やっぱり警察はだめですねえ」

与那原署の玄関を振り返って、聡子は悔しそうに言った。

「せっかく捜査のためになるような話をして上げたのに」

「ははは、大丈夫ですよ、警察はあんなことを言ってますが、あれは負け惜しみみたいなものです。僕が言ったような、自動車道の監視カメラのチェックはちゃんとやってくれると思いますよ。まあ、とにかくそう信じるしかないです」

「へえー、そうなんですか。素直じゃないですねえ。だったらちゃんと、浅見さんの意見を受け入れたって言って、お礼の一つぐらい言えばいいじゃないですか」

「警察には警察のメンツというものがあるのですよ、きっと」

兄陽一郎のことが意識にあるせいか、浅見は警察の弁護をするように言った。

そうして、何気なく言った「メンツ」という言葉を胸の内で反芻《はんすう》しながら、ふと沖縄人のメンツのことを思っていた。

自分も含めて、観光客や基地反対闘争の支援者やジャーナリストなど、沖縄に係わってきた本土の人間――ヤマトンチューたちは、沖縄人のメンツについて考えることがあるのだろうか――と思った。

陽一郎には東京を発《た》つ前に、忠告めいたことを言われていた。

――沖縄は日本であって日本でないようなところがある。

そのときは戦争被害や基地問題など、本土とは異なる沖縄の宿命的な立場のことを想像した。もちろんそれもあるけれど、沖縄に来てほんのわずかのあいだに、浅見はそれとは違う「日本でない」ものに気づいた。沖縄は明らかに「異文化の国」なのだ。為政者はもちろんそんなことは言わない。国民のほとんども、沖縄県は鹿児島県の先にある県――としか認識していないだろう。かつて琉球王朝があったといっても、それは東北にいた蝦夷《えぞ》や、九州にいた熊襲《くまそ》のような、大和政権に抵抗する地方豪族と同じようにしか理解していない。浅見だってそういう中の一人でしかなかった。

しかし違うのだと思う。沖縄はほんの百年少し前までは「異国」だった。政治形態はもちろん、それ以上に文化のありようが「ヤマト」とははっきりちがった「国」だったのだ。同化政策が進行する中で、政治や経済の形は中央政府の意向に沿って「日本型」になったものの、文化までは変えられなかった。むしろ「ヤマト」の波が押し寄せてくればくるほど、それは際立って異質であることを誇示しているようにさえ思える。

沖縄を旅してみて、お寺の少ないことに気がつく。いや、浅見はまだ、自分の目でいわゆる日本式の寺院を見たことがなかった。その代わりに目立つのは、異様とも思えるほど大きな沖縄独特の墳墓《ふんぼ》である。中でも「亀甲墓《きっこうばか》」と呼ばれるものはその名のとおり、亀の甲羅のような屋根に覆われた、広さが四、五坪もあるトーチカのような形をしていて、墓の前には、左右をコンクリートの塀で仕切られたちょっとした広場のような草地がある。その草地では葬儀のあとや命日のときなどに、「門中《むんちゅう》」という血族関係で結ばれた一族郎党や縁故者が集って、宴会のようなものが開かれる。

門中に象徴される血族意識は数代、あるいはそれよりはるか以前にまで遡《さかのぼ》る。先祖崇拝は、核家族化が進み、先祖の墓参りもなおざりにされがちな現代のヤマトンチューには、想像もつかないほど強固なものだ。シーサーや石敢當《イシガントウ》、そしてユタに象徴されるように、沖縄独自の宗教的な民俗も、日常の市民生活の中で、ちゃんと息づいている。

食文化はもちろんだが、芸能もまったく異質だ。三線《サンシン》のような伝統的な郷土音楽ばかりではない。そこから喜納昌吉《きなしょうきち》の『ハイサイおじさん』『花』といった、世界に通じるような音楽が生まれ、安室奈美恵やスピードに代表される優れたタレントが次々に「輸出」されてくるのも、その根っこのところに琉球文化が礎《いしずえ》として存在していることと、決して無縁ではないだろう。

ヤマトンチューが気づいていないのは、こうした文化に根づいたウチナーンチュ（沖縄人）の誇りの高さについてである。沖縄人は過去の歴史でいくたびもうちひしがれ、惨めな思いを味わってきた。いまも日本でもっとも貧しい県の一つに数え上げられている。それにもかかわらず、沖縄人の誇りの高さや不撓不屈《ふとうふくつ》の精神は、軟弱なヤマトンチューなど足元にも及ばない。

涙流れて　どこどこ行くの
愛も流れて　どこどこ行くの
そんな流れを　このうちに
花として　花として　むかえてあげたい
泣きなさい　笑いなさい
いつの日か　いつの日か　花を咲かそうよ

『花～すべての人の心に花を』より

喜納昌吉のこの歌には、沖縄人の悲しみと夢がこめられている。この歌を聴くと、沖縄の人々の、あの不思議な微笑の秘密を垣間《かいま》見《み》るような気がする。

琉球テレビの西崎の話によると、十年前当時の越坂は、沖縄米軍の都市型戦闘訓練施設建設工事に対する阻止行動を取材する過程で挫折《ざせつ》感を味わったのではないか——ということだった。ことによると、あの風間もそういう「挫折組」の一人だったかもしれないとも言っていた。

その挫折の原因は沖縄人の難しさにあるというニュアンスだった。それは沖縄人の持つ二面性という意味に受け取れる。沖縄人の西崎が言うのだから、間違いはないのだろう。しかし、その「難しさ」の源は、じつは沖縄人のメンツにあったのではないか——と浅見は思った。

しかし、沖縄人の誰もそんなことは言わない。それは当然のことだ。「メンツにかかわる」などという言葉は、真にメンツを大切にしようとする人間は、それこそ「メンツにかけて」も口にしないものである。そうして屈折した表現と、モナリザよりももっと複雑な微笑を口許《くちもと》に漂わすのだ。

越坂にはそのことが分からなかったのかもしれない。風間もそうだったのだろう。沖縄人である西崎ですら、自分の奥深いところにあるその「難しい」ものが自覚できていなかったとも考えられる。まして文化も宗教も異なる越坂や風間が、自分の理解を超えたものに戸惑い、去って行ったとしても、あながち責められることではない。

与那原署からの帰路、知念村の斎場御嶽を回ってみた。ハブが出るというので、浅見はおっかなびっくりだったが、あとで聞くとじつは昼間は安全なのだそうだ。それにしても不気味な雰囲気の場所であることに変わりはなかった。

「式さんが霊気を感じるのも、分かるような気がしますね」

浅見は岩屋のような御嶽の前に立って、背中が凍るような寒けを感じた。気温の差だけの問題ではないようだ。

しかし、斎場御嶽に死体を捨てたというのは、単なる死体遺棄だけが目的だとは思えなかった。第一、ここはオープンで人の訪れが多い場所だ。少なくとも死体を隠す意図がなかったことははっきりしている。むしろ、早く発見してくれ――という意図があるようにさえ思える。ここには手掛かりとなるような発見は、もはや望めないが、そう感じたことが、存外、大きな収穫かもしれなかった。

その夜、比嘉と香桜里を誘って、ホテルのレストランで聡子のためのお別れの食事をした。

「浅見さんはこのあと、また沖縄にいらっしゃるんですよね？」

香桜里は不安そうに訊いた。

「ははは、それは湯本さんのときと同じように、僕よりむしろ、あなたのほうが分かるのじゃないのかな」

「いいえ、ぜんぜん見えません」

香桜里は悲しげに首を横に振った。

「来ますよ、大丈夫ですよ」

浅見の代わりに聡子がおかしそうに笑いながら保証した。

「うちのテレビ局で、あのブクブク茶会のときのビデオを見たら、また戻って来るんですって」

「あ、そのビデオだったら、うちにもコピーを一本もらってきてますよ」

比嘉が言った。

「えっ、そうだったんですか。そうか、そうですよねえ。どうして気がつかなかったのかしら。ばかみたい」

聡子は自分のうっかりを罵《ののし》った。

「それじゃ、浅見さんは行く必要がないっていうことですね」

対照的に香桜里は嬉しそうだ。

「いや、それでも琵琶湖テレビへは行かなければならないのです。湯本さんの上司の越坂さんという人にお会いする予定です。琉球テレビの西崎さんは風間氏のことをよく知っていたみたいだから、越坂さんも風間氏と顔見知りだった可能性があると思うのです」

「でも、うちの部長はそんなこと、憶えていないんじゃないかしら。今度の事件があって警察が来たときも、風間という人と知り合いだなんて、何も言ってませんよ」

聡子は首を傾《かし》げた。

「まあ報道関係者といってもすごい数だったでしょうからね。それに風間氏は僕みたいなフリージャーナリストだったから、あまり接点がなかったのかもしれない。しかし、いろいろ話しているうちに何か思い出すのじゃないかな。風間氏の沖縄での知人関係なども浮かんでくる可能性があります」

　そう言いながら、浅見は胸にチクリと痛みのようなものを感じた。越坂は本当に風間のことを憶えていなかったのだろうか？

　風間了という人物は、少なくともジャーナリズムの世界に身を置く者なら、名前ぐらいは知っている。まして、沖縄の基地闘争を取材する報道陣の中に同時期にいたのなら、親しくはしていなくても、すれ違ったり名前を聞いたこともないというのは、少し不自然なのではないだろうか。

　浅見の中で、越坂への疑惑が急速に膨らんだ。

　体を硬直させ、ナイフとフォークの動きを停《と》めてしまった浅見を、香桜里が心配そうに見つめていた。その視線に気づいて、浅見は慌ててステーキの切断を再開した。

　食後のコーヒーを飲んで、再会を約束して別れた。比嘉と香桜里がそれぞれの車で去って行くのを見送ってから、浅見は聡子と明日の出発時刻を確認して部屋に戻った。

　その直後、電話がかかってきた。思いがけなく香桜里からだった。

「いまロビーにいるのですけど、お会いできませんか？」

「えっ、そうですか。それじゃ、すぐに下りて……」

「いえ、浅見さんのお部屋に行きます」

強引に言って、浅見が何も答えないうちに電話を切った。いったん引き揚げたと思わせておいて、とって返してくるとは——と、浅見は急に胸の鼓動が高まった。

この新事態にどう対処すればいいのか考えが纏《まと》まる余裕もなく、ドアが小さくノックされた。

ドアを開けると、香桜里は恐る恐る部屋の中を窺《うかが》いながら入ってきた。それから誰もいないのを確認したのか、「ああ、よかった」と言った。

「よかったって、何が?」

「湯本さんがいらっしゃるかと思ったものですから」

「まさか……」

浅見はカーッと顔が熱くなった。

「そんなことがあるはずないでしょう」

少し怒気を含んだ口調で言った。香桜里もそれを感じたのか、身を縮めるようにして頭を下げた。

「すみません、ばかなことを言いました」

「ははは、そんなことがないのを威張ってもしようがないですけどね」

浅見はなかば本心でそう言った。

香桜里にソファーを勧め、ドアを半開きにして席に戻ると、香桜里はわざわざ立って行ってドアをきちんと閉めた。浅見は急に、室内の空気が濃密になったように感じた。

「とつぜん、どうしたんですか?」

「心配なんです」

「心配って、何がですか?」

「浅見さんが、事件のこと、いろいろ調べていることがです」

「ははは、それなら心配いりませんよ。僕は危ないことはしない主義ですから」

「でも、何かよくないことが起きそうで、とても恐ろしいのです」

「よくないことって、何ですか?」

「分かりません。分かりませんけど、とても恐ろしくて、心配で……これ以上、事件に関わるのをやめてもらいたいんです。そのことをどうしても言いたくて来ました」

こっちを見つめる香桜里の眸《ひとみ》と、真っ直ぐに突き刺さるような彼女の言葉に、浅見はうろたえた。

「驚いたなあ、いったいどうしたんですか。また何か見えたり聞こえたりするのですか。僕が殺されそうだとか……」

「違います」

浅見が「殺されそう」と言ったとたん、香桜里はいっそう恐ろしげに身震いした。それでかえって、殺されそうな状況があるのかもしれない——という気がした。

「そんなことじゃないけど、でも、恐ろしい悲しいことが起きます。だからもう、やめてくれませんか」

「しかし、やめろって言われても、そう簡単には……」

言葉の途中で香桜里は立ち上がった。二人のあいだにある小テーブルを避けて、アームチェアに坐る浅見の前に来ると、驚く浅見の上にいきなり身を投げてきた。

「ど、どうしたんです……」

浅見は身を反らせながら、反射的に香桜里の上体を抱きとめていた。車の中で似たような状況があったけれど、そのときとは違って向かい合う体勢になっている。瞬間、なんとも不届きなことだが、聡子が言った『胸だって私よりずっと……』という言葉が思い浮かんだ。彼女が言ったとおり、見た目のプロポーションや稚《おさな》さから想像できないほど、豊かなバストであった。

「おねがい、やめてください」

浅見の耳元で、香桜里は囁《ささや》くように言った。何の香りなのだろう、香水とは異質の芳《かぐわ》しい匂《にお》いが鼻をくすぐる。

「わ、分かりました。分かりましたから、落ち着いて……」

浅見は彼女の背中に回した手を、赤子をあやすように優しく動かした。（ほかに何かすることはないのか――）と悪魔の囁きも聞こえたが、ひたすら耳を覆うことにした。（もしも、香桜里が「願い事」をしているのでなければ――彼女の弱みにつけ込む状況でなければ――）と、自分の臆病《おくびょう》の言い訳のように思いつづけた。

「ああ……」

香桜里は眠そうな吐息を洩《も》らした。

「とても安らいだ気持ちです。いつまでもこうしていたい……」

その意見には浅見も賛成だった。こうしているだけで、満たされたような穏やかな気配に包まれる。全身の強張《こわば》ったものがスーッと抜け落ちて、香りのいい空気の中に漂っているような気分であった。

しかし、実際にはそう長い時間ではなかったのかもしれない。やがて香桜里はゆっくりと身を起こし、浅見の前から離れた。先刻とは違う、和《やわ》らいだ表情だが、どこかに一抹の寂しさを感じさせる顔であった。

香桜里はソファーには戻らず、そのままドアへ向かった。ドアを開け、黙ってこっちに頭を下げると、まるで妖精《ようせい》が消えるときのように去って行った。

浅見は彼女を抱いているときのままの恰好《かっこう》で、ぼんやりと香桜里の後ろ姿を見送っていた。とてつもなく大きな忘れ物をしたような気分であった。

3

日曜日の琵琶湖テレビは閑散としている。報道部のあるフロアも空席が目立つ。その中に越坂がポツンと待機していた。

越坂部長が浅見を迎えたとき、どういう対応を見せるのか、聡子はかなり不安を抱いていた。電話で浅見の名を告げたとたん、ビデオの貸し出しを拒否した口ぶりは、どう考えても機嫌がいいとは思えなかったのである。ところが、案に相違して越坂は愛想のいい笑顔を見せた。名刺を交換しながら、「お噂《うわさ》はかねがね……」などと言っている。

（噂って、どういうこと？――）

聡子はなんだか裏切られた気分がした。浅見のほうも、いくぶん当惑ぎみに見える程度で、「はあ、いや……」と適当に応対しているのが、急に遠い人になったようで、いやだった。これまで知りえなかった別の一面が浅見にあることは、間違いないらしい。

社員用の試写室に浅見を案内して、「ブクブク茶会」のビデオを見せた。狭い部屋で照明もやや暗くしてある。おたがいの息づかいが分かるほどの距離に並んで、二十八インチの画面に見入った。聡子は秘密めいた雰囲気を勝手に思い描いて、心臓が苦しいほど緊張したのだが、浅見のほうは完全に画面のほうに気を取られている。

（つまんない――）と、聡子は胸の内で呟《つぶや》いた。

ブクブク茶会風景は、聡子にはもちろん、どうということはないが、初めて見る浅見にはきわめて珍しいものに映ったようだ。

最初、画面中央に聡子がバストサイズで登場する。

「今日は彦根市の清涼寺で、珍しいブクブク茶会というのが行われるというので、みなさんをご案内したいと思います」

そんな調子で口上を述べると、一転、画面は清涼寺の全景に変わる。

「ほう、立派なお寺ですねえ」

清涼寺が映し出された瞬間、浅見はもう感嘆の声を発している。そういう感情表現は幼児なみらしい。

そのあと、会場風景などを点描しながら、沖縄と井伊家との関係、ブクブク茶会を催す趣旨などを解説する。会を主催する井伊家先代夫人の挨拶では沖縄との連帯や世界平和を希求することなどが述べられる。そのときも浅見は、「すてきな女性だなあ」と言った。確かに長身で姿勢もよく、王家の末裔《まつえい》に相応《ふさわ》しい毅然《きぜん》としたものを感じさせる女性だが、そんなふうに、まるで恋人にしたいような憧憬《しょうけい》を込めて言うのがおかしい。

ブクブク茶会風景に移る前に、聡子の解説で、ブクブク茶のなんたるかについての予備知識を与える。「ブクブク茶の魅力は入道雲を碗《わん》に盛ったような、光沢のあるふんわりとした白い泡にあります」などと、比嘉に聞いたままの受け売りである。

ブクブク茶は形式も「一期一会《いちごいちえ》」の精神も、抹茶《まっちゃ》によるいわゆる茶道《さどう》とほとんど変わりはないことや、ただ使用する「茶」の材料と道具が異なることを解説する。会場である客殿大広間の中央に用意された茶道具一式を映し、別撮りしたビデオでお茶の立て方などを説明する。

浅見は、巨大な茶筅《ちゃせん》を見ては「へえーっ」と驚き、泡立てのために使う巨大な鉢を見ては「ほほーっ」と感心し、鉢の中を茶筅で掻《か》き回すと、文字どおり入道雲のように白い泡がブクブク立つ様子を見ては「面白いですねえ」と喜んだ。これほど見せ甲《が》斐《い》のある視聴者は珍しいにちがいない。

茶会の参加者は見えるかぎりではすべて女性ばかりであった。主役のお茶を立てる「亭主」役も中年の女性だ。「森ゆかりさん」のスーパーが入る。カメラは一応はその女性と手元のアップを撮ったが、むしろその背後に控え、立てられたお茶を客に運ぶ若い女性たちを映したがった。華やかな紅型《びんがた》衣装も美しいが、白く塗った端整な顔は、まさにテレビ向きの絵になる。

「あっ、式さんですね」

画面にアップで香桜里が映ると、また浅見は歓声を上げた。カメラマンも彼女に目をつけて、執拗《しつよう》なくらい追いつづけているから、「視聴者」としては大満足だろう。

「ははは、あそこに控えているのは比嘉さんじゃないですか」

浅見が画面を指さして言った。茶席の後方に沖縄の郷土衣装をつけた男性がうずくまるように坐っている。

「あっ、ほんとですね。浅見さんて目敏《めざと》いんですねえ」

カメラが中心に据えているのは「亭主」役の女性だし、衣装が違うせいか、これまでに何度かビデオをチェックしていながら、それが比嘉孝義であることに、聡子は気づいてなかった。ただの世話役ではなく、自分もイベントに参加していたのだ。

「いや、女性ばかりの中に男性がいるから、つい気になったのですよ」

使うお茶が「ブクブク茶」であることを除けば、茶会そのものはふつうの茶会と同じように進行してゆく。本来はもっと素朴なものだったのを多少、アレンジしているのかもしれない。

茶会をひととおり見せたあとは、参加者の感想を何人か拾った。「とてもおいしかったです」という評判だが、それはたぶんに外交辞令的なものかもしれない。聡子の感想からいうと、正直なところそんなに美味だとは思えなかった。むしろ体のためによさそうな感じがした。実際、薬効《やっこう》はあるらしい。

そしていよいよ、式香桜里の単独インタビューに移る。特別に用意された座敷に、紅型衣装の香桜里が入ってくるシーンから始まった。香桜里は終始伏し目がちに話す。カメラがなんとか顔を写そうと苦労しているのがよく分かる。

それにしても、香桜里は美しい。画面に見入る浅見の真剣そのもののような横顔をぬすみ見て、聡子は少しジェラシーを感じた。

ビデオがすべて終わったあと、浅見はしばらくテレビのブラウン管を眺めていた。

「もう一度見ますか？」

聡子は訊いた。

「そうですね、もう一度見せてください」

全部で十五分ほどの内容だ。何度繰り返し見ても構わないのだが、ビデオがスタートすると、聡子はいったん室を出て自分のデスクに戻った。

「もう帰ったんか？」

越坂が訊いた。

「いえ、もう一度見たいそうですから」

「そうか、まだ見とるんか……このあと、どないするんや。予定はあるんか」

「ありませんけど、食事ぐらいしようかと思ってます」

そろそろ夕刻であった。

「それやったら、おれも一緒するかな。『かね吉《きち》』を予約しとくよってな」

琵琶湖テレビで、ときどき賓客用に使う古い料理屋の名前を言った。

「えっ、それって部長の招待ですか?」

「当たり前やがな。何か問題あるか?」

「そうではないですけど……あの、部長は浅見さんをご存じだったのですか?」

「いや、知らんよ」

「だけど、さっき『お噂《うわさ》はかねがね』とかおっしゃいましたよ」

「ああ、言うたが、会《お》うたことはない。以前、琵琶湖で人が殺された事件のとき、名前を聞いたことがあるいうだけや」

「へえー、その事件に浅見さん、何か関係したんですか?」

「詳しいことは知らんよ。そんなことはどうでもええやろ。はよ行かんか」

うるさそうに手で払った。

試写室に戻ると、ちょうどビデオが終わったところだった。

「どうですか、何か分かりましたか」

「いや、そうですね……」

浅見は浮かない顔であいまいに答えた。思った程の収穫はなかった様子だ。

「浅見さん、このあとの予定はありますか。もしなければ、うちの部長が食事にご招待したいと言ってますけど」

「えっ、いや、それはお断りします」

「あら、だめなんですか？　何かご予定があるんですか？」

「そうじゃないですが、こんなにお世話になった上にご馳走《ちそう》していただくわけにはいきません。逆に僕のほうでご馳走させていただこうと思っていたところです。ただ、場所を知りませんから、セッティングだけは湯本さんにお願いします」

頑として譲らない気配だ。聡子は慌てて越坂の意向を確かめに行った。

「なんや、ややこしいな。けどまあ、あっちがそない言うんやったら、ありがたくご馳走になるかな」

時間まで浅見に応接室で待ってもらって、六時過ぎにタクシーを呼んだ。聡子が助手席に乗ろうとするのを遮って、越坂が「おれが道案内をするよって」と乗り込んだ。道案内するほど遠くなく、それに運転手だって熟知しているはずなのに——と、聡子は越坂が浅見と同席するのを避けたような気がした。

「かね吉」は大津でも名うての、由緒ある料理屋なのだそうだ。もちろん聡子などは来たこともない店だが、存外気取りがない。近江《おうみ》牛の「牛サシ」の先付けから始まって、基本的には和風懐石料理だった。

浅見は例によって幼児性の感嘆の声を発しながら、楽しそうに箸《はし》を使っている。本当に邪気がない感じで、女性に関してもすごくオクテに思えるし、この浅見が越坂も名前を知っているほどのルポライターだとは、聡子には信じられない気がする。

「そしたら、遠慮なくご馳走になりますが、それにしたかて、浅見さんは律儀なお人ですなあ。こっちは社用やさかい、そないに気ィ使うてもらわんでもよろしいのに」

ビールで乾杯したあと、越坂は仲居に大吟醸《だいぎんじょう》の冷酒を注文して、笑いながら言った。

「いえ、僕のほうこそ、もともと不浄の金みたいなものですから、ドンドン使って浄化したほうがいいのです」

「ほうっ、不浄の金とはまたどういう？」

越坂も聡子も驚いて、浅見の顔を見た。

「ははは、それはちょっと言い過ぎかもしれませんが、依頼主の趣旨がやや不純なものなのです」

「依頼主というと？」

「殺された風間氏の『裏の真相社』です。警察がいったんは自殺と断定しそうになったものだから、それではあまり保険金が下りないので、なんとか殺人事件であることを立証してもらいたいという趣旨です」

「なるほど。けど、それは社長に死なれてしもうた社員の立場としては、当然のことと違いますか？」

「ええ、当然といえば当然ですが、しかし、自分の会社の社長が殺されたのを、社員がよってたかってしゃぶり尽くそうというのは、なんだかハイエナみたいで、到底、共感できません」

「ははは、そうでっか、共感でけしまへんか。浅見さんは正義派ですな」

「融通《ゆうずう》が利かなくて、人間が甘っちょろいという意味ですか」

「いやいや、そうは言うてまへん。その真っ直ぐな若さが羨《うらや》ましいと思うてます」

「越坂さんもかつてはそんなふうに硬派の正義派だったとお聞きしましたが」

「は？　そないなこと、どこで聞かはったんです？」

「琉球テレビの西崎さんがそう言ってました。越坂さんは大阪のキー局で、西崎さんとご一緒だったそうですね」

「ああ西崎でっか。しようのないやっちゃ。ようそないな嘘っぱちを言うてからに」

越坂は苦笑いを浮かべた。

「『裏の真相』の風間氏も、かつては同じような高邁《こうまい》な理想をかかげたジャーナリストだったというようなことも言ってました。沖縄では同じ時期に活動していたそうですね。越坂さんも風間氏のことはご存じなのではありませんか？」

「ん？　ああ、いや、風間氏のことはあまりよく知りまへんな。今回の被害者がその風間氏だったとあとで知ってびっくりしたが、沖縄では会うたこともないんと違うかな。彼は確か、フリーやなかったでっか？」

「ええ、そのように聞いています」

「それも左翼系のジャーナリストやった。われわれ商業主義のマスコミとは一線を画しとったと思いますよ。その彼が商業主義以下のゴロツキみたいなもんになってしもうたんやから、人間、分かりまへんなあ」

越坂は慨嘆するように言った。

大吟醸を持って、女将が挨拶にきたのに、越坂は大げさな身振りで浅見を紹介した。

「女将、こちらの浅見さんは、東京の有名な探偵さんやで」

「へえー、探偵さんでっか。なんや恐ろしゅうおますな。いうても、うちら後ろ暗いことはなんもしておりまへんけど」

「嘘言うたらあかん、ぎょうさん脱税しとるんと違うか」

「そんな、部長さん、あほなこと言わんといてください。うちら脱税しとうても、大赤字やおまへんか」

女将はまんざら嘘でもなさそうな真顔で言い、大笑いになった。

聡子はまたショックだった。浅見が「有名な探偵」だというのである。そう言われたことに対して、浅見は異議を唱えるでもない。面倒くさいのかもしれないが、沖縄でのあれこれを思い出すと、ひょっとすると、ただのルポライターではなく、本物の私立探偵なのかもしれないという気もする。

「ところで、越坂さんは風間氏の奇禍《きか》のことを、いつどこでお知りになりましたか？」

浅見は越坂に酌をしながら、さり気なく訊いた。

「は？　ははは、なんやら刑事の事情聴取みたいでんな」

越坂は笑ったが、聡子はギクリとした。笑い事ではなく、浅見はそのつもりで質問したように思えた。その証拠に、浅見はニヤニヤ笑うだけで、否定もしないらしい。

「そうやねえ、いつやったかな？　確かあれは夕方のニュースやったんやなかったかな。『裏の真相社』の風間了が、沖縄の知念村いうところで変死体で発見されたいうのを見たのは。というと、つまり殺された次の日の夕方ちゅうことでんな。ははは、浅見さん、その次は事件のあった頃、どこにおったか訊かはるんやないでしょうな」

むろん越坂は冗談で言っているのだが、浅見は薄い笑みを浮かべて、むしろストレートな口調で言った。

「そうですね、それもお聞きできればいいですね」

聡子はもう、背筋が凍るような思いだった。二人の男の会話には、白刃で切り結ぶような危うさがあった。

「えっ、ほんまに訊かはりますか？……ふーん、ほんまもんの名探偵やねえ」

越坂は笑っているが、不愉快さも隠せない様子だ。酒を苦そうにあおった。

「そうやな、そういうても思い出せんもんやねえ。事件のあった日でっか……確か東京に出張しとったんやなかったかな。そやね、知事さんが琵琶湖空港建設の陳情《ちんじょう》に行かはるのに随行《ずいこう》して国会へ行って、その翌日の午後、大津に戻って、夕方にニュースを見たんやから」

ジロリと浅見を見て、「それも証明せんとあきまへんかな？」と言った。

「とんでもない、それには及びません。しかし、さすが管理職の方は違いますねえ、僕なんか自分の行動をさっぱり思い出せないのです。おっしゃるとおり、テレビニュースが流れたのは殺害された翌日なのですが、それでは事件が起きた頃は何をしていたか思い出そうとしても、さっぱり出てきません。湯本さんはどうですか？」

いきなりフラれて、聡子はうろたえた。

「私ですか？　私は、部長が出張した日は……ああ、夜は金波にいましたよ。行きつけの飲み屋さんで、一人で飲んでいました。そのことは金波の女将さんが証明してくれますよ。何でしたら、確かめてください」

「そうですね、じゃあ、後で連れて行ってくれますか」

「えーっ、マジに、ですか？」

聡子は呆《あき》れてしまった。その聡子を見ながら、越坂は「あははは、どや、浅見さんいうのはそういう人や」と笑った。

4

帰路はタクシーを二台呼んで、越坂とは「かね吉」を出たところで別れた。別れ際、聡子を先に車に乗せておいて、浅見は店先にいる越坂のところに引き返した。

「ちょっとお訊きしたいのですが」

小声で言い、店先を外れるところまで越坂を誘って、さらに声をひそめて言った。

「風間氏に金波を教えたのは、越坂さんですね？」

「えっ……」

越坂は浅見が期待したとおりの反応を示した。不意打ちをくらったのだから無理もないが、思考回路のどこをどう通って、そういう推論が出たのかを模索するのか、大きく見開いた目が宙をさまよった。

「湯本がそう言いましたか」

模索した結論がそれだったのだろう。もっとも、いくら考えたってそう思うしかなかったにちがいない。

「違いますよ」

浅見は首を振って、何か問いたげな越坂に「では」と会釈して車に戻った。

「それじゃ、金波に案内してください」

浅見は当然のこととして言ったつもりだが、聡子は怯《おび》えたような顔をして、「ほんとに行くんですか?」と訊き返した。

「そうですよ、ほんとですよ。その晩、風間氏がどういう感じだったか、女将の話を聞きたいのです」

「あ、そういうことなんですか」

「ははは、まさかあなたのことを調べようとしていると思ったのじゃないでしょうね」

浅見は笑った。

金波は観光客らしいグループも入って、かなり混んでいた。女将は聡子が入って行くと「あら、聡子ちゃん、沖縄やなかったん?」と目を丸くした。

「ええ、ちょっと早めに切り上げて、今日、帰ってきたの。お客さんお連れしたけど」

後ろの浅見を振り返って言った。浅見は女将に笑顔で会釈した。

「浅見といいます。湯本さんにはいろいろお世話になりました」

とたんに女将は何を勘違いしたのか、「あらら」とうろたえた。

「どないしょ……ごめんな、聡子ちゃんのお席、空いてへんのよ。まだ沖縄や思っとったさかいに」

「いいわよママ、どこでも」

「そうかて、せっかく……」

浅見を見て、意味ありげにニコッと笑って小さくお辞儀をした。

「なるべく隅のほうがいいですね」

女将の「合図」に応えるように、浅見も笑顔で言った。

「そうやね、隅っこのほうがええわよね」

女将は万事心得たと言わんばかりだ。奥のほうの、すこし照明が暗くなっているテーブルに行って、そこで一人で飲んでいた中年の客に、「徳山さん、悪いけどあそこの席と替わってんか」と、なかば命令するように頼んだ。徳山も馴染《なじ》みの客で、聡子とも顔見知りらしく、「なんや、聡子ちゃんやないか。今日はデートかね」と、機嫌よく席を移動してくれた。

「いつもはあそこが、私の指定席なんです」

聡子は店に入ってすぐのところのテーブルを指さして言った。いまはサラリーマン風の男が四人で、声高《こわだか》に喋《しゃべ》りながら飲んでいる。

「そのときもあのテーブルだったんですね。そこに風間氏が入ってきたわけですか」

「ええ、それで、ほかに空いたテーブルがいくつもあったのに、私の前に坐って、私が食べてる肉じゃがを注文しました」

「肉じゃがか、旨《うま》そうですね。僕もそれを頼みます」

「えっ、まだ食べるんですか?」

「ははは、べつに大飯食らいというわけではない。同じ状況を作って、臨場感を高めようという目的ですよ」

浅見は弁解したが、正直なところ「肉じゃが」と聞いて、食欲が湧《わ》いた。

女将がビールを運んできて、すぐに肉じゃがも届いた。浅見はすぐにつついてみた。味がしみてなかなか旨い。庶民的な家庭料理の定番みたいな料理だが、ボリュームもあり、カロリーもありそうだ。ダイエットが気になる聡子のような女性がこれを好むというのは、浅見には意外な気がした。そのことを言うと、聡子は顔をしかめて、

「それだから困るんですよ」と言った。あまり体重に関する話題には触れたくない様子だ。

「それよかさっき、越坂部長が浅見さんのことを『名探偵』って言ったでしょう。あれはほんとなんですか?」

「えっ、嘘に決まってますよ。あれは竪田の浮御堂《うきみどう》で起きた殺人事件のことなんですが、たまたま僕が取材している過程で、事件のちょっとした謎《なぞ》を解き明かしただけで、ほんの偶然みたいなものです。越坂さんはそのことを言っていたのでしょう」

「でも、ただのでたらめっていう感じでもなかったみたい。それに、浅見さんは、越

坂部長にアリバイみたいなことを訊いていたじゃないですか。あのとき、私はびっくりして、死ぬかと思いました」

「あはは、死んじゃいけない。しかし、冗談はともかく、越坂さんが風間氏と知り合いだった可能性はありますからね。アリバイを調べたというより、一応、関係を確かめておいただけで、べつにどうということはないでしょう」

「そうかなあ？　事件当時、どこで何をしていたか——なんて、まさにアリバイ調べじゃないですか。部長は相当、頭にきてたみたいでしたよ」

「もしそうだとしたら、謝らないといけませんね。ただ、越坂さんが沖縄時代に風間氏を知っていたとしたら、これまでそのことを言わなかった理由には興味がありますす」

「あら、それはだから、死んだ人がその風間さんだったってことは、あとになって知ったって言ってたじゃないですか」

「それにしても、湯本さんが沖縄へ行く時点では分かっていたわけでしょう。それなのになぜ湯本さんにそのことを話さなかったのでしょうかねえ？」

「それは……たぶん、私なんかに話しても仕方がないと思ったからでしょう」

聡子は自信なさそうな口調になったが、すぐに気を取り直したように言った。

「だけど、それでも何でも私が沖縄へ行きたいと言ったのを認めて、出張扱いにしてくれましたよ」

「それはたぶん断る理由がなかったのと、それに、事件のその後の経過を探りたかったためでしょう」

「えっ……」

聡子は非難の色を込めた目で浅見を見つめた。その瞬間、浅見は昨日の夜、香桜里が「何かよくないことが起きそう」と言った言葉を思い出した。彼女は「恐ろしい、悲しいこと」とも言っていた。聡子もそれを感じたのかもしれない。

（自分は無意識のうちに、悪意をもって越坂を追い詰めているのではないか――）

このままこの作業をつづければ、ひょっとすると第二の「悲劇」が起こる。そのことを香桜里は予知し、恐れ、「もうやめてくれませんか」と懇願したのだろうか。

「なんや、ちっとも盛り上がってへんやないですか」

女将の声が頭の上から降ってきた。

「聡子ちゃん、どないしたん？　寂しそうな顔をしてからに。浅見さん、こんな可愛《かわい》らしい子、苛《いじ》めたらあきまへんよ」

商売用の笑顔の中に、かなり真顔が入っているから、浅見は辟易《へきえき》した。

「とんでもない、苛めてなんかいませんよ。ただ、難しい話をしているだけです」

「そうよママ、ほっておいてちょうだい」

聡子も冷たく言った。

「おやおや、余計なこと言うたかしら。ほな、なんぞあったら呼んでな」

女将が行ってしまうと、聡子は「ごめんなさい」と謝った。

「ママは口が悪いだけで、気持ちはいい人なんです。私のこと、自分の娘みたいに心配してくれて……ほんとの娘さんがいるのに。あほみたいでしょう」

寂しげに笑って、それから厳しい表情になった。

「じつはね浅見さん、私も越坂部長のこと、少しおかしいとは思っていたんです。西崎さんから部長の昔のこと、いろいろ聞いて、部長が沖縄や風間っていう人のことを知っていたみたいだと分かったでしょう。それに、浅見さんの名前を言ったとたん、ビデオテープを貸し出ししないと言ったり……考えてみると、私が沖縄へ行きたいと言ったとき難色を示したのも変でした。それどころかむしろ、部長自身が沖縄へ行くべきだったんですよね。それを、いかにも仕方なさそうに、私みたいに右も左も分からないような……報道記者っていっても、事件物なんて扱ったことのない人間に取材を任せるなんて、やっぱり変です」

言葉を止めて、テーブルの上の半分になった肉じゃがの小鉢を見つめている。目は動かないが、その奥で目まぐるしく思索が動いていることを、浅見は感じた。

やがて聡子は顔を上げて、思い切ったように言った。

「浅見さん、部長が犯人なんですか？」

「えっ……驚いたなあ、いきなり結論を出したんですか」

さすがの浅見も、聡子がそこまで言うとは予測していなかった。

「警察だってそんな目茶苦茶な即断はしませんよ」

「でも、疑わしいことは事実でしょう？」

「それは確かに、あなたがいま言ったようにおかしな点は沢山あります。それに、風間氏が滋賀県に来た目的や、誰と会ったかがいまだに分かっていないのも、その相手が越坂さんだったかもしれないと仮定することは可能です。しかし、そんなあやふやな状況証拠だけで、いきなり犯人呼ばわりをするのはいけませんよ」

「それはそうですけど……だって、心配なんですもの」

　聡子はほとんど泣きそうに眉《まゆ》をひそめた。このままだと、また女将が飛んできかねない。浅見は大げさに笑ってみせた。

「ははは、そんなふうに決めつける前に、もっとちゃんと考えてください。たとえば、動機は何なのかとか、いつ、どこで、誰と、どうやって……と、沢山考えなければならないことがあるでしょう。アリバイ一つ取っても難しい。そうそう、越坂さんはその日、東京にいたと言ってましたね」

「だから、それも疑えば疑えないことはないと思うんです。東京へ出張したのも、アリバイ作りで、じつは羽田から沖縄へ飛んだのかもしれないじゃないですか」

「ほう、湯本さんのほうが僕より名探偵の資格がありそうですね」

「そんなふうに笑わないでくれませんか。私は必死なんですから」

「必死になって越坂さんを犯人にしたいのですか？　それとも、必死になって越坂さんを守りたいのですか？」

「それは……それは、できたら守りたいですけど、でも、ほんとに犯人だったら……そんな恐ろしいこと、言わせないでください」

「ほらほら、それじゃだめですよ。たとえ恐ろしいことでも、認めたくないことでも、真実を見極める勇気を持たないと……」

言いながら、浅見はこれは自分に対する戒《いまし》めだ——と思った。式香桜里の懇願《こんがん》と関わりなく、真相解明に向かって進むことに怯懦《きょうだ》であってはならないという自戒《じかい》なのだ。たとえどんなに恐ろしいことが待ち構えていようとも——。

「湯本さんが考えているようなことは、じつは僕も考えています。確かに越坂さんに疑わしい点があるのは事実です。越坂さんは風間氏を知っていたし、ひょっとするとここで会っていたのかもしれない。さらにもしかすると、風間氏を追って沖縄へ行ったのかもしれない。いろいろなことが、疑って疑えないことはありません。しかし、それを疑う前提として、もっと先に解明しておかなければならない、肝心な謎があるのですよ。それは、風間氏はいったい滋賀県に何をしに来たのか、そして沖縄へ何をしに行ったのか——ということです」

「ああ、それはそのとおりですけど、どうやって調べればいいんですか？　裏の真相社の人たちは、風間社長が何をしに滋賀県や沖縄へ行ったのか、まったく分からないのだそうですよ」

「それを知っているのは、たぶん越坂さんでしょうね」

「えっ、部長が？」

「ええ、おそらく風間氏と会ったか、それとも電話で話したかしているはずです」

「でも、それだったらどうしてそのことを黙っているのですか？」

「そんなことを言えば、たちまち警察に疑われるからか、あるいは何か言えないような事情があるのでしょうね」

「言えない事情っていうと？……」

「風間氏が滋賀県に何をしに来たかを考えればいいのです」

「何をしに来たんですか？」

「金策でしょう」

「金策？……」

「裏の真相社は財政的に行き詰まっているのだと思います。バブル最盛期ならともかく、いまは雑誌類の売れ行きはよくありません。それにあの手の雑誌は広告収入は皆無に等しいでしょう。さらに致命的なのは、最近はああいうマイナーな雑誌でなく、大手出版社のれっきとした週刊誌でさえ、あれと同じかそれ以上の暴露記事を掲載しています。また、これまでに取り上げた記事の中に、かなりいいかげんなものがあることに、読者が気づいて、離れて行ってしまったということもあるかもしれません。それやこれやで万策つきたのですね」

「それで越坂部長を恐喝したんですか？　それで部長は風間さんを……」

「ははは、また結論を急ぐんですか。そんなふうに決めつけては、警察の強引な捜査のやり方と同じになって、それこそ冤罪《えんざい》を起こしかねませんよ」

「じゃあ、浅見さんはどう考えているんですか？」

「湯本さんと同じです」

「はあ？……」

「湯本さんと同じことを考えていますよ。ただ少し違うのは、それ以外にもいろいろな考えが並列《へいれつ》的に浮かんでいることです。それもあるあれもある——と、選択できる材料がありすぎて、困っているのです」

「………」

聡子はとうとう黙ってしまった。ばかにされたと思ったのかもしれない。それとも、本当に自分の思考の到らなさを思い知ったのかもしれない。ますます得体の知れなくなった対象を見るような遠い目で、浅見を眺めていた。

「さて、そろそろ帰りましょうか」

浅見はボーッとしている聡子を促して、立ち上がった。時刻は十時を過ぎている。外は闇夜《やみよ》だった。膳所《ぜぜ》神社脇のマンションまでは歩いて行ける距離だというので、浅見は送って行くことにした。

「浅見さんは、ホテルは？」

「琵琶湖ホテルに、電話で予約だけしておきました。たぶんこれから行っても泊めてくれるでしょう」

「もしだめだったら、うちに泊まってください……なんて言ったら叱《しか》られるかな」

「ははは、叱《しか》りはしませんけどね」

「ううん、そうじゃなくて、式さんに叱られそう」

「やれやれ、どうしてもそこに行きますかねえ」

「だって彼女、本当に浅見さんを愛していますよ」

「ほほう、それは嬉しいなあ」

「冗談でなく、本当ですよ。私には分かります。女の勘ていうのかな」

「もしそれが事実だとしても、それは兄や父親に対するような気持ちでしょう。彼女は幼くして両親を事故で失っていますから」

「えっ、そうだったんですか？　ちっとも知らなかった……そうなんですか」

聡子は自分のことのように意気消沈《いきしょうちん》した様子で、辛《つら》そうに言った。

「それじゃ、ますます勝てないなあ。そんな悲劇のヒロイン相手じゃ」

「ははは、勝てるとか勝てないとか、そういう問題じゃなく、彼女はまったく住む世界が違う人間ですよ。第一、知り合ってまだ、たったの四日じゃないですか。あなたの言ってることは無茶苦茶すぎます」

「そう……ですよね」

聡子は足を停めて、自分よりかなり上背のある浅見の顔を振り仰いだ。街灯の明かりが眸の中で輝いた。

「その点では私と同じ条件だわ。つまり希望を持ってもいいっていうことですね。ありがとうございます。それじゃ、電話でタクシーを呼んで上げますから、そこの鳥居の前に立っていてください。さようなら」

一方的に早口で言うと、身を翻《ひるがえ》すようにして走り去った。気がつくと、目の前に鳥居があって、「膳所神社」の看板があった。境内《けいだい》の薄暗がりを抜けて行く聡子の後ろ姿が、じきに見えなくなった。

（希望を持たれても困るんだけどな――）

浅見はぼんやり佇《たたず》みながら思った。またしても大きな忘れ物と、それより大きなお荷物を抱えそうな予感がした。

ホテルに戻ると、ロビーに思いがけなく越坂が佇んでいて、浅見の姿を見るとゆっくりと動いて近づいた。

「少しお時間を、よろしいですか？」

「もちろんです」

ラウンジに行って、二人ともコーヒーを頼んだ。コーヒーが運ばれてくるのを待って、越坂は切り出した。

「さっきの話ですが、浅見さんのおっしゃるとおり、風間に金波を教えたのは私です。風間は私に電話してきて、式香桜里さんの所在をしつこく訊きよったのです。私がまったく知らないと答えると、それでは湯本聡子と連絡が取りたいと言う。彼女の住所は知らせるわけにいかへんので、金波いう行きつけの店があるとだけ教えました」

「そうですか、それで分かりました。風間氏がなぜ金波に現れたのか、湯本さんは不思議がっていたのです」

「あの、浅見さん、湯本がなんぞ言うとったのですか?」

「湯本さんは越坂さんのことを心配していました」

「心配とは、何がです?」

「越坂さんは沖縄時代、風間氏のことをよく知っておられるのでしょう? そのことをおくびにも出さなかったのはなぜなのか、それが気になるようです」

「そうですか、そうでしたか……」

越坂は憂鬱《ゆううつ》そうに眉を寄せて、ほの暗い天井を眺めた。ずいぶん長いことそうしているから、浅見は彼が何か告白をするために、考えをまとめているのかと思った。

「浅見さん、あなた、どうしてもこの事件を追及せんとあかんのですか?」

「は?……」

意外な言葉に浅見も面食らった。たぶんアホみたいな顔をしたにちがいない。

「いや、こんなことを言うたら、あなたは気ィ悪うするかもしれませんが、もしもできるんやったら、あまりこの事件のことは追及せんといてもらわれへんか思いましてな」

「なぜですか？」

「うーん……そうですな、なぜか訊かれると、どない答えたらええものか、困ってしまいますが。浅見さんがどうしても解決せなあかん事件いうわけやないのでしたら、手を引いていただいたほうがええのです」

「驚きましたねえ……」

浅見は単純な感想を述べた。

「理由もなしにそんなことをおっしゃると、相手が僕だからいいようなもの、警察ならまず越坂さんに容疑を向けますよ」

「そやから、警察には言うたりしません」

「いや、警察ばかりじゃなく、僕だって疑いたくなります。せめて理由ぐらいはおっしゃっていただかないと」

「それは言われへんのですな。ただ、真相を解明したかて、誰も得をせえへんし、誰も救われへんでしょう。浅見さんかて、何も利益にはならんのとちがいますか？」

「それでただ追及するな、ですか。しかし、そういうわけにはいかないでしょうね。

それどころか、越坂さんに対する容疑は強まるばかりです」

「そうですか……あきまへんか……」

越坂はなかば予期していたように、さほど落胆した様子には見えなかった。

「よう分かりました。最初から無理なお願いやとは思っとったのやけど、浅見さんなら、ひょっとすると分かってもらえるかもしれん、思うたのです。すみませんでした。この件はなかったことにしてください」

立ち上がると、ゆっくり頭を下げて、老人のような足取りでロビーへ去って行った。途中、レジに寄って「釣りはいらん」と手を振っているのが見えた。

第五章　いつの日か

1

空港からタクシーに乗って、那覇《なは》ハーバーホテルには三時過ぎにチェックインした。フロント係は前と同じスイートをキープしてあることを、恩着せがましく言ってボーイに案内させた。

部屋に落ち着くと、浅見はしばらくぶりに自宅に電話を入れてみた。思ったとおり、須美子が開口一番、小言を垂れた。

「坊っちゃま、どうしてご連絡してくださらないのですか。どこにいらっしゃるかぐらい、ちゃんと教えておいていただかないと、とても困ります」

「悪い悪い、ついうっかりしたんだ。で、何かあったの？」

「ございましたよ。朝のうちからもう、六度もお電話がございました」

「ふーん、どこどこから？」

「いえ、全部同じ方です。裏の真相社の福川様とおっしゃる方。坊っちゃま、『裏の真相』はいけませんよ。あんなところのお仕事は、絶対お断りしてください」

「分かった分かった、じゃあ断りの電話を入れておくよ」

受話器を置かずに、浅見は裏の真相社に電話をかけた。「ああ、浅見さん」と、福川がひたすらこっちからの連絡を待ちつづけていたような声を出した。

「何か、お電話をいただいたそうで」

「ええ、琵琶湖《びわこ》ホテルに電話したのですが、すでにチェックアウトされたあとで、それでお宅のほうに何回か電話しました。お宅でも連絡がつかないということでしたが、いまはどちらですか？　まさか沖縄では？」

「そうですよ、また那覇ハーバーホテルに戻ってきました。だけど福川さん、琵琶湖ホテルに泊まったって、どうして分かったのですか？」

「えっ？　あれ？　そう聞いてませんでしたかね。誰かがそんなことを言ってたような気がしますが……」

しまった――と狼狽《ろうばい》しているのが伝わってきた。

「まあいいでしょう。それで、ご用件は何でしょうか？」

「いや、じつは先程、風間の事件が殺人事件であると断定されたということが分かりまして、そんなわけですから、浅見さんにはもう調査してもらう必要がなくなったわけです。それで、調査を打ち切っていただいて結構ですので、そのことをですね……」

「分かりました。それじゃ、今日までの経費を差し引いて、残金をお返しします。そちらの口座番号を教えていただけますか」

「あ、いや、残金のほうは戻していただかなくても結構です。ただ調査を打ち切っていただければ、それで十分です」

「いや、そういうわけにはいきません」

「ほんとに結構なんです。すでに経費として計上してありますから」

「ああ、そうじゃなくて、調査を打ち切るというわけにいかないという意味です。ここから先は僕の自費でやりますから、どうぞご心配なく」

「えっ、まだつづける……いや、それは困りますよ。もうその必要がなくなったのですから。といっても、経費のほうはほんとに戻していただかなくても結構なんです」

「そういう問題ではないのです。自殺じゃないことが分かったのですから、そういう意味では調査の必要はなくなりましたが、事件の真相はまだ闇《やみ》の中です。それを解明しないうちは、どうも気持ちが納まりません」

「そう言わないで、帰ってきていただけませんか」

「驚きましたねえ」

浅見は笑いを含んで言った。

「そんなに中止させたいとおっしゃると、何だか福川さんが犯人みたいな印象を受けますよ」

「えっ、ま、まさか、冗談じゃない。私は犯人なんかじゃないですよ。ちゃんとアリバイもあるし」

「福川さんじゃないとしても、おたくの会社の誰か——つまり、保険金の受取人の中の誰かかもしれません。僕はともかく、警察はそう疑うでしょうね」

「そんなばかな……」

「それとも福川さん、誰かに頼まれたのではありませんか？　浅見に捜査をつづけさせないようにしろと」

「えっ、それは……」

福川は絶句している。とっさに反論ができないというのは、つまり肯定したに等しい。しかし福川は思いがけず、それまでとはガラッと変わった強い口調で言いだした。

「確かにね浅見さん、あんたの言うとおり、忠告してくれた人がいますよ。いったん殺人事件と断定されたのが、あんたがまた何やかやと引っかき回すと、警察の捜査がいたずらに長引いて、ろくな結果にならないんじゃないかってね。われわれはそんなに待てないんだよ。いますぐにでも保険金を受け取りたいんだ。いや、すぐには金が出ないとしても、せめて保険金が支払われることが確定してくれないと、えらいことになる。債権者の中にはヤクザみたいな連中もいるし、それより何より、社員が路頭に迷うことになる。あんたは独り者だからいいけど、われわれは家族持ちもいるし、社長にだって奥さんや子供さんがいるんだよ。身ぐるみ剝《は》いで持って行かれたらどうすりゃいいのさ。社長一人のいのちがどうのという問題じゃないんだよ。みんな不安で不安で、ノイローゼになりそうだ。そういうことだからさ、余計な手出しはしないでくれませんかねえ。頼みますよ」

最後はまた懇願する口調になった。

「分かりました。なるべくご要望にお応えします」

「いや、なるべくなんて……」

「福川さん、それはおかしいのじゃありませんか？」

「は？　おかしいとは？」

「あなたがたの雑誌は表面的には正義を掲げて、実際はありもしないことをデッチ上げては面白おかしく報道して、個人の名誉を侵害しようが、それでどんなに多くの人々に迷惑をかけようが、知ったことじゃないという姿勢だったのではありませんか。まさに福川さんが言ったように、攻撃された人一人の問題ではない。それによってどれほど大勢の人たちが迷惑をこうむり、不愉快な思いを味わったか、そのことについては何の反省もないのでしょうか？　それを正義だと思っているのでしょうか？　いいことだと思っているのでしょうか？」

「えっ、いや、それはですね、確かに正義とはいいがたいが、しかし、何もかも会社の――つまり社長の方針であって、われわれ社員はそれに従ったまでですよ。いいか悪いかと言われれば悪いということになるが、それは社長の……」

「すべての非を社長におっかぶせて、今度は社長のいのちを代償にした金を、みんなで寄ってたかって山分けして、さっさと会社を退散すればそれでいいわけですか」

「いや、それでいいというわけでは……浅見さん、あの、本当にまだ調査をつづけるつもりなんですか？」

「ええ、そう考えています」

「なんとかお願いしますよ。やめていただけませんか。確かにわれわれが悪かったことは認めますから、勘弁してくださいよ。これ、このとおりです。お願いします」

このとおり――といったって、そっちの様子が見えるわけではないのだが、福川は電話に向かって頭を下げているのだろう。声の調子も泣き声に聞こえた。

浅見はこみ上げる怒りを抑えきれずに、激しい勢いで受話器を置いた。

怒りは福川に対してだけでなく、そうやって頑《かたく》なまでに正義を貫こうとしている自分に対しても、福川に知恵を吹き込んだ人物に対しても、そして世の中の理不尽なものすべてに対しても感じた。とりわけ、人々を狂わせている生命保険というシステムの罪に、言いようのない腹立たしさを感じる。

保険制度は本来は相互扶助《そうごふじょ》の精神に立脚した制度なのかもしれないが、それを悪用しようとする犯罪が頻発している。親が子を、子が親を、兄弟が兄弟を、友人が友人を、社長が社員を、社員が社長を……保険金を目的に起こす殺人事件は数えきれない。しかも表面化したのはほんの氷山の一角にすぎないのだろう。

そういう明らかな犯罪ばかりではない。保険会社の経営者や社会そのものの資質が問われるような欠陥が保険制度にはある。

浅見の友人の母親が、何十年間にわたってコツコツと積み上げた「長寿祝金付生命保険」なるものがある。満期がきたあかつきには、六十歳を過ぎると五年ごとに六十万円ほどの祝金が支払われるという「約束」をうたった商品であった。友人の母親はそれを老後の楽しみに契約して、勧誘に来たときのパンフレットを後生大事に持っていた。それには確かに大きく「五年ごとにおよそ六十万円」と書かれてあった。

そうして満期がきて、最初の祝金が送られてきた。その金額はなんと「六千九百円」。「およそ六十万円」の現実がそれだった。収入が少ない中から、苦労して、爪《つめ》に火をともすようにして払いつづけた金は、いったいどこへ行ってしまったのだろう

——と、友人の母親は嘆いていた。

これなどはまさに壮大な詐欺としか思えない。もちろん、約款《やっかん》には社会情勢の変動などの事由によってはこの限りではない――といった文章がある。しかし、素人があの虫眼鏡で見なければ読めない約款をきちんと検討するはずがない。勧誘員の示すパンフレットと「甘言《かんげん》」を信じて加入する者が九十九・九九パーセントだろう。

不慮の死や、思わぬ疾病《しっぺい》で早死にした場合など、残された者にとっては生命保険金はありがたい存在であることも事実だ。それならばいっそ、生命保険もすべて「掛捨て」にすればいい。現に交通事故死などはすべてそれで賄《まかな》われている。ありもしない夢を抱かせるような、結果的には詐欺まがいとしか思えない商品を売りつけるよりは、そのほうがはるかにスッキリする――と、その友人は悲憤慷慨《ひふんこうがい》していた。

独身の浅見はまだ切実に保険のことを考えたことはない。自動車の任意保険以外に生命保険には加入していない。しかし、ほとんど毎日のようにマスコミを賑《にぎ》わしているニュースを見聞きして、生命保険が凶悪犯罪を生む温床になっている事実は否定できないと思っている。それは必ず人間の死を伴って起こるということもだ。

風間了の事件がまさにそれであった。犯人が誰であるにせよ、彼が風間の死によってもたらされる保険金の受け取りに関わる人物でさえなければ、保険金は支払われる。

彼は犯罪者であると同時に、保険金の受取人たちにとっては神様のようでもあるのだ。

そして、それを妨害しかねない浅見が、あたかも悪魔のように忌《い》み嫌われている。浅見自身、自分の「正義」について疑いを抱かざるをえない。なんという愚かしさ、なんというおぞましさであろう――。

福川に入れ知恵をした人物は、琵琶湖テレビの越坂をおいてほかにいない。越坂は浅見が事件解明に動くことを、極度に恐れているのだ。しかし、なぜそんな細工をするのか、むしろそのことのほうが浅見には奇妙に思えてならない。福川をけしかけたところで、浅見の意志が変わることはない。むしろ越坂が動けば動くほど、浅見の目には越坂の存在がクローズアップされてくるではないか。それが彼には分からないのだろうか？

受話器を置いてから十分ほどして、電話がけたたましく鳴りだした。どうせ福川からに決まっている。浅見は冷やかに電話を見ながら動かなかった。

電話はいったん鳴りやみ、それから数分経《た》って、また鳴りだした。その音に促されるように、浅見は部屋を出た。

2

毎朝新聞を訪れると、牧田支局長は明日の県版の紙面づくりに忙殺されていた。

「ちょっと応接室で待っててくれませんか。じきに終わりますから」

そう言ってから小一時間も待たせて、げんなりした顔で現れた。

「事故で一人休んじまったもんで、わしまで駆《か》り出されて、慣れねえことをやってるんですよ。いやあ、参った参った」

「事故というと、交通事故ですか？」

「そうです。向こうが対向車線からはみ出してきて、ぶつかってきたっていう話です。居眠り運転じゃないかっていう話だが、まったく迷惑なことだ。こっちは避けようとすれば歩道に乗り上げて、歩行者をなぎ倒すようなことになりかねなかったらしい」

「怪我《けが》はだいぶひどいのですか」

「いや、そんなでもないが、右腕の骨折と打撲と、どこか切ったみたいですな。全治一カ月とか言ってました」

そんなでもないどころではなさそうだ。

「そうだ、浅見さんが来たら見せようと思ってたんだが、例の明石屋食堂の常連客ですな、あれは全部で二十人ばかりいました」

ポケットから紙片を出した。正確には十八人の名前と所属会社名が記入されている。どこも名の通った会社の沖縄支社、支店ばかりであった。

「案外少ないですね」

率直な感想を言った。

「そうですな。わしもちょっと意外に思ったんだが、考えてみると、いつ転勤するか知れねえような相手だと困るんじゃないですかね。まあ、ツケが利くのは折り紙つきの那覇チョン族ということになるんでしょう」

なんだか自嘲《じちょう》するような口ぶりだ。

「それで、この中に該当しそうな人はいますか？　つまり、風間氏と待ち合わせしそうな人物ということになりますが」

「うーん、それがどうも期待外れだねえ。待ち合わせどころか、風間と知り合いでありそうな人間は一人もいそうにない。女将《おかみ》から聞いたところによると、那覇に来て三年からせいぜい五、六年というのばっかりだそうです。わしみたいに十四年もドップリ沖縄に漬かっちまったのは珍しい。風間が沖縄にいた頃は、まだ高校生だったとかいうのもいましたしね」

浅見はリストをじっくり検討したが、何の感想も浮かばない。

「そもそも、風間は沖縄に何をしようとして来たんですかね？」

牧田が言った。

「はっきりしないのですが、どうも金策ではないかと思います」

「金策？　沖縄にですか？……ふーん、それはまたどういうことかな？　何か目処《めど》でもあったんだろか？　だいたい風間の知り合いといっても知れてるんじゃないですかね。当時、本土から来ていた報道仲間で、いまだにこっちに残っている人間といえば、わしとか、琉球《りゅうきゅう》テレビの西崎ぐらいなもんだと思うけど」

「西崎さんと風間氏とはかなりの付き合いがあったのでしょうか？」

「さあねえ、どうだろう。西崎はずっとテレビ屋だし、風間は紙媒体を中心に活動してたんだから、そんなに付き合いがあったとも思えないなあ。せいぜい、わしと同様、顔や名前を知ってるという程度じゃないですかね。金策というと、どのくらいの金額か知らないが、どっちにしても、そういうものを出さなきゃならねえ義理は、西崎にはないでしょう。そういうことで西崎のところに来たのだとすると、わしのところにだって現れかねなかったことになる」

「金策といっても、裏の真相社が抱えている債務は危機的状況にあって、風間氏が必要としていたのはなまじな金額ではなさそうですよ。少なくとも億の単位であることは間違いありません」

「えっ、億……ははは、ばかばかしい」

牧田は天井に向けて大笑いした。

「西崎は確かにわしなんかよりは相当にブルジョアだが、そんな金は、ひっくり返ったって出るはずがないじゃないですか」

「もちろん一人や二人からでは無理です。風間氏はあちこちと動いて、掻《か》き集めるつもりだったのかもしれません。沖縄に来る前に滋賀県に行っているのも、琵琶湖テレビの越坂という人を訪ねる目的だった気配があります」

「ほう、越坂氏をですか」

「牧田さんも越坂さんはご存じですね。かつては大阪のテレビ局から、基地闘争の取材で沖縄に来ていたそうですが」

「ああ、知ってますよ。懐かしい名前です。最近はおとなしくなっちまったが、あの頃は威勢がよかった。そうですか、ローカル局へ飛ばされちまったのか。道理で近頃は名前を聞かないと思った」

「その越坂さんは、明石屋食堂の常連ではなかったのでしょうか？」

「そうねえ、明石屋食堂にはときどき顔を出してましたよ。まあツケは利かなかっただろうけど、常連といってもいいぐらいかな……ん？　風間が越坂氏を訪ねていたというと、それじゃ浅見さん、犯人は越坂というメもあるんですかね？」

「いえ、いきなりそんな飛躍したことは言えません。ただ、越坂さんについてはちょっと気になることがありまして」

「ほう、何なのです？」

「じつは、越坂さんが、『裏の真相社』とコンタクトを取って、僕にこの事件から手を引かせるよう、忠告した気配があります」

「えっ、ほんとですか？　うーん、越坂がそんなことをねえ。そうですか、越坂がねえ……真面目《まじめ》で一本気なやつだと思っていたが。しかし、歳月は人間を変えるからなあ。風間にしたって、左翼の闘士みたいなイメージがあったくらいだからな。だけどそうか、越坂か。あの男が犯人だなんてのは、あまり嬉《うれ》しくねえですけどねえ」

牧田は勝手に決め込んで、辛《つら》そうな顔をしている。越坂に対してはいいイメージを持っているのだろう。

「ははは、なにも、まだ越坂さんが犯人と決まったわけじゃありませんよ」

浅見は笑いながら慰めるように言った。

「それはともかくとして、ところで、明石屋食堂の女将の話だと、風間氏はあの店で待ち合わせをしていた様子だったにもかかわらず、途中で電話が入って、結局、誰も現れずに店を出て行ったというのでしたね」

「ああ、そういうことでしたな」

「それで思ったのですが、ひょっとすると、待ち合わせの相手は、明石屋食堂だと顔見知りの常連客と顔を合わせる危険性があることに気づいて、場所を変更したのじゃないでしょうか」

「えっ？　どうかなあ、それはないんじゃないですかね。そんなことぐらい、最初から分かっていたでしょう」

「それがじつは、分かっていなかったとしたらどうでしょうか。つまり、明石屋食堂に常連客がいること——しかも風間氏やその人物自身と顔見知りである可能性があるということを知らなかったとしたら」

「ふーん、なるほど、それは考えられないこともないかな……ということは、そいつは馴染《なじ》み客ではないってことですか」

「ええ。風間氏も馴染みではないけれど、明石屋食堂のことは知っていた。沖縄に来ていた頃の記憶に唯一、はっきり残っていたのが、明石屋食堂だったのかもしれません。となるとあの店を指定したのは風間氏のほうだったと考えられます。待ち合わせの相手は明石屋食堂のことをほとんど知らなかったので、いったんはオーケーしたが、後でそこが風間氏と、それにひょっとすると自分とも顔見知りの常連客が出入りする危険性のある店であることを知った。そこで慌てて場所の変更を求める電話をした——というわけです」

「となると、犯人は越坂じゃないってことになりますな」

牧田はほっとした顔になった。

「ははは、そんなふうに簡単に決めないでくださいよ。こんなのは仮説もいいところなんですから」

「だけど、いま浅見さんが言ったとおりなんじゃないですかね。明石屋食堂が馴染み客の多い店で、自分や風間のことを知っているやつがいるかもしれないと分かっていたら、犯人は絶対にそんなところを待ち合わせ場所に指定するはずがない。ところが越坂はかつて、ちょくちょく明石屋食堂を利用していた。したがって越坂は犯人ではありえない——という三段論法です」

「それにしたって、待ち合わせ場所があの店だったかどうか、それ自体、あくまでも仮定の話ですから」

「うーん、まあそれはそうだけどねえ。しかし、わしはそうだったほうに賭《か》けるな。あの女将が風間の様子を見てて、そういう感じだったたって言ったんでしょ？　だったら間違いないですよ。ああいう店の人間は、その手の勘はじつに鋭いですからなあ。とくにあの女将は年季が入っている」

「そうですね、それでは女将の勘を信じることにしましょうか。では、わが捜査本部としては、越坂さんは容疑の対象から外すことになります」

「うん、そうですな。そういうことにしてやりましょう」

牧田は偉そうにふんぞり返って、それから二人顔を見合わせて笑った。浅見も越坂が捜査の対象外であって欲しいと、どこかで願っていた。しかし、そういう情に流されることこそが、もっとも戒めるべきものである。むしろ現時点では越坂はもっとも疑わしい人物の一人と考えなければならない。越坂が事件当日、東京に出張していたことが事実だとすれば、少なくとも実行犯ではないわけだが、それとても、聡子が言ったように、アリバイ工作であった可能性があるのだ。

毎朝新聞を辞去すると、浅見は前触れなしに観光協会を訪れた。ビルの玄関を入ってエレベーターホールに佇《たたず》んでいると、エレベーターから比嘉が現れた。

「あれっ？　浅見さん、滋賀県へ行ったんじゃなかったのですか？」

「いや、さっきまた舞い戻ったのです」

「そうでしたか。忙しいですねえ」

「ははは、事件はこっちの都合に合わせてはくれませんから」

「えっ、というと、何か進展があったのですか？」

「いえ、そういうわけではありません。何も進展がないので、また現場に戻ったようなものなのです」

「そうですか……しかし弱ったな、私はちょっと出掛けてしまいますが」

「あ、どうぞ気にしないでください。ちょっとお寄りしただけですから。比嘉さんのほうもお忙しそうですね」

「はい、サミットが決まったせいか、お蔭様《かげさま》で沖縄の観光もだいぶ元気がよくなりました。そうだ、式はたぶん手が空いているはずです。声をかけてみてやってください。もしかすると、夕食ぐらいお付き合いできるかもしれません」

そう言い残して、エレベーターに乗る浅見に手を振って行った。

（どうしようかな――）と躊躇《ためら》っているうちに、浅見は目的の階に着いてしまった。比嘉がいないのを承知で、香桜里を訪問するのは、何となく気が引けた。しかし、そんなふうにこだわることのほうが不純なような気もする。

ドアを開けると、香桜里は電話しながらこっちを見ていた。浅見の顔にニコッと笑いかけて受話器を置き、やってきた。

「いま、比嘉が電話で、浅見さんの見えたことを知らせてきました。ほんとに帰ってきてくださったんですね。また湯本さんも一緒ですか？」

「いや、彼女は来ていません」

「そうですか」

正直に嬉しそうな表情を浮かべた。

「あと少しで仕事、終わります。ちょっと待っていてください」

「あ、僕のことなら気にしないでください。ちょっとお寄りしただけなのです」

「そんなこと言わないで……」

香桜里は悲しい目をして言って、急いでデスクに戻った。慌ただしく残務を片付けて、隣席の女性に「お先に」と声をかける様子を、浅見はずっと観察していた。

時刻は五時を回っているが、外はまだ昼間の明るさだった。沖縄の日没は東京付近より一時間近く遅い。

「浅見さんにブクブク茶をご馳走《ちそう》するようにと、比嘉が言ってました。彦根で催されたお茶会に一緒に行って、主役を務めた人が、お茶を立ててくれます」

香桜里の車に乗って、那覇市街の中心から少し東へ出外れた丘陵地帯に着いた。ここに「尚《しょう》家の御庭《おにわ》」という文化遺産がある。琉球王朝最後の国王・尚泰《たい》の邸宅と庭園だったところだそうだ。庭にはガジュマルの大木のほか、熱帯・亜熱帯の植物が四千種類も繁《しげ》っている。そこの資料館のような建物の中で、所望すればブクブク茶を供してくれる。

閉館時間の六時まで、あと三十分ばかりだから、一般客はほとんど姿が見えない。建物の一角に、ライトに照らされた椅子《いす》式の茶席がある。予《あらかじ》め比嘉が電話で予約を入れたとかで、その女性が待機していた。

「森ゆかりさんです」

香桜里が紹介した。浅見もビデオで見覚えのある、茶席を主催していた中年の美しく品のいい女性だ。そういえば、「森ゆかり」という名前も画面にスーパーインポーズされていたのを思い出した。

森ゆかりは二人の客を迎えると、すぐにお茶を立てにかかった。

ブクブクとメレンゲのような白い泡の立つお茶は、味わう以前に視覚的に面白い。飲むときに泡が鼻先につかないかどうか心配だったが、茶碗《ちゃわん》を傾けると、うまい具合に液体が流れ出る感じで口に入る。ちょうど、ウィンナコーヒーの要領だ。多少、口の周りに泡がつくのだが、それはべつに不作法ではないらしい。

飲み終わって、浅見は訊《き》いた。

「やっぱりここで、『結構なお手前で』とか言うのでしょうか?」

森ゆかりは苦しそうに笑いを堪《こら》えながら、「はい、それでよろしいかと思います」と言った。笑うと愛嬌《あいきょう》が生まれて、なかなかに魅力的である。これで十年若ければ——と思ったとき、浅見はふいに心臓にギクリとくるものを感じた。

十年前の森ゆかりはたぶん三十四、五歳、浅見より少し上の年代だろう。風間や西崎、越坂などとかぎりなく近い。

（なぜ式香桜里だったのだろう？——）

いまさらながらの疑問であった。

十年前といえば、香桜里はまだ十二、三歳、中学生になったかならないかの頃である。風間が香桜里と関わりがあったとは思えない。あるとすればむしろ森ゆかりのほうと付き合いがあった可能性のほうが大きい。

それなのに、なぜ風間は式香桜里を名指しで、琵琶湖テレビに問い合わせてきたのか？——

「失礼ですが、森さんは風間了氏をご存じですか？」

用具の片付けを始めている森ゆかりに訊いてみた。

「は？　風間さんていいますと？」

怪訝《けげん》そうに問い返された。

「あの人です、ほら、先日、知念村の斎場御嶽《せーふぁうたき》で殺されていた」

「えっ、知りませんよ、そんな人」

美しく引いた眉《まゆ》を、非難するように思いきり顰《ひそ》めて、森ゆかりは言った。

「浅見さん……」

香桜里も非難を込めた口調で言って、浅見の上着の裾《すそ》を引っ張った。

「あ、失礼、変なことを言いました。ただ、森さんが出ていた彦根のブクブク茶会のテレビを風間氏が見ていて、その後、彼が沖縄に来たものですから、もしかすると森さんに連絡してきはしなかったかと思ったのです」

「どうして……どうしてその人が私に連絡してこなければならないのですか？」

「あのテレビで、お茶会の関係者の中でお名前が紹介されたのは、森さんと式さんだけだったのです。しかし式さんには連絡してこなかった。したがって、ひょっとすると……と思っただけです。つまらないことを言いました。不愉快な思いをさせてすみません」

浅見は深々と頭を下げた。

「いえ、そんなに不愉快というわけではありません。ただびっくりして……そうなんですか、名前が出ていたのは、香桜里さんと私だけなんですか。でも、テレビで名前を見て、それで沖縄に来たということは確かなのでしょうか？」

「それは確かなようです。ただし、風間氏がテレビ局に問い合わせてきたのは式さんのほうだそうですが」

「ああ、それはそうでしょうねえ、香桜里さんのほうが美人だし、私みたいなおばさんなんかより……」

「やめてくださいよ、森さん」

香桜里が口を尖《とが》らせて抗議して、森ゆかりはおかしそうに笑った。

「でも、香桜里さんの名前を訊いて、それで沖縄に来たのに、どうして香桜里さんに連絡してこなかったのでしょうか？」

「その点が不思議です」

「ただ、式さんという名前を見て、それで問い合わせてきたというのは分かるような気もしますけど」

「それはなぜですか？」

「だって、式さんという名前は珍しいじゃないですか。森なんていう名字は全国到るところにあるでしょう。現に私の主人は静岡県の出身です。式さんはたぶん、沖縄には一つしかない名前とちがいますか」

「えっ、そうなんですか？」

浅見は香桜里の顔を見た。

「ええ、それは本当かもしれません。電話帳にも載っていませんから」

「そうですか。僕はてっきり、沖縄には式という名前が多いのかと思っていました」

「父から聞いた話によりますと、式家というのは今帰仁城《なきじん》の北山《ほくざん》王家に仕えた家柄で、だんだん滅びてゆく運命を担った家系なのだそうです。子供の頃は嘘《うそ》だと思っていましたけど、両親が亡くなったとき、あ、それは本当のことなんだって思いました」

香桜里はほとんど感慨のない、醒《さ》めた口調で言っている。

「そうですか、沖縄に一つだけしかない名前ですか……」

浅見はその事実を頭の中で繰り返し、反芻《はんすう》した。

その一つしかない「式」の名前に、風間は何か触発されるものがあったのだ。

沖縄のことを熟知しているとも思えない風間の心を捉《とら》えたものは、いったい何だったのか？――

「あっ、そうか……」

浅見は思わず声に出した。二人の女性は驚いた目を浅見に向けた。

3

「浅見さん、何か分かったのですか？」

「尚家の御庭」を出て車に戻るやいなや、香桜里は訊いた。森ゆかりに礼を述べて、慌ただしく引き揚げた浅見の様子に、不審なものを感じたのだろう。エンジンもかけずに、浅見の顔を睨《にら》んでいる。

「ええ、ちょっと思い当たることがあったのです。風間氏が式さんの名前に記憶を呼び覚まされたことについてです」

「えっ、私のことで記憶があるんですか？　まさか、そんなはずありませんよ。私は風間なんていう人、ぜんぜん知りません」

「いや、あなたについての記憶ではなく、式さんの名前についての記憶です。十年前、風間氏が沖縄にいた当時の記憶です。彼は式さんというごく珍しい名前に、ただ一度だけ触れたことがあるのですよ。その名前と、思いがけなく、琵琶湖テレビの放送の中で再会したのです」

「えっ？……あっ……」

たちまち、驚愕《きょうがく》の色が香桜里の顔に広がった。

「それはもしかして、私の両親の事故のニュースのことですか？」

「たぶん」

浅見はフロントガラスの向こうを見る姿勢のまま、頷《うなず》いた。

「ことによると、風間氏は式さんご夫婦に中学生のお嬢さんがいることも、新聞記事で読んでいたかもしれません」

「そう、ですね……でも、それで私のことを訪ねて来て、どうするつもりだったのでしょうか？」

「いや、あなたを訪ねようとしていたかどうかは分かりませんよ」

「えっ、違うのですか？」

「たぶん違うと思います。現に、あなたには何の連絡もなかったでしょう」

「ええ、それはそうですけど……でも、それは、私に連絡する前に殺されてしまったからじゃないのですか？」

「それもまだ真相は分かりません。しかし違うでしょうね。なぜなら、風間氏にはあなたに会う目的も理由もないからです」

「そうなんですか？　でも、どうしてそんなことが分かるのですか？」

「彼が動き回っていたのは金策のためなのですよ。あなたのところを訪ねても、お金になるとは思えません」

「それはそうですけど、でも、私が知らないだけで、もしかすると両親とは知り合いで、その誼《よしみ》で少しお金を貸してくれっていうつもりだったのかもしれません」

「ははは、風間氏が必要としていた金額は、少しというレベルではないのです。おそらく億単位のお金でしょう」

「億単位……そんなお金、誰だって貸すはずがないですよ」

「まあそう思うのがふつうでしょうね。もしそんな大金を要求するようなら、それは借金ではなく恐喝といっていいでしょう」

「恐喝……」

香桜里は怯《おび》えた顔になった。

「それから、風間氏がご両親と知り合いだった可能性はないと思います。それどころか、まったく逆で、風間氏はご両親にとって、もっとも憎むべき人物だったにちがいない——と僕は信じています」

「えっ、どういう意味なんですか？」

「おそらく、ご両親の事故の原因になったのは、風間氏と彼の仲間が乗っていた車だと思います。ほら、あなたが話していたでしょう。ご両親の車が、対向車線をはみ出してきた車を避けようとして、海に転落したのを見たって」

「あっ……」

香桜里は悲痛な表情を見せた。彼女の脳裏にはその瞬間の光景が浮かんだのだろう。

「じゃあ、その車を運転していたのが風間っていう人なんですか」

「運転していたのが風間氏かどうかはともかく、その車に乗っていた一人が彼だったことは間違いないと思います。その車にはほかに少なくとも二人が乗っていた。その一人が琵琶湖テレビの越坂氏だったのでしょう。そういう過去の付き合いがあったものだから、風間氏はまず越坂氏を訪ねて滋賀県へ行った。しかし話はうまく進まなかった。越坂氏は頑強に断りつづけたのでしょうね。もっとも、それ以前に越坂氏には無理な金額だったのでしょう。そのうちに風間氏はあの『ブクブク茶会』の放送を見ることになった。画面であなたの姿と『式』という名前を見て、何かを思い出したか、それとも何かを思いついたにちがいありません」

「それ、何だったんですか？」

「おそらく、沖縄へ行けば金策がうまく進む見込みがある――と考えたのでしょう。そして沖縄に来た……」

「それから？」

「それから……誰か――おそらく車に乗っていた第三の人物と会って、金策の交渉をして、何らかのトラブルがあって、そして殺された……」

「誰なんですか、その相手の人は？」

「ははは、それが分かれば事件は解決しちゃいますよ」

「そう、ですね……」

　香桜里はようやくイグニッション・キーを回した。車は短い坂を下り、たそがれの迫る町をゆっくり走った。

「犯人が誰であるにしても、風間氏に過去の事故の話を触れ回られては具合の悪い人物であることは確かです。結局、自分の身を守るために風間氏に毒を飲ませて、斎場御嶽に死体を捨てることになった」

浅見は移りゆく風景をぼんやり眺めてから、言葉をつづけた。

「ただ、どうしても不思議でならないことがいくつかあるのですよ。あの風間氏がなぜそういう危険な状況に足を踏み入れるようなことをしたのかが、そもそも分からない。相手を恐喝すれば、当然、自分の身にも危険が生じるであろうことぐらい、予測できないはずがありません。それにも拘《かかわ》らず、自ら死地に入り込んで、おめおめと毒を飲まされてしまった。なんという無防備かと、呆《あき》れるばかりです。そう思いませんか」

香桜里は黙って前方を見据えている。

「風間氏の気も知れないが、犯人のやってることもよく分からない。なぜ山原《やんばる》地方の山や森の中に死体を捨てずに、わざわざ、すぐに死体が発見されそうな斎場御嶽に運んだのか。それはたぶん、捨て場所を選んでいる時間的な余裕がなかったためなのだろう――と理解しているのですが、何もそんな悪い条件のときに殺人を犯すことはないじゃないかと思えてなりません。いずれにしても、被害者の風間氏はもちろん、犯人側にも綿密な計画性や細心の注意といったことがまるで感じとれません。何だか行き当たりばったりで事件を起こしたような気がします」

香桜里は黙って車を走らせ、やがて沖縄自動車道に入った。どうやら北へ向かうつもりのようだ。

「これからどこへ行くのですか？」

浅見は訊いた。

「お食事です」

なんとなく、それ以上の細かい説明はしたくないような口調だったから、浅見もあえて質問はしなかった。

車は北中城《きたなかぐすく》インターを通過した。

「確かこの辺りですね、式さんが風間氏の霊を聞いたというトンネルがあるのは」

「ええ、そうです、その辺です」

香桜里は右手を右方向へ伸ばして、上り車線を示した。もちろん、あっという間に通り過ぎたが、その下に「霊の声」を聞いたトンネルがあるということなのだろう。

屋嘉《やか》のインターで下りて、恩納《おんな》村へ向かう道を走る頃には、すっかり夜に入った。その間、会話はほとんどないといってもいいほどだった。香桜里の重苦しい気配が、会話を拒絶しているように感じられた。

見憶《みおぼ》えのある道に曲がって、式家の庭に入った。むろん、家の窓に明かりはない。香桜里は小走りに行って、軒灯や玄関の明かりを点《つ》け、「どうぞ」と呼んだ。

浅見が玄関に入るときには、家中の明かりが灯《とも》され、奥から香桜里が迎えに出てきた。いかにも楽しげに振る舞っている香桜里なのだが、浅見にはどことなく無理にそういう様子を演じているように見えた。

前回と同じリビング兼応接間に通された。「ここで少し待っていてください」と香桜里は奥へ引っ込んで、コーヒーを運んできたときには普段着のワンピースに着替えていた。紅型《びんがた》のような模様がプリントされた生地を使っている。そういう恰好《かっこう》になると、二十二歳らしい稚《おさな》さが残る女性だった。

「すぐに支度しますから、もう少し待っていてください」

「いや、僕は何でもいいですよ、インスタントラーメンでも何でも」

「ええ、似たようなものです。レトルト食品をチンするだけですから」

那覇を出るときからずっと憂鬱《ゆううつ》そうだった香桜里が、初めて陽気に笑った。

彼女の言ったとおり、それからほんの十分ばかりで「どうぞ」と呼びにきた。ダイニングキッチンのテーブルに夕食の準備が整っていた。しかも、レトルト食品ばかりでない、メニューも豊富なテーブルになっている。豚の角煮やおなじみグルクンの塩焼きもあって、沖縄料理の片鱗《へんりん》も窺《うかが》えるが、総じてごくふつうの家庭料理といった趣だ。

「浅見さんに本物の沖縄料理を出しても、たぶんお口に合わないと思うので、簡単なものにしました」

香桜里は手抜き料理の弁解のように解説した。浅見にはそのほうがありがたい。やはり濃厚な沖縄料理ばかりでは胃のほうが悲鳴を上げそうだ。

手抜き料理の代わりと言って、香桜里は泡盛を持ち出した。「壺屋焼《つぼややき》」という沖縄独特の魚の紋様を施した水差しのような形をした容器から、グラスになみなみと注ぐ。

「これだけは飲んでみてください」

浅見はアルコールにはあまり強くない。まして泡盛というのは強烈に効くという先入観があった。しかし、沖縄の気温と湿度と、それにおそらく沖縄料理にはこれがいちばん合うのだろう。飲んでみるとやや臭《にお》いに独特の癖があるけれど、悪くはない。

香桜里は浅見よりはかなり強いようだ。浅見の一に対して香桜里は二の割合でピッチが上がる。それにつられて浅見にしては珍しく調子よく飲んでいて、ふと気がついた。

「あっ、そんなに飲んで、あとの運転は大丈夫ですか」

「えっ？　ああ、大丈夫ですよ。泡盛はすぐに醒《さ》めますから」

そういうものかな——と思ったが、浅見はその後はなるべく食べるほうに重点を置くことにした。万一、香桜里が酔いつぶれたら、このあいだの湯本聡子のとき同様、介抱しなければならないかもしれない。

香桜里はアルコールが入ると饒舌《じょうぜつ》になる性質なのか、それまではあまり触れたがらなかったユタのことについても、いろいろと喋《しゃべ》ってくれた。

一般的に、ユタになるのは四十歳を過ぎた中年女性で、生活や病気で苦労した経験を重ねた人だそうだ。生まれつき、ユタのような体質や性格を持っているというのは皆無といってよく、むしろ子供の頃はユタが嫌いだったというケースが多いという。

そのうちにふとしたとき、霊に触れることが起きる。本人は理由も原因も分からないままま、まるで物狂いのような状態に陥ったり、体のどこかが激痛に襲われたりということが続く。ときには医者の側から「ユタに見てもらったらどうか」と勧められることもあるのだそうだ。この辺りがいかにも信仰の島・沖縄らしい。

「でも、私は違うのです」と香桜里は少し悲しげに言った。

「私は病気も苦労もしない子供の頃から、昼間でも夢を見ているように不思議な物が見えたり、聞こえたりしました。そのことで両親はずいぶん苦労したと思います。最後の日もそうでした。このあいだ言ったように、ドライブに出掛ける直前になって突然、理由は分からないけれど、ものすごく不安で、恐ろしくて、きっと何かよくないことが起きると思いました。私はやめようって言ったんです。だけど両親には分かってもらえなかった。またいつものわがままが始まった——ぐらいにしか考えてくれなかったのです。なんだかお互いが意地を張ったようなことになってしまって、両親だけで出掛けて行きました。そしてその後、何時間も経ってから、私は見たんです」

その瞬間が思い浮かんだのか、香桜里は顔面を蒼白《そうはく》にして身震いした。

「それが対向車と正面衝突しそうな情景だったのですね」

「ええ、前から来る車のヘッドライトが真っ直ぐこっちに突っ込んできました。でも、そのときはまだ昼間で、気がつくと庭先に立って太陽を見ていました。だから自分自身、何かの錯覚かと思って、無理やり自分にそう言い聞かせました。いまでも、本当に何かを見たのか、それともただの幻覚だったのか、自分でもよく分かりません。もしああいう事故が起きなければ、それを見たこと自体、忘れてしまっているのだと思います。でも、事故は現実に起きてしまったのです」

恐怖の瞬間を語るとき以外は、香桜里の口調は意外に淡々としたものだった。その出来事はすでに彼女の中で風化しているかのようにさえ思えた。

「その対向車を運転していた人物のことですが、やはり恨んでいるのでしょうね」

浅見はなるべくさり気なく聞こえるように言った。

「ええ、それは恨みに思っています。たとえ母が運転を誤ったのだとしても、原因を作ったのはその車ですから」

「もしいま、その人物が目の前に現れたら、どうしますか?」

「さあ、どうするかしら?……」

「殺したいとは思いませんか」

「えっ……」

浅見を見る香桜里の目の中に、驚きと同時に非難の色が浮かんだ。しかしそれはほんの一瞬のことで、すぐに表情が緩《ゆる》んで、「ふふふ」と笑った。

「浅見さんは、風間という人を殺したのは私だと思っているんでしょう」

「まさか……」

「いいえ、そう思っているんです。確信してはいないかもしれないけど、心のどこかでそう思っていますよ。私にはよく分かります。第一、風間っていう人は私を訪ねて沖縄に来たんでしょう？　だったら、まず最初に疑うのは私に決まってます」

「いや、それは違うと言ったでしょう。風間氏が会いに来たのはあなたではない。事故のとき、同乗していた第三の人物です。風間氏の仲間だった人物です。かりにあなたに会うつもりだったとしても、それは金策とは直接関係なく、事故のその後を聞くためとか、現在の様子を探るためでしょうね」

「じゃあ、誰なんですか？」

「ははは、だからそれはまだ分かりません。ただ、風間氏があのテレビを見て、あなたの名前を見て、そして沖縄に金策に来ようと思いついたことだけは間違いないと思います。当時、風間氏と関係があった人物を探せば、必ず発見できるはずです」

「そう、なんですか……」

香桜里は急に興味を失ったように、つまらなそうな顔で泡盛を口に運んだ。

「ほんとは私を疑っているんじゃなかったんですか？」

「ははは、まだそんなことを言ってる」

浅見は笑ったが、香桜里はますます沈んだ顔になった。自分が疑惑の対象になっていないことを、不満にでも思っているような様子に見えた。

「さっき、恨んでいるって言いましたけど、本当のことを言うと、いまはもうどうでもいいって思っているんです」

香桜里は投げやりな口調で言った。

「もう十年も昔のことだし、風間さんが死んでしまったんですから、もうあの事故のことはどうでもよくなりました。風間さんが死んだのだって、天罰が下ったと思えば、誰が犯人だとか、そういうのはもうどうでもいいんじゃありませんか？」

「そういうわけにはいかないでしょうね。少なくとも警察はそんないい加減なことで済ますわけにはいかない」

「じゃあ、浅見さんはそういうこと、警察に教えて上げるんですか？」

「そうですね、たぶんそうなるでしょう」

「そんなの、お節介っていうんじゃないんですか」

「そうかもしれないけど、しかし、捜査協力は市民の義務というやつです」

「でも、警察なんて、市民には何もしてくれませんよ。両親の事故のときだって、私がいくら言っても何もしなかったし、今度のことだって、中城のトンネルのことなんか、ぜんぜん信じてくれてないでしょう。もう協力する必要はないんじゃありませんか？」

「驚いたなあ……」

浅見はまじまじと香桜里の顔を見た。

「どうしちゃったんですか、この前は斎場御嶽まで行って、捜査に協力していたのじゃありませんか」

「それは……あれです、まだ警察のこと、よく分かっていなかったからです。でも、もうやめましょう、こんな話……」

香桜里は煩《うるさ》そうに首を振って、また泡盛をあおった。それまでと違うペースでグラスが空になった。

「大丈夫ですか？」

浅見が気遣うと、「大丈夫です、このくらいは」と笑った。しかし、あまり「大丈夫」そうには見えない。

それればかりでなく、飲むほどに酔うほどに、香桜里からは少女の残像が消えて、成熟した女性の妖《あや》しい雰囲気が発散されるように見えた。そういうのにほとんど免疫のない浅見はだんだん不安になってきた。

「浅見さん、もう事件のことなんか考えるのをやめませんか」

香桜里は明らかにそれまでの彼女とは人格が変わったような、絡みつくような口調で言いだした。

「そんな辛気臭《しんきくさ》いことやめて、沖縄を楽しんでください」

「十分に楽しんでいますが、だけどそろそろお酒はストップしないと……」

時計を見た。すでに十時になろうとしている。いま酒をストップしても、酔いが醒めるまでには十一時を越えそうだ。浅見はしばらく前からセーブしているが、香桜里のほうはそのまま酔い潰《つぶ》れかねない量に達しているはずであった。

「大丈夫って言っているじゃないですか。沖縄にはいい薬があるんです。酔いなんかすぐに醒めてしまいますよ。それよりも浅見さん、今夜はうちに泊まって行ってください。そして何もかも忘れて……」

「とんでもない！」

浅見は自分でも白けるほど大きな声を出した。そうしないと抑制がきかなくなりそうな不安に駆られた。

「僕はそろそろ引き揚げます。タクシーを呼んでもらえませんか」

「だめです、帰っちゃだめ……」

「そういうわけには……困った人だなあ。タクシーの電話番号は何番ですか？　ちょっと電話、貸してください」

浅見は立ち上がりかけて、フラッときて椅子にへたり込んだ。酒の量は抑えていたつもりだが、かなり酔っているらしい。

「タクシーなんて、そんなものここにはありませんよ」

「そんなばかな……」

少し朦朧《もうろう》とした頭で、恩納村の風景の中にタクシー会社があったかどうか、思い出そうとしたが、前回も夜だったせいか、それらしい風景が思い浮かばない。

「心配しないでください。私がホテルまで送って行きます」

「冗談じゃない、無理に決まってるでしょう。いいです、歩いて帰ります」

「浅見さん……」

香桜里は泣きそうな声になった。

「私のこと、そんなに嫌いですか」

「嫌いなはずがないでしょう。そういう問題ではなく、酔っぱらった勢いで、つまり心神喪失状態で何かするっていうのが、僕はいやなんです。だいたい、今夜のあなたはおかしい。まさか、最初からこうなることを予定して、お宅に連れてきたのじゃないでしょうね。もしそうだとしたら侮辱《ぶじょく》だな。僕はそんな人間ではない」

すごい強がりを言っていることは、自分でも十分、承知している。

「ごめんなさい」

香桜里はテーブルに額をぶつけるように、ひれ伏した。泡盛のグラスが倒れて、中身がテーブルの上を流れ走った。

浅見はティッシュを取って、液体が床に流れ落ちるのを止めようとした。ティッシュペーパーの箱に手を伸ばそうとして腰を上げたとき、また頭がクラッとした。蜘蛛《くも》の妖術《ようじゅつ》にかかったように、全身の動きが緩慢になっている。

（何だ、これは？――）

酔いのせいだけとは思えない。

テーブルに突っ伏したままの香桜里を睨んだ。何かの薬が泡盛の中に混入されたのではないかと思った。

一瞬、風間了の死もまた毒殺されたものであることが脳裏を過《よぎ》った。何か大変な考え違いをしているという恐怖が、胸の内に広がった。

「浅見さん、もうやめて……事件のことはもうやめて……」

香桜里はテーブルに伏せた顔の下から、うわ言のように言い募った。

4

式家をどうやって遁《のが》れ出たのだろう、気がついたときには、暗い道を歩いている自分を浅見は発見した。

遁れ出たという表現がぴったりの必死の脱出だと浅見は思った。もっとも、漠然とした恐怖はあったものの、香桜里が力ずくで引き止めようとしたわけでも、安珍を追う清姫のように、魔性の物となって追いかけてきたわけでもない。

あれはひょっとすると、自分自身の誘惑からの脱出だったのかもしれない——と浅見も思わないではなかった。あのままあの場所にいれば、朦朧とした意識の底で、香桜里とどうにかなっていたにちがいないのだ。

国道に出て、とりあえず那覇の方向へと向かった。そのうちにタクシーに遭遇《そうぐう》するだろうし、場合によったらヒッチハイクでもするつもりだった。恩納村にはいくつものリゾートホテルがあるはずである。そこへ行けばタクシーを呼んでもらえるだろう。そういった思考が、足の運び同様、いつもより緩慢《かんまん》なテンポで頭に浮かんでくる。

この時刻になると、車の往来はほとんど途絶えてしまうらしい。ポッンポッンとやって来る車に手を振ってみるのだが、まったく無視して行ってしまう。ヒッチハイクなんてやつは、そうそう、映画で見るようにうまい具合にはいかないらしい。

それにしても、この倦怠《けんたい》感と疲労感は何だろう。全身の神経や筋肉が麻痺《まひ》しているようだ。歩いているという感覚があいまいなほど、ぎごちない足の運びであった。一キロも行くか行かないうちに、浅見は早くも絶望感を抱いた。立っているのがやっとで、もう一歩たりとも歩きたくなかった。それに、どの方角を目指せばホテルがあるのかも分からなかった。

前方から近づくヘッドライトが、浅見の脇《わき》を通り過ぎたところで急ブレーキをかけた。ヒッチハイクに応じてくれるのかと足を停《と》めた。ドアが開いて男が下りてきた。

「浅見さんと違いますか?」

男は近づきながら、恐る恐る声をかけてきた。遠い街灯の明かりに浮かんだのは比嘉の顔であった。

「ああ、比嘉さん」

浅見はよろめく足どりで、それでもなるべく毅然《きぜん》とした態度を保つことを念じながら、比嘉に向かって歩いた。ひと足ごとに腰が抜けそうな脱力感と闘うことになった。

「やっぱり浅見さんでしたか。どうしたんですか、こんなところで?」

「じつは……」

浅見はこの事態をどう説明すればいいのか思考が纏《まと》まらないまま、単純に答えた。

「式さんのところで、酒を飲んで……」

「香桜里のところで?　しかし、相当酔ってますなあ」

女性の一人住まいの家で酔った浅見に対してなのか、それともこんなになるまで酔わせた香桜里に対してなのかはともかく、比嘉は明らかに非難する口調だ。

「それほど飲んだつもりはないのですが、もしかすると、酒の中に何か……」

「それで、香桜里はどうしたのですか」

浅見の言葉を抑え込むように比嘉は言った。

「分かりません。とにかくつらいです。すみませんが、どこか、車が拾える所まで運んでくれませんか」

「それはいいですが……いや、ひとまずうちへ行きましょう」

比嘉は浅見の手に肩を貸してくれた。その肩に縋《すが》るというより、もはや両の手でしがみつくような恰好で、辛うじて足を運んだ。

車に戻ると、比嘉は浅見を後部シートに押し込んだ。浅見はだらしなくシートの上にうつ伏せになった。まさに先日の湯本聡子と同じ体たらくだが、そのことに気がつかないほど意識が混濁《こんだく》していた。

比嘉は車の外に佇んで携帯電話を耳に押し当てた。話の様子で、電話の相手が香桜里であることが分かる。何があったのか、状況を確かめるつもりなのだろう。

浅見は朦朧とした意識で、「ばかな……」とか「そんなことを考えたのか」といった、比嘉の言葉の切れ端を聞いていた。

やがて車に戻った比嘉は、ハンドルを握ると無言のまま車を走らせた。そこから目と鼻の先に比嘉家はあった。ガジュマルの大木が夜の闇をいっそう濃くしている下に車を停めた。車を降りるのに比嘉が手を貸そうとするのを、浅見は「大丈夫です」と断ったが、途端によろけて、ついにまともに立ち上がることもできなくなっている自分に気づいた。

「しようがないな」

比嘉は浅見に背を向けて、「ほれ、摑《つか》まって」と言った。浅見は見栄を考える余裕もなく、幼児のように比嘉の背に縋った。比嘉は腰を屈《かが》め、浅見の両股《もも》に腕を回して、ヨイショと背負い上げた。

比嘉家には明かりが灯り、テレビの音が洩《も》れていたが、比嘉は母屋《おもや》には寄らず、浅見が沖縄を訪れた最初の日に、湯本聡子と一緒に招待されたあの離家に入った。あの夜は囲炉裏《いろり》にあかあかと火が燃え、人々が歌い騒いで、陽気そのものだった建物が、夜の静寂の底で不気味に静まり返っている。

浅見を上がり框《かまち》に下ろし、囲炉裏端まで引きずって、壁に背をもたせ掛けて坐らせ、比嘉は裏の水屋に行った。しばらくコトコトと何かの物音がして、間もなく現れた比嘉はグラスになみなみと入った水を差し出した。

「はい、酔い醒ましの水」

「どうも……」

浅見は飲もうとして、口許《くちもと》にグラスを持っていったとき、純粋な水とは異質の臭いを感じた。見た目にはまったく無色透明の液体だが、何かが混入されていることは間違いなかった。

一瞬、躊躇《ためら》って、比嘉にチラッと視線を送った。比嘉はほとんど無表情にこっちを見つめている。その目の奥に試すような意図のあるのを感じた。それに反発するように、浅見は覚悟を決めて液体を口に流し込んだ。

かすかに舌を刺す刺激があった。その刺激は喉《のど》の奥まで続き、胃の中で拡散するような気分であった。しかしすぐに異変が生じる気配はなかった。比嘉は満足そうに頷いて、浅見の手からグラスを受け取ると水屋に引っ込んだ。

しばらくするうちに、浅見は首の後ろ辺りからスーッと気が晴れてゆくのを感じた。

背筋を通って腰や足の先まで清涼感が貫いた。酔い醒ましの水どころか、明らかに解毒剤の効果だと思った。

「いかがですかな？」

比嘉が現れて、囲炉裏の向こう側に腰を下ろして、訊いた。

「ええ、いっぺんで爽《さわ》やかな気分になりました。式さんが沖縄には酔い醒ましの妙薬があると言っていましたが、それがたぶんこれだったのですね」

「むふふ……」

比嘉は火のない囲炉裏の灰を火箸《ひばし》でつつきながら、陰気な含み笑いをしたが、その笑いが肯定なのか否定を意味するものなのか、分からなかった。やはり香桜里が酒の中に何か麻薬のようなものを混ぜ、それに対する解毒効果のあるものがいまの「水」に混ざっていたのだろう。

酔いが醒めるのと同時に、頭の中がすっきりしてきた。いままでぼんやりとしか見えていなかったことが、はっきりと、そして筋道立てて見えてきた。

（そうか、そういうことだったのか――）

真相が解明されることを、なぜ式香桜里が恐れたのかが、少しずつ、からまった糸がほぐれるように、目の前に現れてくる。ただ、彼女がそんなふうに恐れなければならない理由が、よく分からない。

「比嘉さん、ここではタクシーは呼べないのでしょうか?」

浅見は訊いてみた。

「いや、呼べますよ」

「やはりそうですか。ところがさっき、式さんはタクシー会社などないようなことを言ってましたよ」

「それはたぶん、浅見さんに帰ってもらいたくなくて、嘘をついたのじゃないですかね。あの子には悪気はないのです。許してやってください」

「そのことはいいのですが、式さんは、どういうわけか風間氏の事件のことから手を引くようにと、しきりに注文をつけていました。それはいったいなぜだと思いますか?」

「さあ、なぜですかね」

「僕はそのとき気がつきました。あれは明らかに、僕が事件の核心に迫りつつあることへの牽制《けんせい》だったのです。言い換えればつまり、式さんは事件の真相を知っているということになります。それを悟ったとき、僕もはっきりと事件がどういうものだったのか、解明できたと思いました」

「ほうっ、それはすごい」

比嘉は大げさに反応して見せたが、その口ぶりにはほんの少しだが、揶揄《やゆ》するようなニュアンスが込められていた。

「その僕の推論を比嘉さんにお話ししようと思うのですが、聞いていただけますか」

「もちろん聞きたいが、しかし、私なんかに話すより、警察に行って話してやったほうがいいのではありませんか？」

「もちろん、その必要があればそうします。ただし、なるべくならば警察には話したくないのです」

「それはなぜですか？」

「その理由は……」

浅見は正直に情けない顔になった。

「たぶん僕の弱さのせいだと思います。優柔不断と言ってもいいかもしれません。僕自身の手で一人の人間を断罪するなどということは、しのびがたいのです」

「にもかかわらず、私には話せるというわけですか」

「ええ、比嘉さんにはぜひ聞いていただきたいですね」

「なるほど……」

比嘉はどう受け取ったのか、俯《うつむ》いて、しきりに頷いてから言った。

「それじゃ聞かせていただきましょうか」

浅見は胡座《あぐら》の足を組み換えた。

「じつは、僕がこの事件に関わったそもそものきっかけは、『裏の真相社』の福川という人からの依頼によるものでした」

まず、福川の「風間社長の死が殺されたものであることを証明して欲しい」という、身勝手とも思えるような注文の話をした。

「風間氏が沖縄に来た目的ははっきりしています。要するに『裏の真相社』の財政難を救うための金策です。ただし、風間氏は最初から沖縄に来る予定だったわけではないのです。彼はまず琵琶湖テレビの越坂氏を訪ねました。沖縄時代の旧悪をネタに、なかば恐喝するように融資をもとめたと考えられます。旧悪とは、風間氏が沖縄で取材活動をしていた十年前当時、仲間二人とともにドライブ中に、センターラインをオーバーしたことが原因で、夫婦が乗った車を海に転落させ、死亡させた事故のことです。

しかし、越坂氏は断った。というより、どんなに脅されても、越坂氏には風間氏が必要とする、おそらく億単位と思われる金を捻出《ねんしゅつ》する力などなかったにちがいありません。そうこうするうちに琵琶湖テレビが『ブクブク茶会』を放送しました。その番組の中で、風間氏ははからずも『式』という名前を発見しました。『式』とは、むろん十年前の事故で亡くなった夫婦の名前です。風間氏は式香桜里さんのことを琵琶湖テレビに問い合わせ、湯本聡子さんの口から式さんが観光協会に勤めていることを聞き出し、そうして沖縄に来ました。

ここまではほぼ、事実関係がはっきりしていることです。ところが、ここから先の風間氏の行動が摑めていません。分かっているのは那覇の明石屋食堂というところで一人で食事をし、誰かと電話で連絡を取っていたこと。そしてどうやら、明石屋食堂でその相手と待ち合わせる予定だったのを変更したらしい——ということぐらいなものです。

風間氏はいったい誰と会うつもりで沖縄に来たのか。警察も僕も、当然のこととして、その相手が式香桜里さんだとばかり考えていたのですが、じつはそうではなかった。風間氏にとって『式』という名前は、一つのキーワードにすぎなかった。彼はその名前に触発されるように、ある人物のことを想起したのだと思います。

しかし、式さんの名前を見ただけでは、ただちにその人物を思い出すことはなかったかもしれない。風間氏に沖縄行きを思い立たせた直接の引き金は、あのテレビ番組の中に、その人物もまた登場していたからでした。風間氏は式香桜里さんの名前を発見したばかりか、そこにその人物が映っているのを見て、驚くと同時に、思いがけない幸運に欣喜雀躍《きんきじゃくやく》したにちがいありません。

風間氏とその人物との関わりは、僕はもちろんですが、かなり風間氏のことに精通している人たちにとっても、一種の盲点のようになっていたのかもしれません。風間氏の交友関係の中に、その人物の名前はまったく出てきていなかったのです。

いまさらいうまでもないことですが、その人物とは、つまり比嘉さん、あなたですね」

「…………」

比嘉はつまらなそうな顔をして、何も答えなかった。その無言は肯定を意味していると考えるほかはない。

「僕はある人から風間氏が沖縄で活躍している当時の話を聞きました。その話の中に、風間氏がホテルや民宿ではなく、純粋な民家に泊めてもらっていたという部分があったことを思い出しました。さり気なく聞いていたために、あやうく忘れ去るところだったのですが、その民家とは比嘉さんのこの家だったのですね。

このお宅の人々もまた、風間氏と親密な関係にあったことは、むしろ当然というべきです。ほぼ似たような年代の比嘉さんが、風間氏たち報道関係の人々と付き合い、意気投合したとしても不思議はありません。風間氏に宿や車を提供し、取材の便宜を図り、ときには比嘉さんが車の運転も買って出たことでしょう。そうして式さん夫婦の事故が発生しました」

浅見はひとまず話し終えた。比嘉がどのような反応を見せるのか、視線を囲炉裏に落としたままの比嘉を見据えながら、じっと待った。

比嘉は驚くほど無表情を保っていた。仕方なく、浅見はさらに言葉を繋《つな》いだ。

「比嘉さんが式さんの後見人的な役割を果たしてきたのは、つまり贖罪《しょくざい》の意味があったのでしょうか。たとえそうだったとしても、僕はそれはそれですばらしいことだと思います。かりに比嘉さんたちの無謀運転が、式さん夫婦の事故の引き金になったと仮定しても、直接の加害者ではないのだし、たぶん法的な罪に問われるほどの証拠があるわけでもなかったのでしょう。越坂氏が風間氏の脅しを断りつづけたのも当然です。

ところが比嘉さんの場合は、越坂氏とは事情が微妙にちがったらしい。僕もうすうす感じていたことですが、比嘉さんと式さんのあいだには、親子か、あるいはそれ以上の信頼関係があるように見えます。

あのテレビ番組を見ただけでは、まさかそこまで想像をたくましくするわけにはいかないにしても、比嘉さんと式さんが同じ画面に映っているのを見て、風間氏もそれに近いことを思ったのではないでしょうか。もしかすると、彼の目には比嘉さんが偽善を演じているように映ったかもしれません。

そうして風間氏は沖縄に乗り込んで来た。比嘉さんへの恐喝によほど自信があったのでしょうか。明石屋食堂での彼の様子を聞くと、何やら楽しげでさえあります。しかし比嘉さんの側にも周到な備えがあった。臨機の措置といってもいいかもしれません。まず、明石屋食堂での待ち合わせを変更して、風間氏を別の場所に誘い出しました。そこがどこなのか、どういうテクニックを用いたのかは知りません。あの風間氏ともあろう人が、そういう危険な罠《わな》に嵌《は》まり込んでいった迂闊《うかつ》さも不思議ではありません。

しかし、いずれにしても風間氏は比嘉さんの魔手に落ちたのです。風間氏は毒物を飲まされ、走行中の車の中で絶命しました。もっとも、これは与那城《よなぐすく》のユタのおばあさんと式さんが『聞いた』と言っていることだから、はっきりしたことは分かりません。分かっているのは、比嘉さんが風間氏の死体を背負って斎場御嶽に捨てたということです。じつはさっき、車からここまで比嘉さんに背負われてきて、その情景が思い浮かびました。比嘉さんならあの距離も物の数ではないと確信できました。

ただ、比嘉さんのように地理に精通した人がなぜ死体遺棄の場所を、よりによって斎場御嶽のような、すぐに発見されそうなところにしたのかが理解できません。北の山原地方の森の中なら、当分のあいだは発見されずにすんだはずなのに」

語り終えて浅見は、いくつもの「？」を積み残しながらの推論であることに後ろめたさを感じていた。同時にその謎《なぞ》を比嘉がどのように埋めてくれるのかが楽しみでもあった。だが比嘉はいっこうに口を開きそうになかった。まるで「論評するにも値しない」とでも思っているような無表情だった。

浅見は苛立《いらだ》たしさにかき立てられたように、怒りが勃然《ぼつぜん》と湧《わ》いてきた。

「僕はあなたが好きでした。だからこんなことは考えたくもなかったのですが、比嘉さんは、式香桜里さんがあなたに好意を寄せているのをいいことに、過去の罪に頰《ほお》っかぶりをするつもりだったのですか？　それを暴《あば》きに来た風間氏を殺せば、何もかもうまく収まるとでも思ったのですか？　しかしそうはいかないと思いますよ。

式さんはあなたの犯罪をすでに察知しています。彼女は僕がこの事件を調べることに本能的とも思えるような危惧《きぐ》を抱いた様子でした。早くから何かよくないことが起こる——と、しきりに言っていたのです。そして今夜に至っては、はっきりと、もうやめてくれと懇願しました。それは明らかに、比嘉さんへの追及を恐れたものであることを意味していました。彼女は身を賭《と》してまでも比嘉さんを庇《かば》おうとしているのです。

しかし、式さんのそのいじらしさを知れば知るほど、男なら……いや、人間として、僕は真実から目を逸《そ》らすわけにいかない。たとえ事件の発端や動機は風間氏自身にあったにせよ、殺人は殺人です。罪は裁かれなければならないでしょう。式さんの気持ちゃ、法的な情状についてはこれからのこととして、僕はあなたを告発します」

一気に言い募って、浅見は充足感どころか虚脱したような気分を抱いた。これでよかったのか――という後ろ向きの感慨が頭の中に澱《よど》んでいる。

5

浅見の長い話が終わったあと、比嘉は悲しそうに眉をひそめ、首を左右に振っていた。（そうじゃないんだけれどなあ――）と言いたげだ。その様子を見れば見るほど、浅見は自信を喪《うしな》った。

「何か、僕が言ったことの中に、間違いがありますか？」

「そうですね」

比嘉は表情を変えずに、小さく頷いた。

「浅見さんは二つの疑問点を挙げていながら、それに目を瞑《つむ》ってしまった。第一に、なぜ風間さんが殺人者の手の中に無防備に入ってきたのか。第二に、なぜ斎場御嶽に死体を遺棄したのか。その疑問点を蔑《ないがし》ろにしては真相など解明できるはずがないでしょう」

「ああ、それは確かにあなたが言うとおりです。しかし、犯罪がつねに完全に行われるとはかぎりません。緻密《ちみつ》に周到に立ち働こうとしながら、存外、抜けたことをやらかすのも人間です」

「いやいや、それでは説明がつかない。むしろその二つの疑問点が、じつは計算されたものであるとしたほうが、より説得力があります。風間さんは自ら望んで死地に乗り込んで来たのだし、私も意識して斎場御嶽に死体を遺棄したのですよ」

「えっ……」

浅見は思わず驚きの声を発してしまった。自分の推論を否定されたことよりも、比嘉がいともあっさりと犯行を認めたことに仰天した。

「すでに浅見さんが解説したように、そもそも、風間さんがなぜ沖縄にやって来たのか、その目的が何だったのかを考えれば、この事件がどういうものであったのか、納得がゆくのではありませんか?」

比嘉は気の優しい教師のような、穏やかな口調で語った。

「あなたが言うとおり、風間さんは金策のために沖縄に来て、私を恐喝したのです。

もし彼の要求を容《い》れなければ、十年前の『事故』の真相を香桜里にバラすと脅しました。風間さんは最初、琵琶湖テレビの越坂さんに協力を求めたのですが断られ、次に私のところに来る予定になっていたようです。そのとき、たまたま『ブクブク茶会』の放送を見た。じつに驚いたことに、風間さんはブクブク茶会の番組を見ただけで、私と香桜里とのあいだにある、微妙な結びつきを察知したのだそうです。確かに、私はたえず香桜里の様子に心を配っておりましたから、それがそこはかとなく画面に表れたものかもしれません。その上に過去の『事故』を含めた私と香桜里の因縁を思い併せれば、風間さんには私の偽善的な行為が見えてしまったのかもしれません。恐喝の条件はますます整ったと考えたのでしょうね」

「じゃあ、やはり式さんが『見た』ような事故は現実にあったのですか？」

「はい、本当にあったことですよ。誰が運転していたかなどは、いまさら言いませんが、私の車がセンターラインをはみ出したことが事故の直接の原因でした。前方から走ってきた車が驚いて急ハンドルを切って、海へ向かってダイビングした瞬間の映像が、いまでもありありと思い浮かびます」

比嘉はその「映像」を網膜《もうまく》の裏に確かめるように、じっと目を瞑《つむ》った。

「事故のあと、香桜里が警察に対してそう主張していると知って、私は恐ろしかった。いや、それ以前に、事故の被害者が同じ恩納村の式さん夫妻だったと分かったとき、私は恐怖で震え上がりました。それからは毎日が贖罪の日々でした。私は生涯を式さんご夫妻の忘れ形見である香桜里のために捧《ささ》げようと思いました。私だけでなく、あの事故のショックは風間さんも越坂さんも同じだったと思いますよ。彼らは二人とも、それまでの生き方から一変した人生を歩んだはずです。風間さんが『裏の真相』のようなアウトローに徹したのも、挫《ざ》折《せつ》の結果だったのでしょう。それまで振りかざしていた正義の旗が、にわかに色《いろ》褪《あ》せて、ジャーナリズムの偽善性に愕《がく》然《ぜん》と気づいた——というようなことを、彼は語っていました」

比嘉の言葉が途切れても、浅見は沈黙をつづけるしかなかった。質問もせず、催促もせず、比嘉の口が開くのを待った。

「滋賀県彦根市でブクブク茶会が催されることになって、思いがけず越坂さんと再会したときには、懐かしさよりも、辛《つら》い記憶ばかりが蘇《よみがえ》ってきました。彼も同じ思いだったのでしょう。最初の打ち合わせのとき以外、茶会当日にも現れることはなかったのです。そしてあの催しがニュースで放送されたとき、大津には風間さんが来ていた。これはもう、因縁としか説明のしようがありません。

放送があった翌日でしたか翌々日でしたか、越坂さんから電話で、風間さんから金策の申し入れがあったと言ってきました。むろん断ったが、風間さんは沖縄へ行くようなことを言っていたというのです。その申し入れの内容なるものが驚くべきものでした」

「確か、風間氏が必要としていたのは、何億という金額だったそうですね」

「ああ……」

比嘉は嘆かわしそうに、長いため息をついた。

「浅見さんはそこから誤解しているのです。風間さんが越坂さんや私に要求したのは金ではないのですよ」

「えっ？……しかし、いま比嘉さんは風間氏から『金策』の申し入れがあったと言ったではありませんか」

「そうですよ、金策の申し入れです。金を要求されたのではなく、金策の話があったということです。億どころか、十億を超える金額の話でした。その金を捻出《ねんしゅつ》するには、風間さんは死ぬよりほかに道はなかったのです。そのことは浅見さんだってよく知っているじゃありませんか。風間さんの部下がそう言って依頼に現れたのでしょう?」

「あっ……」

浅見はようやく自分の馬鹿さかげんに気がついた。

「そうか、そうだったのですか……しかし、あの風間氏が……」

大げさにいえば、悪逆無道《あくぎゃくむどう》、厚顔無恥《こうがんむち》の権化《ごんげ》のような風間がよもや――というイメージが先入観を形成していた。一種の盲点といってしまえばそれまでだが、物事を考える上ではそれが最大のタブーであることぐらい、知り尽くしているはずの浅見だった。

「そのとおりですよ」

比嘉は浅見の気落ちした様子を見て、気の毒そうに言った。

「社員や取引先や家族のために、風間さんは身を捨てたのです。その相手役を務めてくれるよう、越坂さんや私に要求をつきつけたのですよ。もちろん私も断りました。風間さんはとにかく会って話を聞いてくれるだけでもいいからと言って、待ち合わせ場所を指定しました。それは最初、明石屋食堂だったのですが、風間さんから急に変更してくれと指示があって、県庁近くの路上で私の車に乗り込むことになりました。風間さんはどういう意味なのか、十年前の『事故』の現場を見たいと言い出しました。私は言われるままに車を走らせました。道中、風間さんは現在の苦衷《くちゅう》を切々と訴えつづけました。しかし、何を言われようと私が撥《は》ねつけるのに諦《あきら》めたのか、ふいに黙りこくり、それからしばらくして、『とにかくよろしく頼む』とだけ言いました。その時点ではまだ『まさか』という気持ちで車を走らせていたのですが、夕刻近く、高速道を那覇に引き返して来る途中、突然、風間さんに異変が起きた……」

そのときの恐怖が蘇るのか、比嘉は寒そうに震えた。

「そのとき風間さんは後部座席に乗っていましたが、バックミラーの中で苦悶《くもん》の表情を浮かべたと思う間もなく、シートに倒れ込みました。その少し前に缶コーヒーを飲んでいたので、私はすぐに何が起きたのか分かった。恐怖のあまり、思わず悲鳴を上げました。当然のことながら、まず病院へ運ぶことを、そして警察に駆け込むことを考えました。しかし、そうしたのでは、風間さんが死を賭してまで願ったことが無になってしまうと思いました。彼が最後に言った『よろしく頼む』という言葉が、私をつき動かしました。私は彼の付託《ふたく》に応え、『殺人事件』を演出しなければならないと思ったのです。

それからのことは無我夢中でした。おかしな話ですが、自分には希代《きたい》の犯罪者の素質があるのかもしれないと思いました。斎場御嶽には日暮れ頃に着きました。少し離れたところに車を置き、御嶽付近に人がいないかどうかを確かめに行きました。そのとき、遠くに農夫らしいご老人がいて、こっちを見ていることに気がつきましたが、かなりの距離があるので無視することにしました。むしろこれで犯罪性が立証されると思ったのですが、後でその人が警察に目撃談を伝えたことで、一時は自殺説の根拠になったそうだから、分からないものです。

風間さんの遺体は重かった。さっきあなたを背負ったときにはさほどでもなかったのだが、不思議なものです。死んで物体と化した人間は、単なる六十数キロの荷物でしかないのだ——と、妙に索漠《さくばく》とした感慨が浮かびました。遺体を置くと、ポケットの中の金目の物を抜き取って、盗み目的の犯行であるかのごとく演出しました。あ、そうそう、なぜ斎場御嶽だったのか——という問題がありましたね。確かに沖縄の南地域には、ほかに適当な捨て場所がなかったことや、斎場御嶽にはハブが出るという噂《うわさ》があって、夕刻以降、近づく人はいないこともありますが、それよりも、斎場御獄なら必ずその翌日には死体が発見され、事件が発覚することが分かっていたからです。風間さんの希望は、一刻も早く死体が発見され、一日も早く保険金が支払われることだったのですからね。それと、私の気持ちのどこかに、風間さんを聖なる場所に置いてあげたいという思いがあったのかもしれません」

比嘉が語り終わっても、浅見はしばらく茫然《ぼうぜん》として言葉も出なかった。この「ストーリー」を比嘉の弁解や詭弁《きべん》と取る余地があるかどうか、記憶の断片を模索した。しかし、比嘉の「解説」に矛盾点は見つかりそうになかった。

これがもし警察なら、最初から虚構であるとして、すべてを比嘉の犯行と決めつけるかもしれない。逆に保険会社の調査員なら、すんなり納得して保険金の支払いを拒否するだろう。いずれにしても風間や比嘉の目論見《もくろみ》とは大きくずれた結果にしかならない。そういう状況の中で、浅見が果たせる役割など、何もないに等しかった。

「さて、浅見さんはこれからどうするつもりですか？」

まるでその浅見の心中を読み取ったように、比嘉は微笑を浮かべて訊いた。

「その質問はそっくり比嘉さん、あなたにお返しします」

浅見は最大の皮肉を込めたつもりで、言った。

「風間氏やあなたがしたことは明らかな犯罪です。弁護の余地といえば情状酌量に訴える程度でしょう。その事実を知りながら黙過《もっか》すれば、もちろん僕も同罪に問われる。越坂氏もそれに式香桜里さんも、です。しかもその一方には風間氏の家族や福川氏たち社員、それに取引先といった、保険金を待ち望んでいる人々の重圧がある。その上でどうすると僕に問うのは卑怯《ひきょう》です」

「卑怯……なるほど……」

比嘉の表情から笑いが消え、深い悔恨を示す皺《しわ》が眉間《みけん》に刻まれた。

「これは申し訳ないことを言いました。浅見さんに下駄を預けるような真似《まね》をしたのは、私の本意ではないのです。許してください。あらためてお願いします。どうかわれわれを見逃してやっていただけませんか。お願いします」

囲炉裏の向こうで比嘉は坐り直し、額を畳につけるところまでお辞儀をした。

「あ、やめてください、そんなことは」

浅見も慌てて坐り直した。

「いや、こうしてお願いする以外、いまの私にできることはないのです。いずれ警察はわれわれの犯罪に気づき、立証するかもしれません。ただし、かりにそうなるとしても、長い歳月がかかることでしょう。それまでにはすでに保険金は支払われ、関係者たちは四散し、経済事犯の時効も経過していると想定できます。あとは私一人が罪に服すればいいのです。もちろん、誰にも迷惑をかけることなどいたしません。私と風間さんとのあいだで仕組まれた狂言殺人であることだけを自供するつもりです。もちろん、浅見さんや香桜里の良心を深く傷つけ、生涯の重荷を負わせることになるのは申し訳ないと思います。それを承知の上で、なにとぞここは見逃していただくよう、お願いするほかはないのです」

比嘉はまた一段と深く頭を低くした。

浅見の脳裏をさまざまな出来事や人々の顔が駆けめぐった。式香桜里、湯本聡子、越坂……やがて母親や須美子や最後には兄陽一郎の険《けわ》しく毅然とした顔がクローズアップされた。

そうして浅見は決断を下した。

エピローグ

ホテルから空港まで、比嘉が車で送ってくれた。

坂道を下りながら、比嘉は「もう秋が来ますなあ」と言った。

「えっ、沖縄にも秋が来るのですか？」

浅見は素朴な疑問を投げかけた。どこに？――と、周囲の風景を見回したくなるような陽気であった。

「ははは、もちろん沖縄にだって秋は来ます。秋も来るし冬も来る。雪は降りませんが、沖縄の冬もあるのです。ごく微妙ではあるけれど、季節のうつろいは必ずやって来ます。そうして人は生まれ、人は死ぬ。笑い、泣き、花は咲き、花は枯れる……」

浅見はあの歌を思い浮かべた。「泣きなさい　笑いなさい」と歌うあの歌である。沖縄の逞《たくま》しさと同時に、沖縄の悲しみを歌った歌だと思った。

泣きなさい
笑いなさい
いつの日か
いつの日か
花を咲かそうよ

ヤマトンチューの心からはこの歌のフレーズは生まれないだろう。現代人の多くは「いつの日か」を信じられない。「いま」にしか生きている証《あかし》を求められない若い人々が、どんどん増えている。だからといって、「遠い約束」を信じて生命保険に加入して、いともあっさりと裏切られた老人たちが、彼らの刹那《せつな》主義を嗤《わら》うことはできない。

道中、二人の会話は弾まなかった。やはりそれぞれの胸の内に、凝《しこ》りのような罪の意識が重くのしかかっているのだ。

「一つだけ、どうしても気になっていることがあるのですが……」

浅見はようやくの思いで切り出しながら、やはり口ごもった。

「香桜里のことですね」

比嘉は察しよく言った。

「ええ、そうなのです。これは僕の錯覚かもしれませんが、さっきも言ったように、式さんは今回の事件のいろいろなことについて、うすうす勘づいているのではないでしょうか。彼女が僕に、事件の調査をやめるように頼んだときの様子は、どうもただごととは思えませんでした」

これでも、浅見としてはずいぶん遠慮した質問の仕方であった。それが分かるのか、比嘉はかすかに笑って頷《うなず》いた。

「浅見さんが言うとおり、香桜里はたぶん、分かっているのだと思いますよ。十年前のあの事故のことが『見えた』ようにね。何もかも分かっていながら、許してくれている。それが私には、とてもつらい……」

寒々とした沈鬱《ちんうつ》な横顔を見て、浅見の口も凍りついたように、ふたたび重く閉ざされてしまった。

ほかにも確かめたいことがいろいろある。比嘉が結婚しないでいる理由もそうだが、それよりももっとも気になっているのは、香桜里の比嘉に対する想いについてだった。

式さんはあなたを愛しているのでは？——と唇の先まで出かかっていながら、これだけはやはり、訊《き》いてはいけないことなのだろうと思い捨てた。

　空港ロビーで、搭乗手続をする人の列に並んだ浅見に、比嘉は「ちょっと失礼」と告げて去って行った。そのまま、手続を終えた頃になっても戻ってこない。チケットを胸のポケットに挿《さ》して、比嘉の行方を探す浅見の視線の先に、ひっそりと佇《たたず》む式香桜里の姿があった。

　浅見は人波の中を泳ぐようにして、香桜里のいる場所に急いだ。急がないと消えてしまうかもしれない儚《はかな》さが彼女を包んでいた。

　息がかかりそうな距離に近づいて、浅見は「やあ」と言った。香桜里のびっくりしたような眸《ひとみ》がこっちを見つめている。

「お世話になりました」

　肝心なときに、どうしてこういう月並みな言葉しか出ないのだろう――。

　香桜里は黙って、いやいやをするように首を左右に振った。

　浅見は右手のバッグを左手に持ち替え、握手を求めて、言った。

「また来ます」

　その手を握り返しながら、香桜里は「いいえ」と言った。か細い声だが、しっかりと意志のある口調だった。

「浅見さんはもう、沖縄には来ません」

「えっ？　ははは、まさか……また何度でも来ますよ」

「いいえ、もう来ません」

頑《かたく》なに言われると、浅見も不安になった。

「どうしてそんなことを？……」

「分かりません」

悲しげに、ただ首を振るばかりだ。浅見の手の中の香桜里の手は冷たかった。その手を温めて上げたいいとおしさが、浅見の胸の内から込み上げてきた。

「式さんにだって見えないことが、きっとありますよ」

「ほんとに？」

あどけなさの残る顔で、目をいっぱいに見開いて訊いている。

「ええ、僕には見えます」

香桜里の手にポッと温《ぬく》もりが宿った。

「あの……」と香桜里はいったん外した視線をこっちに向け直して、言った。

「お願いがあるのです」

「はい、何でしょう？」

「いちどだけ、『香桜里』って呼んでください」

浅見はほんの僅か躊躇《ためら》ってから、優しさを込めて「香桜里」と呼んだ。

香桜里は微笑《ほほえ》んで頷き、ふいに眸が濡《ぬ》れてきた。涙が溢《あふ》れないうちに「さようなら」と言って、手を離し、身を翻《ひるがえ》すように走って行った。

比嘉はついに現れなかった。


東京に帰った翌日、浅見は琵琶湖テレビに電話した。湯本聡子は不在だったが、間もなく電話がかかってきた。

「浅見さん、もう帰ってきたんですね」

嬉《うれ》しそうな声である。

「ええ、いつまでも遊んでいるわけにもいきませんからね」

「じゃあ、事件のことは？」

「まだまだこれからでしょう。警察の捜査も難航しているようですよ」

「えっ、それじゃ、浅見さんはもう事件のことは調べないのですか？」

「もちろんです。僕みたいなシロウトが捜査の邪魔をしてはいけないのです」

「ふーん、そうなんですか。名探偵の浅見さんでもだめなんですか。でも、早く無事に帰ってきて何よりです……あの、式香桜里さんはお元気でしたか？」

「ああ、元気そうでしたよ。比嘉さんと一緒に空港まで送ってきてくれました」

「彼女、泣いたでしょう」

「えっ、どうしてですか？　泣くどころか喜んでましたよ。いやなルポライターがいなくなって、せいせいしたんじゃないかな」

「嘘《うそ》ばっかり。浅見さんと別れを惜しんで泣いたに決まってます」

「ははは、そんなんだといいですねえ」

浅見は笑いながら胸がつまった。

「そうそう、浅見さんには関係ないかもしれませんけど、うちの越坂部長が報道を辞《や》めることになりました」

「ほう、どうしてですか？」

浅見はしゃれを言ったつもりだが、聡子は気づかなかった。

「よく分かりません。自分で希望して、彦根支局に移って、営業をやることにしたのだそうです。うるさい部長だと思ってましたけど、いなくなるとなると、寂しいです」

「そうですか……」

浅見にも越坂の心情が理解できるような気がした。

湯本聡子はぜひまた大津に来るようにとしきりに誘った。琵琶湖一周を案内してくれるそうだ。永源寺《えいげんじ》というところの紅葉もすばらしいとか言っていた。

聡子のきれいな声を聞きながら、浅見は秋色に輝く近江路《おうみじ》の風景を思い浮かべた。それと対照的な沖縄の珊瑚礁《さんごしょう》の海を思った。式香桜里が予言したように、もう二度と沖縄を訪れることはないのかもしれない――と、ふと思った。

参考文献

沖縄いろいろ事典　垂見健吾（新潮社）
琉球王国の時代　（沖縄国際大学公開講座委員会）
霊能の世界　金城米子（月刊沖縄社）
ユタと霊界の不思議な話　（月刊沖縄社）
茶湯一会　井伊文子（春秋社）
すべての武器を楽器に　喜納昌吉（冒険社）
広報「おんな」　（恩納村）

自作解説

最後の「聖地」沖縄

一九八〇年十二月に『死者の木霊』を発表して以来、いつの間にか「旅情ミステリー」と呼ばれるように、全国都道府県に足跡を残すような作品群を積み重ねてきました。当初はもちろん意図的なものではなく、面白そうなテーマを発掘したり、時には（しばしばと言うべきかもしれませんが）旬の味を目当てに取材先を決めたりして、いわば行き当たりばったりな面もありました。土地鑑のある地方や、ミステリーに相応《ふさわ》しい土地を探してゆくと、たとえば東北地方や日本海側などの県に重複して材を求める結果になります。逆に四国や九州などは明るくて陽気で、とてもミステリー仕立てになりそうにない気がしてしまいます。

そんなわけで、デビューからおよそ二十年を経ようとして、気がついてみると、日本全国を旅していながら、最後まで作品の対象になっていない県が三つありました。案の定、四国の徳島県、九州の鹿児島県、そして沖縄県です。そこで一念発起して、九八年から九九年にかけて、これら三県を踏破（？）する作品を書きました。『藍色回廊殺人事件』と『黄金の石橋』と、そして本書『ユタが愛した探偵』がそれです。

じつは、沖縄を書こうという計画はその数年前からありました。取材も三回を数え、かなりの沖縄通になったつもりでもありましたが、どうしてもイメージが湧いてこない。というよりも、書く前から尻込みしているようなところがありました。沖縄は戯れにエンターテーメントの取材対象などにしてはいけないと思っていました。その理由はもちろん、あの戦争の被害と、長く米軍の占領下にあった苦難の歴史があるからです。単なる観光気分でなく、真っ正面から沖縄と向かい合うには、それ相当の覚悟が必要だと思いました。そうでなければ沖縄に失礼だと、本気で思っていました。

沖縄を最初に訪れたのは復帰直後のことです。当時の僕は、広告企画制作の仕事に携わっていて、ある自動車メーカーのトラックのテレビCMを沖縄で撮影しました。使用しなくなった飛行場跡でトラックを驀走《ばくそう》させる企画で、そういうロケに適した場所は本土にはなかったのです。舗装は剝《は》がれ、多少荒れてはいたものの、広大な直線路は迫力ある映像を期待できました。

　ロケが始まって間もなく、サトウキビ畑をかき分けるようにして老人が現れました。沖縄訛《なま》りのきつい言葉で、何やらクレームをつけているらしい。よく聞いてみると、なんとその土地は老人の所有地だったのです。敗戦以来、米軍に接収されていたということのようでした。こっちはびっくりしましたが、無許可で使用したことは事実なので、事情を説明したところ老人も快く了解してくれて、無事に撮影は完了しました。

　この出来事は沖縄の「悲劇」を象徴しています。自分の土地でありながら、米軍の占領下にあって、自由に出入りすることさえままならない――。それ以外にもさまざまな屈伏と忍従に耐えてきたのが沖縄であり、沖縄県民であったことは事実です。その事実の前に厳粛にならざるをえませんでした。日本全国どこの場合でも、取材する際にはその土地に対してある種の敬意を抱かなければ、やはり失礼にあたると思っています。「聖地」に土足で踏み込むようなことをしている、後ろめたさといってもいいでしょう。その最後の「聖地」が沖縄だったのです。

現実と非現実と

この作品を決定づけたのは「ユタ」の存在です。もし「ユタ」のことを知らなければ、僕はついに沖縄を書かずじまいになったかもしれません。「ユタ」は沖縄の民俗を代表する宗教であり風習ですが、僕はそれ以上に沖縄の民族性を物語るものだと思いました。作中にも書きましたが、青森県恐山のイタコと似てはいるけれど、まったく異質です。試みに沖縄県民の何人かに尋ねたところ、誰もがごくふつうのこととして「ユタ」を肯定的に捉えていました。単なる宗教でもない、単なる占術でもない、単なる悪魔払いでもない、ごく日常的な通過儀礼のように「ユタ」は存在していました。「ユタ」は不気味さをも伴っているし、たぶん異端であると認識されてもいるのでしょう。しかしそれ以上に、沖縄の人々にとっては、ある種の救いになっているのではないかと思いました。「ユタ」や「ウタキ=御嶽」とよばれる聖地は、現実世界からの逃避の場としても機能しているのではないでしょうか。

かつて僕は『恐山殺人事件』でイタコの老婆を登場させましたが、その時に描いた非現実性をはるかに上回るものを書いても、沖縄ならば成立させうるという感触を得ました。「神ダーリ」や「サーダカウマリ＝性高生まれ」といった「ユタ」にまつわる不思議なものの考え方があることから、香桜里という魅力的な少女も発想できたのです。

聡子と香桜里と

滋賀県のテレビ局でレポーターをやっている「湯本聡子」との出会いもまた、この作品の成立に大きく関わっています。滋賀県と沖縄県との繋がりという、歴史的な事実を記念する架け橋として、彦根の「ブクブク茶会」のあることを知り、「琵琶湖テレビ」から聡子が取材に出かけるシチュエーションを思いつきました。「湯本聡子」はその当時、琵琶湖畔にあるテレビ局にいた実在の人物をモデルにしています。聡子は作品の上で、香桜里の非現実性と対比する形で、きわめて現実的な女性として描きました。これは沖縄の非現実性と本土の現実性との対比をシンボライズしたものといってもいいでしょう。もちろん沖縄の女性が本当にそうなのかどうかは知りませんが、この二人が浅見光彦を巡って、ちょっとした「さやあて」のような係わり方をするのも、書いていて、いかにもありそうで面白かったのを思い出します。

沖縄という重いテーマからの「逃げ場」として「ユタ」に着想したものの、とどのつまりは、やはり沖縄の抱える「重さ」が作品に投影されることになりました。沖縄の悩みの原因は帰するところ基地問題にあります。本来、日本全土が抱える悩みであるべき基地問題のほとんどを、沖縄が一手に負わされている。そのことを無視しては沖縄を描ききることはできませんでした。基地に反対する人、基地で生計を立てている人――ヤマトンチューのわれわれには計り知れない複雑な事情もそこにはあります。しかし『ユタが愛した探偵』では、その重いはずのテーマを重いままでなく、沖縄の人々の生活を彷彿《ほうふつ》させるような背景として描いたつもりです。香桜里と浅見の別れの場面は、この作品を脱稿する時の僕自身の感傷でもありました。

二〇〇二年十一月

解　説

山前　譲

『旅と歴史』の藤田編集長の紹介で浅見家を訪れた「裏の真相社」の福川は、沖縄で死体となって発見された風間社長が他殺であることを証明してほしいと頼むのだった。「裏の真相社」が出している『裏の真相』は一種の暴露雑誌で、名誉毀損問題で係争中の事件が幾つもあった。なんでも「最近売れっ子の探偵・浅見光彦は、勘と偶然だけに頼って事件を解決する」という記事が掲載されたこともあるとか。元々財政的には苦しかったところに、社長の死によって金繰りがつかなくなりそうだという。しかし、報酬はなんと一千万！　他殺とされたならば多額の生命保険が支払われ、それで会社の負債が解消されるというのである。

風間の事件のことを浅見光彦はまったく知らなかったが、死体が発見されたのは、「アマミキヨ」という琉球王国の創世神が降臨する特別な場所、斎場御嶽《せーふぁうたき》だった。風間が沖縄へ行った目的が、ユタに会うことだったと福川に聞いて、名探偵の好奇心が刺激される。報酬は一千万円と言われたが、それに釣られたわけではないのだ。もっとも、当座の費用として渡された百万円は、浅見光彦の取材行としては破格の金額だったが。

名探偵の最大の魅力はやはりその推理力にあるだろう。謎めいた事件を鮮やかに解き明かす――もちろんその事件が簡単に推理できるものであってはならない。そんな不可解な事件の謎解きだけなら、独り部屋にこもって、資料をひもといていくだけでも、名探偵ものは成立する。しかし、やはりそれでは味気ない。ミステリー作家は名探偵の周囲にさまざまなキャラクターを設定し、舞台を変化させて、謎解きをより楽しいものにしてきたのだ。

名探偵の相棒と言えるいわゆるワトスン役の役割は、なかでも重要だ。シャーロック・ホームズの探偵行に寄りそっているジョン・H・ワトスン医師に由来する。名探偵の引き立て役と言えるが、だからといって凡人であってはならないのだ。そこにはやはり個性が必要である。

しかし浅見光彦のシリーズには、レギュラーとして登場するワトスン役はいない。

強いて言えば、『熊野古道殺人事件』や『風の盆幻想』で絶妙なコンビネーションを見せていた、軽井沢のセンセこと推理作家の内田康夫だが（現実のシリーズの作者と混同してはいけない！）、登場作品は多くない。その意味で浅見光彦は孤独な名探偵と言えるだろうか。真相への道筋は、基本的に自分で見付けていかなくてはいけないのだ。

その代わり、名探偵の周囲には魅力的な人物が配されている。たとえば浅見家の面々だ。母親の雪江、警察庁刑事局長である兄・陽一郎とその一家、須美ちゃんことお手伝いの吉田須美子に囲まれての団欒《だんらん》光景は、ほかの名探偵ではなかなか見られない。東京都北区西が原三丁目の浅見家のその日常から、謎が育まれていくことも珍しくないのである。近くの和菓子屋・平塚亭の大福おばさんも楽しいキャラクターだ。

こうしたレギュラー陣の一方、ほとんどの作品に登場するヒロインもまたシリーズに欠かせない。三十三歳で独身という浅見光彦を悩ませる女性たち……この『ユタが愛した探偵』はそのヒロインがふたりというのが大きな特徴である。しかも、「恋のさやあて」の逆バージョンと言えるだろうか、浅見光彦をめぐってヒロインたちがかなり際どい恋愛模様を描くのである。

ひとりは琵琶湖テレビ報道部の湯本聡子だ。ことし二十九歳。〝どちらかといえば丸顔で、目が大きく、キュートな感じのする女性〟である。彼女が近江国彦根藩の主家、井伊家三十五万石の城下町である彦根市で行われる「ブクブク茶会」の取材に向かった。ブクブク茶は沖縄地方特有の嗜好品だが、井伊家先代の未亡人が沖縄出身で、それにちなんで、年に一度、優雅なお茶会を催していたのだ。

そのお茶会に参加していたのが、もうひとりのヒロイン、南沖縄観光協会に勤めている式香桜里である。二十二歳、人形のような端整な顔立ちの美人だ。そして「ブクブク茶会」の様子を紹介した番組が、ふたりの女性を事件に巻き込んでいく。それはもちろん風間の死の謎である。湯本聡子はそれを取材に単身、沖縄へと向かうのだった。そこには浅見光彦が……。

タイトルにあるユタは作中で、〝青森県恐山のイタコとならび称される「口寄せ巫女」の一種だが、イタコよりはるかに日常的な存在で市民生活に密着している〟と説明されている。病気の相談をしたり、結婚相手の相性を占ってもらったりと、科学的には説明のできない能力を、沖縄の多くの人たちは今も頼りにしているのだった。中学生の時に両親を亡くした式香桜里は、ユタとは呼ばれてはいないけれど特別な能力を有していた。浅見光彦はその不可思議な力に助けられる。ちなみに『恐山殺人事件』では恐山のイタコが事件を予言していた。

風間の死の謎は、過去と現在を結んで複雑な様相を見せるが、聡子と香桜里と浅見光彦のまさに三角関係の綾《あや》も複雑である。ふたりとも魅力的で、かつ浅見への好意を隠しはしない。いや、積極的にアプローチするのだ。さて、浅見光彦の心中はいかに？

この『ユタが愛した探偵』は一九九九年十月、徳間書店より刊行された。刊行順ではひとつ前の事件簿となる『氷雪の殺人』は、北海道の利尻島が舞台だった。それは浅見光彦にとって最北での推理行だったが、本書は一転して日本国内では最南の地での推理行となっている（海外を舞台にした作品でもっと南に旅したことがある）。

北から南へ一気に移動しての謎解きだが、シリーズとしてもっとも特筆されるのは、沖縄を舞台にした最初の（そして唯一の）作品だということである。周知のように浅見光彦は飛行機嫌いだ。羽田空港から那覇空港へは三時間前後を要する。尻込みするのは当然だろう。

かといって愛車のソアラと一緒のフェリーの旅となると、時間がかかりすぎるのだ。

この事件の頃には運航されていなかったが、東京から沖縄まではフェリーで二泊三日の長旅である。鹿児島からなら一泊二日だが、東京からの移動時間を加算すれば長旅なのは間違いない。

そして名探偵がなかなか沖縄を訪れなかったもうひとつの理由は、歴史の重みだろう。地理的な関係から中国大陸との交流が古くからあり、一方で本土の朝廷とも密接な繋《つな》がりがあった。一四二九年に尚巴志《しょうはし》王によって琉球王国が成立したという。それが第一尚氏王統と称されるのは、一四六九年に第二尚氏王統が成立したからだ。クーデターによると考えられている。

十七世紀初頭の薩摩《さつま》藩の琉球侵略にも関わらず独自の文化を育んでいった。だが、明治時代の廃藩置県の強引な施策によって、琉球王国は途絶える。そして太平洋戦争末期、本土防衛の壁となって多くの犠牲者を出し、終戦後はアメリカの軍政下に入った。最前線の基地としての重要な役割は、一九七二年の日本への返還後も、そして『ユタが愛した探偵』の頃も、そして今も変わりない。

『氷雪の殺人』では日本の防衛がテーマとなっていたが、浅見光彦ひとりの力ではどうにもならない問題である。とはいえ、沖縄を舞台とするならば、その現実を直視することは避けられなかったに違いない。それだけに、魅力的なヒロインがふたりも登場するにも関わらず、独特の重苦しい雰囲気が漂っている。

重苦しいといえば、『ユタが愛した探偵』の結末はいわば名探偵の失敗だ。意外な真相が明らかになっている。浅見光彦の心中は重苦しいものだったろう。それでも読後感が爽《さわ》やかなのは、やはりヒロインの存在である。湯本聡子と式香桜里――もちろんまったく現実的な話ではないが、どちらが浅見光彦の妻に相応《ふさわ》しい女性だろうか。一度アンケートを採ってみたいものである。

二〇二〇年十二月

この作品はフィクションであり、文中に登場する人物、団体名は、実在するものとまったく関係ありません。なお、風景や建造物、ニュースなど、実際の状況と多少異なっている点があることを御了承下さい。

本書は2002年12月徳間文庫として刊行されたものの新装版です。

徳間文庫

ユタが愛《あい》した探偵《たんてい》

〈新装版〉

2021年1月15日 初刷

著者 内《うち》田《だ》康《やす》夫《お》

発行者 小宮英行

発行所 株式会社徳間書店

東京都品川区上大崎三—一—一 〒141—8202
目黒セントラルスクエア

電話 編集〇三(五四〇三)四三四九
販売〇四九(二九三)五五二一

振替 〇〇一四〇—〇—四四三九二

印刷
製本 大日本印刷株式会社

ISBN978-4-19-894614-2 (乱丁、落丁本はお取りかえいたします)

「浅見光彦 友の会」のご案内

「浅見光彦 友の会」は、浅見光彦や内田作品の世界を次世代に繋げていくため、また、会員相互の交流を図り、日本文学への理解と教養を深めるべく発足しました。会員の方には、毎年、会員証や記念品、年４回の会報をお届けするほか、軽井沢にある「浅見光彦記念館」の入館が無料になるなど、さまざまな特典をご用意しております。

● 入会方法 ●

入会をご希望の方は、84円切手を貼って、ご自身の宛名（住所・氏名）を明記した返信用の定形封筒を同封の上、封書で下記の宛先へお送りください。折り返し「浅見光彦 友の会」への入会案内をお送り致します。尚、入会申込書はお一人様一枚ずつ必要です。二人以上入会の場合は「○名分希望」と封筒にご記入ください。

【宛先】〒389-0111 長野県北佐久郡軽井沢町長倉504-1
内田康夫財団事務局　「入会資料Ｋ係」

「浅見光彦記念館」 検索

http://www.asami-mitsuhiko.or.jp

一般財団法人 内田康夫財団